Lange nach Jesu Tod bekommt Maria Magdalena Besuch von zwei seiner Jünger. Sie wollen von Marias Erinnerungen hören, da sie Jesus doch am nächsten gewesen und von ihm am meisten geliebt worden sei.

Und so beginnt Maria, ihre Geschichte zu erzählen – von Anfang an: ihre Kindheit und die Ermordung ihrer Eltern durch römische Soldaten, ihre Erziehung in einem Freudenhaus und ihre erste Liebe.

Doch mit Jesus von Nazareth hat Maria die wichtigste und prägendste Zeit ihres Lebens verbracht. Als sie sich kennen lernen, sind beide Außenseiter, und sofort empfinden sie eine tiefe Zuneigung füreinander, die bald zu einer Liebe reift. Jesus weiß, welches Schicksal ihm bestimmt ist, und Maria ist bereit, mit ihm diesen schweren Weg zu gehen.

Aber während Maria von ihren Erinnerungen erzählt, wird ihr bewußt, daß die Jünger die Lehre Jesu absichtlich verändern wollen, um ihr Ziel zu erreichen – eine Kirche, in der Frauen keinen Platz mehr haben sollen. Um das zu verhindern, zwingt sie sich mit aller Kraft, sich an alle noch so schmerzhaften Einzelheiten und Jesu wahre Worte zu erinnern.

Marianne Fredriksson läßt Maria Magdalena so ergreifend persönlich und lebhaft von Jesus, den Menschen, Landschaften und Kulturen erzählen, daß sie uns damit eine überraschend moderne und faszinierend spannende Sicht auf unsere Glaubensgeschichte eröffnet.

Mariane Fredriksson wurde 1927 in Göteborg geboren. Sie ist verheiratet und hat zwei Töchter. Als Journalistin arbeitete sie lange für bekannte schwedische Zeitungen und Zeitschriften. 1980 veröffentlichte sie ihr erstes Buch, seitdem hat sie zehn weitere erfolgreiche Romane geschrieben. Mit ›Hannas Töchter‹, ›Simon‹ und ›Inge und Mira‹, alle im Wolfgang Krüger Verlag erschienen, sowie ›Marcus und Eneides‹ aus dem Fischer Taschenbuch Verlag, wurde sie auch in Deutschland zu einer der meistgelesenen Autorinnen.

Unsere Adresse im Internet: www.fischer-tb.de

Marianne Fredriksson

MARIA MAGDALENA

Roman

Aus dem Schwedischen von
Senta Kapoun

Fischer Taschenbuch Verlag

Veröffentlicht im Fischer Taschenbuch Verlag GmbH,
Frankfurt am Main, April 2001

Lizenzausgabe mit Genehmigung des
Wolfgang Krüger Verlags, Frankfurt am Main
Die schwedische Originalausgabe erschien 1997
unter dem Titel ›enligt Maria Magdalena‹
im Verlag Wahlström & Widstrand, Stockholm

Gesamtherstellung Claussen und Bosse, Leck
Printed in Germany
ISBN 3-596-14958-4

»Das Christentum richtig zu verstehen ist auf Grund der tiefen Geheimnisse, die die Geschichte der ersten Zeit umgeben, für uns fast eine Unmöglichkeit.«

Simone Weil
Die Person und das Heilige

TEIL I

Auf einem großen Platz in Antiochia hörte sie ihn sprechen, ihn, der Simon hieß, jedoch Petrus genannt wurde. Er hatte sich nicht verändert. Der Fischer von den Ufern des Sees Genezareth war auch jetzt noch von aufrechter Gestalt und hatte sich die scharfen Gesichtszüge bewahrt. Und den Blick: kindlich und gelassen.

Auch viele seiner Worte erkannte sie wieder.

Wie ein Echo.

»Liebet einander«, sagte der Mann auf dem Platz.

Das hatte Er gesagt. Aber erst jetzt erkannte sie, daß Er nie verstanden hatte, wie wenig Liebe es in Wirklichkeit unter den Menschen gab.

»Liebet einander.« Der großgewachsene Mann wiederholte die Worte, und sie klangen aus seinem Mund wie ein Gesetz.

Jetzt konnte sie sehen, wie vertrauensvoll sein Blick war.

Gleich darauf sprach Simon vom Licht, das nicht versteckt werden durfte. Und sie erinnerte sich an ihr Erstaunen darüber, daß Er nicht gewußt hatte, daß die Menschen zum Schattendasein verdammt waren.

Sein eigenes Licht hat Ihn geblendet, dachte sie.

Vielleicht hatte Er deshalb den finstersten aller Tode gewählt.

Dann, zum Schluß, das Gebet, das sie so gut kannte. »Vater unser …«, und die Menschenmenge löste sich auf. Hier und dort war höhnisches Gelächter zu hören, aber es verlor sich bald. Die Worte des Simon Petrus besaßen Leuchtkraft, waren der Widerschein dessen, was einst gesagt worden war. Aber sie hatten ihren verborgenen tieferen Sinn verloren.

Wieviel Zeit war inzwischen vergangen? Wie lange würde es noch dauern?

Auf dem Heimweg mußte sie daran denken, daß sie den großmauligen Fischer nie hatte leiden können und daß sie sich deswegen geschämt und zu beten versucht hatte: Vater unser, vergib mir alle meine bösen Gedanken.

Dann dachte sie, daß sie nicht zu der Versammlung hätte gehen sollen, daß sie es hätte besser wissen müssen. Sie hatte viele Jahre gebraucht, um zu vergessen, und konnte sich an sein Gesicht, seine Hände nicht mehr erinnern, ja, nicht einmal an die Augen oder den Mund, der so merkwürdige Worte formte. Auch die Süße der Nächte hatte sie aus der Erinnerung getilgt. Am schwierigsten war es, sein Lächeln zu vergessen. Sie hatte es während der täglichen Arbeit immer wieder vor Augen.

Von einer Nachbarin hatte sie gehört, daß ein Prophet der neuen Sekte auf dem großen Platz im jüdischen Stadtteil sprechen würde.

»Ich möchte selbst gern hingehen, aber ich wage es nicht, mich meinem Mann zu widersetzen«, hatte sie gesagt.

»Ich bin auch neugierig auf die neuen Schwärmer«, hatte Maria Magdalena geantwortet, dabei den Mund zu einem bitteren Lächeln verzogen und an Simon Petrus gedacht, der den Herrn dreimal verleugnet hatte.

Während sie ihre morgendliche Mahlzeit zu sich nahm, hatte die Neugier sie endgültig gepackt: Ich gehe, hülle mich in den weiten schwarzen Mantel und bedecke das Gesicht mit einem Schleier. Niemand wird mich erkennen.

Alles war gutgegangen, sie war niemandem aufgefallen, ein schwarzer Rabe inmitten vieler anderer Raben.

In der Nacht nach der Begegnung konnte sie nicht schlafen. Auch nicht weinen, obwohl Trauer sie quälte, und ihr Herz hämmerte, als wolle es zerspringen.

Sie stand auf, versuchte ein paar Schritte zu gehen. Aber ihre Beine trugen sie nicht. Sie bemühte sich, den alten Haß auf Simon und die anderen verfluchten Fischer wieder anzufachen. Und auch die Wut auf Jesus selbst, der den grausamen Tod einem Leben mit ihr vorgezogen hatte.

Aber ihre Verbitterung war erloschen.

Plötzlich hatte sie die letzte Begegnung mit den Jüngern in einem dunklen Saal in Jerusalem, wohin der Mann mit dem Wasserkrug sie geleitet hatte, deutlich vor Augen. Die Sonne hatte sich einen Weg durch die hohen Fenster gebahnt und Strahlen aus flimmerndem Staub in die Luft gewoben. Wort war auf Wort gefolgt. Die Männer hatten sie gebeten: »Beschenke uns mit den Worten, die Er zu dir gesprochen hat und die wir nicht kennen.«

Jetzt fiel ihr erst ein, daß die Männer geweint hatten. Merkwürdig, dachte sie, wie hatte ich ihre Verzweiflung vergessen können? Und dann hörte sie auch ihre eigene junge Stimme wieder:

»Der Herr ist mir erschienen, und ich habe ihn willkommen geheißen. Er sagte: ›Sei gesegnet, daß du bei meinem Anblick ohne Furcht bist. Dort, wo dein Verstand ist, findest du den Schatz.‹«

Sie war so aufgeregt gewesen, daß sie nicht bemerkt hatte, wie die Gesichter der Männer, die um den Tisch saßen, sich verfinsterten. Unverdrossen erzählte sie weiter von dem, was Er gesagt hatte: »Seid guten Mutes, der Menschensohn ist mit euch. Folgt ihm nach, wer ihn sucht, wird ihn finden. Macht keine Gebote aus dem, was ich euch gesagt habe. Schreibt keine Gesetze nieder, so wie die Schriftgelehrten es tun.«

Sie hatte noch lange weitergesprochen, vom Tod und alldem, was die Menschen überwinden müssen, während die Seele noch in ihrem Körper wohnt – Zorn, Begierde und Unwissenheit. Sie hatte ein Zwiegespräch zwischen Körper und Seele wiedergegeben: Der Körper sagt: ›Ich habe dich nicht gesehen.‹ Und die Seele antwortet: ›Ich habe dich gesehen. Aber du hast mich nicht erkannt.‹ »Ich habe Ihn gefragt: ›Was ist die Sünde der Welt?‹, und Er hat mir geantwortet: ›Die Welt ist ohne Sünde. Ihr Menschen erschafft sie, indem ihr die Wirklichkeit verfälscht.‹«

Das war der Augenblick, in dem Simon Petrus gerufen hatte: »Das sind eigentümliche Lehren«, und sich an die anderen wandte. »Ich glaube nicht, daß der Herr solche Worte gesprochen hat. Warum sollte Er so etwas sagen, wenn er allein mit einer Frau ist, anstatt sich uns zu offenbaren.«

»Mein Bruder Petrus. Glaubst du, ich könnte, was den Herrn betrifft, lügen?«

Hier im Bett ihres Zimmers in Antiochia konnte sie endlich weinen. Als das erste Morgenlicht den Himmel färbte, verfiel sie in einen unruhigen Schlaf, in dem sie Bilder von Wanderungen um den blauen See sah. Als sie aufwachte und die Last wie Steine im Magen spürte, war schon lange Tag.

Aber das Herz schlug, wie es sollte, und ihre Gedanken waren klar. Jetzt wußte sie, daß sie den ganzen Weg noch einmal gehen mußte, daß sie sich, von Nesseln gebrannt und von Ruten gepeitscht, auf verwachsenen Pfaden durchkämpfen mußte.

Sie stand auf. Als sie sich wusch, war sein Lächeln ihr nahe. Er munterte sie auf.

»Aber ich bin doch nur ein Mensch«, sagte sie laut.

Dann setzte sie sich, um zu beten, und wandte sich dabei direkt an den Menschensohn. »Ich habe endlich verstanden, daß du mich mit der Liebe geliebt hast, die alle Menschen einschließt. Mich hat nur das ständige Gerede der Jünger verwirrt, darüber, wen von ihnen du wohl am meisten liebtest.

Du hast geliebt. Und vielleicht hast du mir gegenüber Dankbarkeit empfunden, weil ich dich die körperliche Liebe lehrte und damit dein Wissen von den Lebensbedingungen der Menschen vertieft habe. Deine Mutter hat versucht, dir das Unvermeidliche des Lebens zu vermitteln, aber du hast nicht auf sie gehört. Auf mich hast du gehört. Mit deinem Körper.

Gott im Himmel, wie einsam du warst.

Ich habe dazu beigetragen, daß du ein Mensch wurdest. Die Welt der Schatten hast du erst am Kreuz kennengelernt.

Ich erinnere mich, daß du oft erstaunt warst: ›Wie kann man den Splitter im Auge des Bruders sehen, aber den Blick vor dem Balken im eigenen Auge verschließen!‹

Ich hätte dir sagen können, wie groß die Angst sein kann. Aber ich war damals erst zwanzig Jahre alt. Und eine Hure.«

Maria hatte viel zu tun. Leonidas würde heute schmutzig, müde und hungrig nach Hause kommen. Sie setzte den großen Kessel aufs Feuer und ging Wasser holen. Wie immer, wenn sie zum Brunnen kam, blickte sie dankbar zu den Bergen im Süden hinüber, wo Daphnes Quellen entsprangen, die die Stadt mit einem Überfluß an klarem, frischem Wasser versorgten.

Für den Nachmittag erwartete sie Leonidas' Schwester. Sie würde das Rechnungsbuch dabei haben, mit ihrem Bruder am großen Tisch sitzen und alle Ausgaben und Einkünfte seiner Reise darin eintragen.

»Gebe Gott, daß der Handel erfolgreich war«, sagte Maria. Aber es waren die üblichen hohlen Worte einer dahingesagten Beschwörung. Sie hatte ihre Schwägerin gern, fürchtete aber ihre Augen, die jeden schonungslos durchschauten.

Maria Magdalena hatte viel zu verbergen.

Sie hätte schon gestern zum Markt gehen sollen. Jetzt mußte sie sich beeilen, aber sie hatte Glück. Sie erstand ein großes Stück frisches Lammfleisch, einige geräucherte Fische und einen Korb voller Gemüse und Obst. Auf dem Heimweg kam sie an der Synagoge vorbei und verspürte für einen Augenblick den Wunsch, zu Rabbi Amasja zu gehen und ihm ihre Geschichte zu erzählen. Aber es war nur ein flüchtiger Gedanke.

Ihr fiel ein, daß die Nachbarin gesagt hatte, Simon Petrus und seine Begleiter wohnten bei dem Rabbiner. Also zog sie das Kopftuch tiefer in die Stirn und beschleunigte ihren Schritt.

Es blieb ihr genügend Zeit, das Haus zu säubern und die Krüge mit Blumen aus dem Garten zu füllen. Zum Schluß kämmte sie ihr langes Haar und flocht sich den Zopf über der Stirn zu einer

Krone – einer goldenen Krone. Sie war stolz auf ihr Haar. Aber sie erschrak beim Blick in den Spiegel wegen ihrer großen, von dunklen Schatten gerahmten Augen.

Als Leonidas kam, duftete es im Haus nach Gewürzen, Blumen und frisch gebratenem Lamm, er sog die Düfte tief ein und lachte vor Freude laut auf. Wie immer, wenn sie für längere Zeit getrennt gewesen waren, nahm er ihre Hände in seine und sagte dann: »Auf meinen Reisen versuche ich mir Abend für Abend in Erinnerung zu rufen, wie schön du bist. Aber ich habe nur wenig Phantasie, und du übertriffst alle meine Vorstellungen jedesmal.«

»Dummer. Ich werde langsam alt.«

»Du kannst nicht alt werden.«

»Die Augen der Liebe«, erwiderte sie lächelnd. Aber schon hatte er die schwarzen Ringe unter ihren Augen entdeckt.

»Maria, irgend etwas ist mit dir passiert.«

»Heute abend«, sagte sie. »Heute abend müssen wir ein langes Gespräch führen. Aber erst mußt du baden und essen. Und dann kommt Livia.«

Er stöhnte.

Als er aus dem Bad stieg, sah sie, was sie eigentlich nicht hatte sehen wollen. Er war gealtert, sein geschmeidiger Körper hatte die Spannkraft verloren. Und seine dunklen Haare waren mit weißen Strähnen durchzogen.

Sie aßen. Das Fleisch war zart und der Wein rot und schwer.

»Du kannst noch ein wenig schlafen, bevor deine Schwester kommt.«

Er nickte dankbar und verschwand im Schlafzimmer. Im nächsten Augenblick schon hörte sie ihn schnarchen.

Als Livia kam, war Maria gerade dabei abzuwaschen, und die Schwägerin sagte wie so oft: »Ich kann nicht begreifen, daß du dir nicht eine junge Sklavin zulegst.«

Maria lagen die Worte auf der Zunge. Aber sie hielt den Mund. Livia würde es doch nicht verstehen: »Dienet einander.«

Sie fragte statt dessen: »Möchtest du einen Becher Wein?«

»Danke nein. Ich brauche einen klaren Kopf. Gib mir lieber etwas von dem Saft, den du aus Kräutern selbst herstellst.«

Sie setzten sich, jede mit einem vollen Becher, in den Garten und schauten einander an. Sie altert nicht, dachte Livia. Sie ist noch ebenso jung wie an dem Tag, an dem sie hierher kam. Ebenso blond. Ihre tiefblauen Augen sind von solch einer Klarheit, daß ihr guter Verstand, ein Geschenk der Götter, nur allzu deutlich zu Tage tritt. Doch sie bedient sich dieser Gabe nur selten und scheint sich ausschließlich auf ihre eigene Kraft zu verlassen.

Sie ist nicht wirklich schön, ihre Nase ist lang und ihr Mund in dem schmalen Gesicht klein. Er enthüllt ihre große Verletzlichkeit und steht im eigentümlichen Gegensatz zu ihrem Blick, der unnachgiebig und durchdringend ist.

Eine Schar weißer Störche, unterwegs zu den kalten Gewässern der Germanen weit im Norden, flog auf schwarzen Schwingen über den Garten hinweg. Livia folgte ihnen mit den Augen. Frei, grenzenlos frei, dachte sie.

Dann sah sie Maria forschend an. »Du siehst müde aus?«

»Ich habe heute nacht schlecht geschlafen.«

»Hast du dich einsam gefühlt?«

»Ja«, erwiderte Maria, erleichtert, nicht lügen zu müssen.

Und Livia dachte: Sie antwortet bereitwillig auf alle Fragen, und dabei gelingt es ihr, hinter den einfachen Worten alles zu verbergen. Sie lügt nicht, dazu ist sie zu intelligent.

Dennoch hat sie große Geheimnisse.

Jetzt flog eine Schar Flamingos lärmend über die Dächer und färbte den Himmel rosa. Diesmal schaute Maria den Vögeln nach und sagte: »Die haben sich im Fluß niedergelassen.«

Livia kam aus dem Grübeln über ihre Schwägerin nicht heraus.

Vielleicht sind es die Geheimnisse, die ihr diese Kraft verleihen. Vielleicht wären wir alle stärker, wenn wir ein – und sei es ein noch so kleines – inneres Refugium besäßen, das keiner betreten darf.

Sie seufzte. Selbst glich sie einem offenen Buch.

Jetzt sah sie, daß das Dunkel, das Maria stets umgab, sie mehr bedrückte als gewöhnlich. Livia wußte schon lange, daß ihre Schwägerin schwer an ihren Erinnerungen trug. Leonidas hatte ihr von Marias Eltern erzählt, vom Vater, der als Aufrührer gekreuzigt worden war, und der Mutter und den Brüdern, die durch Messerstiche den Tod gefunden hatten.

Juden. Livia dachte an das störrische Volk, Menschen, die die Stirn hatten zu behaupten, es gebe nur einen und zwar ihren Gott.

Fanatiker.

Nur, Maria wirkte nicht besonders jüdisch, sie hatte einen auffallend hellen Teint und war blond. Und dann diese Augen, strahlend blau wie der Enzian, der im Frühling in den Bergen blüht. Ab und zu ging sie allerdings in die Synagoge. Aber angenommen, sie tat es aus Frömmigkeit, dann war ihr Glaube eher schwach.

»Es gibt einen Propheten in der Stadt, einen Juden, der bei den Leuten für eine neue Religion wirbt«, sagte Livia. »Hast du schon von ihm gehört?«

Maria blieb die Antwort erspart, denn Leonidas stand in der Tür. Aber nicht nur er, sondern auch Livia hatte bemerkt, wie die Farbe aus Marias Gesicht gewichen war und daß sie ein wenig schwankte, als sie sich vom Tisch erhob.

»Entschuldigt mich bitte«, sagte sie. »Ich habe Kopfschmerzen.«

»Meine Liebe, geh und leg dich ein wenig hin.«

Leonidas begleitete sie bis ans Bett. Er schien besorgt.

»Wer ist es?« flüsterte er.

»Simon Petrus.«
»Wir reden heute abend.«

Aber es kam an diesem Abend zu keinem Gespräch. Leonidas und Livia hatten beschlossen, zum großen Platz zu gehen und sich den neuen Propheten anzuhören. »Ich muß ihn sehen.«

»Aber sei vorsichtig, daß er oder einer seiner Begleiter dich nicht erkennt.«

»Du gehst nicht mit?«

»Nein, ich kann es nicht ... nicht noch einmal.«

»Du warst gestern dort?«

»Ja.«

Livia war nach Hause gefahren, um sich umzukleiden. Genau wie Maria wählte sie ein schwarzes Gewand und ein großes Kopftuch. Als sie zurückkam, um die beiden abzuholen, erfuhr sie, daß Maria sich immer noch nicht wohl fühlte.

»Außerdem interessiert sie sich nicht für schwärmerische Propheten«, sagte Leonidas, und Livia dachte, daß ihr Bruder längst nicht so klug wie seine Gattin war. Er log unnötigerweise.

Leonidas kam erst spät in der Nacht zurück. Maria schlief bereits, er selbst konnte nicht einschlafen. All das Unglaubliche, das er zu hören bekommen hatte, wirbelte ihm durch den Kopf, phantastische Bilder verflochten sich zu einer unwahrscheinlichen Legende. Im Morgengrauen ging er zu Maria ins Zimmer: »Wir müssen miteinander reden.« Sie war weniger niedergeschlagen als noch am Vorabend, aber das Herz in ihrer Brust flatterte.

Leonidas war erregt und zornerfüllt, Maria konnte es in seinen Augen sehen. »Simon Petrus hat sich zu einem großen Lügner entwickelt«, sagte er. Der Jünger hatte eine aus Bruchstücken unterschiedlicher Religionen zusammengewürfelte Geschichte voll magischen Unsinns erzählt.

»Wie das?«

»Das kann ich dir sagen. Jesus wurde von einer unberührten Jungfrau geboren und von Gott selbst gezeugt.«

Er lachte: »Der Gott der Juden ist neuerdings wohl offensichtlich genauso versessen auf irdische Jungfrauen wie der griechische Zeus. Jesus ist in Bethlehem in einem Stall zur Welt gekommen, weil nämlich eine alte Prophezeiung sagte, daß der Messias dort geboren werden würde. Außerdem ist er in aufsteigender Linie ein direkter Nachkomme von König David, dessen Geschlecht bekanntlich seit vielen Jahrhunderten ausgestorben ist.«

Leonidas verstummte.

Er dachte eine Weile nach und fuhr dann fort: »Manche dieser Legenden sind der Schrift der Juden entnommen, vieles jedoch entspringt dem Aberglauben anderer Religionen. Alles wird zu einem phantastischen Mythos verwoben, der beweisen soll, daß Jesus ein Gott war, der sich aus Barmherzigkeit von einer Frau als Mensch gebären ließ.«

Maria war seltsamerweise nicht erstaunt. Leonidas sah sie an und sagte herausfordernd: »Hast du ihn jemals sagen hören, daß er der Messias sei?«

»Nein, nein. Er nannte sich Menschensohn. Ich habe seine Mutter gekannt, eine gute, irdische Frau. Sie war die Witwe eines Zimmermanns aus Nazareth, hatte mehrere Kinder und ein schweres Leben.«

Leonidas seufzte tief, bevor er fortfuhr: »Nach drei Tagen ist Jesus von den Toten auferstanden. Wie Osiris, der Gatte der Isis. Auch sie gebar, wie du weißt, einen Göttersohn.«

Maria interessierte sich nicht für Osiris. »Und Jesus ist den Jüngern erschienen?«

»Nein, er kam in leiblicher Gestalt. Sie konnten ihre Finger in die Narben der Wunden legen, die ihm am Kreuz zugefügt worden waren. Nach vierzig Tagen fuhr er in den Himmel auf, und bald wird er wiederkommen, um uns alle zu richten.«

»Jesus hat nie einen Menschen verurteilt«, flüsterte Maria. »Keinen. Weder Steuereintreiber, Huren noch andere Geächtete.«

Leonidas hörte ihr nicht zu, sondern sprach weiter: »Petrus zufolge starb er um unserer Sünden willen. Wir sollten durch sein Blut reingewaschen werden. Er opferte sich als Sühnelamm, ähnlich dem blutigen Schlachtopfer der Juden in ihrem Tempel.«

Maria versuchte ihr Herz zu beruhigen. Dann erinnerte sie sich: »Er hat oft gesagt, daß wir das Kreuz auf uns nehmen und ihm nachfolgen müssen.«

Sie schwiegen lange, bis Maria weitersprach: »Er hat seinen Tod frei gewählt, das ist wahr. Aber die Menschen haben ihn nicht verstanden. Nicht damals, nicht heute.«

Sie sah Leonidas, der sich seiner Sache so sicher war, aufmerksam an. Sie selbst hatte keine feste Meinung, dachte aber, daß der, der Jesus zu verstehen suche, durch ihn aus all den Träumen, die die Welt seit Anbeginn der Zeiten geträumt hatte, Kraft schöpfen konnte.

Dann kam ihr das alte Gebet in den Sinn, das sie als Kind in der Synagoge von Magdala gehört hatte. Es sprach von Ihm, der kommen würde, die Toten aufzuerwecken, die Gestrauchelten aufzurichten, die Kranken zu heilen, die Gefangenen zu befreien und sich denen gegenüber treu zu erweisen, die im Staube ruhten.

»Sie nennen sich Christen und finden überall Anhänger«, sagte Leonidas. »Mit Hilfe der Legenden werden sie Erfolg haben.«

Wieder schwiegen sie beide.

Schließlich wagte Maria die Gedanken in Worte zu fassen, die sie während der schlaflosen Nacht belastet hatten, daß sie nämlich jedes Wort, jedes Ereignis der Wanderjahre mit dem Menschensohn aus ihrem Gedächtnis hervorholen wolle.

Leonidas war begeistert: »Schreibe! Schreibe alles auf, was dir einfällt. Schließlich warst du diejenige, die ihm am nächsten stand und ihn am besten kannte.«

Maria schüttelte den Kopf und dachte, daß keiner Ihn gekannt hatte, daß jeder einzelne seiner Begleiter Ihn auf seine ganz persönliche Art verstanden hatte.

»Das wird schwierig«, sagte sie. »Er war zu groß für uns.«

Gegen Abend gingen sie, wie verabredet, zu Livia, die, um ihren Bruder willkommen zu heißen, zum Essen eingeladen hatte. Ihr Weg führte sie an dem prächtigen Daphnetor vorbei, und während Leonidas sich erkundigte, ob seine Waren schon durch den Zoll gegangen waren, stieg Maria über die steile Treppe auf die Stadtmauer hinauf, um das riesige Karawanenlager von oben zu betrachten. Tausende Buden und Zelte erstreckten sich in der Ebene bis zum Horizont. Hunderte Kamele schaukelten durch die Zeltgassen mit den Verkaufsständen und dem Gewimmel von Menschen in exotischen, grellbunten Gewändern. Die Entfernung war zu groß, um hören zu können, was sie einander zuriefen. Das spielte aber keine Rolle, denn sie wußte, daß sie die fremden Sprachen nicht verstehen würde.

Maria ließ den Blick nach Westen schweifen, verfolgte das langgezogene Bollwerk mit den Augen Stein für Stein bis hin zum Meer, wo die Hafenstadt Seleuka lag. Sie sah die Armenviertel, die sich an die Mauer klammerten, und dachte an die ausgezehrten und dem Alkohol verfallenen Männer, die Huren, die durch den Verkauf ihrer Körper zu überleben versuchten, die bettelnden Kinder, die in den Abfällen der Schiffe wühlten.

Es war eine unerträgliche Welt, und so wandte sie den Blick entschlossen ab und in die andere Richtung. Dort konnte sie den Karawanenweg über die Berge verfolgen, auf dem sich Tag für Tag lange Züge in östliche Richtung zum Euphrat schlängelten, und weiter bis ins Herz des Partherreiches.

Als Leonidas kam, um Maria abzuholen, war er zufrieden. Alles war nach Wunsch verlaufen. Aber wie immer ärgerte er sich über die hohen Zollkosten.

Livia wohnte am Ufer des Orentes unweit der Flußinsel, wo sich die Selukiden ihren Palast gebaut hatten. Als sie sich zu Tisch setzten, konnten sie das Murmeln des langsam dahinfliegenden Flusses hören und zusehen, wie die Vögel sich für die Nacht an den Ufern niederließen. Livias Tochter und deren Mann waren auch anwesend. Maria begrüßte Mera, eine junge Frau von großer Warmherzigkeit und starkem Gottvertrauen. Sie war eine Verehrerin der Isis und versenkte sich täglich im Tempel vor dem Abbild der großen Göttin in tiefes Gebet.

Wie immer setzte Livia ihren Gästen erlesene Speisen vor. Auf Leonidas hatte das allerdings keine wohltuende Wirkung. Seine Augen schienen entzündet, und er wirkte teilnahmslos.

Aber seine Schwester war noch ganz erfüllt von dem vorangegangenen Abend und dem beeindruckenden Simon Petrus. Sie konnte von der Kraft, die von diesem Mann ausging, nicht genug schwärmen.

»Dieser junge Prophet aus Palästina muß ein seltsamer Mensch gewesen sein«, sagte sie. »Ich fand die Berichte über seine Tugenden geradezu rührend, wenn nicht sogar ergreifend unschuldsvoll.«

Maria war erstaunt. Das also hatte Livia herausgehört. Einen Augenblick lang war sie versucht, sich ihr anzuvertrauen, doch hielt Leonidas' Blick sie zurück. Und schon im nächsten Moment fuhr Livia fort: »Seine Lehre hat, soweit ich es verstehe, große Ähnlichkeit mit der Lehre des Orpheus. Und überhaupt haben diese Christen große Ähnlichkeit mit vielen anderen Bruderschaften der Sklaven und der Armen im Römischen Reich, wo man ja derartigem Leid gleichgültig gegenübersteht.«

»Du vergißt, daß diese Sklaven und sonstigen Armen in der Überzahl sind und somit eine Gefahr bedeuten«, sagte Livias Schwiegersohn Nikomakos.

»Aber dieser junge Prophet war kein Revolutionär.«

»Jedenfalls wurde er wie ein Aufrührer gekreuzigt.«

Livia ließ sich aber nicht unterbrechen, sondern fuhr fort: »Ich hatte den Eindruck, daß er – wie hieß er noch, ach ja, Jesus – nie einsehen wollte, daß die Menschen im Grunde genommen böse sind. Er war naiv.«

Maria wollte rufen, daß Jesus viel größer war, als Livia je zu begreifen imstande wäre. Aber sie zwang sich zu schweigen und erinnerte sich daran, daß sie selbst ähnlich gedacht hatte. »Sein Licht war so hell, daß es schwer für ihn war, klar zu sehen.«

Simon Petrus blieb noch einige Tage in Antiochia und sprach dort auf den großen öffentlichen Plätzen. Er hatte Erfolg, und die erste christliche Gemeinde außerhalb Jerusalems wurde gegründet.

Aber Maria ging nicht zu diesen Versammlungen.

Maria fiel das Erinnern nicht leicht. Tag für Tag saß sie vor der leeren Papyrusrolle.

»Mach dir keine Gedanken wegen der Reihenfolge«, sagte Leonidas. »Fang mit irgendeinem Ereignis an, ganz gleich, wann es stattgefunden hat.«

Sie versuchte die Szene von damals in jenem Haus in Jerusalem wieder aufleben zu lassen, als Simon Petrus sie verstoßen hatte. Ihr fiel ein, daß Andreas, Simons Bruder, kaum hatte sie zu sprechen aufgehört, gesagt hatte: »Seltsame Lehren verkündest du da. Ich glaube dir nicht.«

Und Simon sagte abfällig, daß Jesus niemals allein mit einer Frau gesprochen haben würde. Aber sie erinnerte sich auch an eine andere Stimme aus jener Zeit, die eingeworfen hatte: »Du bist ein Hitzkopf, Simon. Jetzt kämpfst du gegen diese Frau, als wäre sie dein Feind. Wenn der Erlöser sie für würdig befunden hat, wie kannst du sie verurteilen. Ihm war nichts fremd an ihrem Wesen, daher konnte er ihr manches Wissen anvertrauen, das uns vom Verstand her verschlossen geblieben wäre.«

Das hatte der sanfte Levi gesagt. Wie hatte sie diese Worte nur vergessen können?

Marias Herz war von Stolz erfüllt. Sie ging hinaus in den Garten und erfreute sich an jeder einzelnen Blume.

Was hatte Er wohl in ihr gesehen?

Die unerhörte Frage, wer Er war, würde nie beantwortet werden, das wußte sie. Sie konnte über das Unbegreifliche nur in dem Maße Zeugnis ablegen, wie es ihrem Verstand möglich war.

Aber dazu mußte sie zunächst wissen, wer sie selbst war. Sie würde Leonidas' Rat nicht befolgen. Sie würde am Anfang beginnen.

In Magdala am Ufer des Sees Genezareth war sie zur Welt gekommen. Es war ein ärmliches Dorf, magere Äcker gaben den Menschen ebenso Nahrung wie der See mit seinen Fischen. Schafe und Ziegen weideten in den kargen Bergregionen. Maria war noch keine fünf Jahre alt, als ihr die Aufgabe übertragen wurde, die Tiere an den Hängen rund um das Dorf zu hüten. Die Mutter warnte sie davor, sich unter den Bäumen aufzuhalten, die in höher gelegenen Regionen wuchsen. Dort, unter den Kronen der Terebinten und zwischen den grauen Stämmen der alten Eichen würden die verwilderten Hunde und die lachende Hyäne gierig auf Menschenfleisch lauern.

Maria war ein folgsames Kind, doch es kam vor, daß sie dem Verbot trotzte. Der Wald zog sie an. In dem schimmernden Grün unter den Bäumen war es still und feierlich. Nach Meinung des Kindes wohnte dort Gott.

In ihrem Elternhaus wurde viel mit Gott gesprochen. Im Winter hörte sie, wie der Vater dem Allmächtigen jeden Morgen Dank sagte: »Gepriesen seist du, Herr, König des Weltalls, daß du mich nicht als Frau erschaffen hast.« Und die Stimme der Mutter antwortete: »Gepriesen seist du, Herr, der du mich nach deinem Willen erschaffen hast.«

Der Vater sah die Tochter nie an, sah an ihr vorbei oder durch sie hindurch, als wäre sie Luft. Sie fürchtete sich vor ihm, vor seiner grobschlächtigen Gestalt und seinem verschlossenen Gesicht mit dem harten Blick.

Alles wurde leichter, wenn der Frühling kam, aber das war nicht etwa nur wegen der Wärme und der Blumen. Jahr für Jahr, wenn der sanfte Wind die roten Anemonen an den Hängen wiegte, ging der Vater fort, und ein großer Friede senkte sich auf das Haus.

»Wohin geht er?« Die Antwort der Mutter lautete immer gleich: »Hinauf in die Berge.« Sie sagte es mit verkniffenem Mund, als wolle sie die Worte nur ungern herauslassen, und das kleine Mädchen begriff, daß es keine weiteren Fragen stellen durfte.

Die Mutter wirkte nach dem Verschwinden des Mannes fröhlicher. Nicht daß sie es vor anderen gezeigt hätte, vielleicht spürte nur Maria dieses Geheimnis. Wenn die beiden zum Brunnen gingen, um Wasser zu holen, konnte es vorkommen, daß sie unterwegs stehen blieben und zu den Bergen hinaufschauten, wo zwischen Kaprifolium und Ginster der Oleander rosa blühte. Wenn das Kind die Mutter eindringlich darum bat, zitierte sie bisweilen auswendig aus der Schrift:

Denn vorbei ist der Winter, verrauscht der Regen.
Auf der Flur erscheinen die Blumen,
die Zeit zum Singen ist da.
Die Stimme der Turteltaube
Ist zu hören in unserem Land.
Am Feigenbaum reifen die ersten Früchte;
Die blühenden Reben duften.

Dabei lächelten sie einander an.

Marias Familie besaß kein Fischerboot und auch keine Weinberge. Aber einen Reichtum hatte man. Der größte Feigenbaum des Dorfes wuchs vor ihrem Haus. Der gesegnete Baum mit seinen abertausend grünen Fingern gewährte den Menschen selbst im heißesten Sommer Schatten. Er war freigiebig gegenüber den Armen und schenkte jährlich zwei Ernten. War der Frühling mild, konnten die ersten süßen Feigen schon zum Paschafest reif sein. Gegen den Winter hin, bevor die Regenstürme einsetzten, waren alle auf den Trieben wachsenden Früchte reif und wurden behutsam, fast feierlich, vom Baum gepflückt.

Die Mutter gebar jeden Sommer ein Kind, vier Söhne in ebenso vielen Jahren. Die Geburten kamen immer zur unrechten Zeit, mitten in der Ernte. Sie gebar ohne Klagen und stand mit dem neuen Kind in einem auf den Rücken gebundenen Sack schon nach wenigen Tagen wieder auf dem Acker. Die Nachbarn unterstützten sie nach bestem Vermögen. Allerdings erst, wenn der neue Sohn beschnitten war.

Als der Letztgeborene, nach der Beschneidung von Maria gepflegt, mit starken Schmerzen im Fieber lag, fiel ihr zum ersten Mal auf, daß nicht nur der Vater sie stets übersah, sondern auch die Nachbarn, und daß sogar der Bruder der Mutter auftrat, als wäre sie nicht vorhanden. Jetzt endlich hatte sie verstanden, daß es Schmach bedeutete, als Mädchen geboren zu sein, und ganz besonders als Erstgeborene.

Aber das war nicht die ganze Erklärung dafür, daß sie zur Außenseiterin wurde.

Da war noch die Sache mit dem Kopftuch. Andere kleine Mädchen durften das Tuch abnehmen, wenn der Wind während der Feldarbeit Abkühlung brachte. Sie aber nicht. Kaum waren die Schlafmatten am Morgen zusammengerollt, bürstete die Mutter Marias Haar, flocht es zu einem festen Zopf und band ihr das Tuch stramm um den Kopf. Zum Schluß verknotete sie es so kunstvoll unter dem Kinn, daß das Kind es unmöglich aufknüpfen konnte.

Maria schämte sich für ihre Haare. Einmal, als sie allein bei den Schafen war, gelang es ihr, das Tuch auf die Schultern herunterzuziehen und eine Haarsträhne aus dem Zopf zu lösen. Sie erschrak, sah zu ihrem Entsetzen, daß die Haare unnatürlich gelb, so wie reifer Weizen waren. Von diesem Tag an beklagte sie sich nicht mehr über das Kopftuch, sie half im Gegenteil mit, den Knoten fester zu binden und das Tuch tief in die Stirn zu ziehen, um den Haaransatz zu verdecken.

Die Mutter seufzte tief, wenn sie Marias Haare am Morgen flocht. Eines Tages sagte sie, das Kopftuch helfe nur wenig, weil es nicht auch die Augen des Mädchens verdecke.

»Was stimmt denn mit meinen Augen nicht?«

»Sie sind schön«, sagte die Mutter und errötete. »Blau wie die Iris auf den Wiesen im Frühling.«

Für einen Augenblick ahnte Maria die verborgene Sehnsucht in der Stimme der Mutter. Es war seltsam, aber sie verstand, daß diese auf geheimnisvolle Weise mit dem Gefühl ihrer engen Verbundenheit verknüpft war. Kein anderer konnte es sehen, aber Maria wußte, daß sie das Kind war, das die Mutter am meisten liebte. Sie war es, der heimlich ein Stück vom frisch gebackenen Brot zugesteckt wurde. Und manchmal, wenn sie allein im Stall waren, ließ die Mutter sie die obere fette Schicht der Milch trinken.

Jetzt fühlte sie sich getröstet, sie hatte schöne Augen. Doch schon am selben Nachmittag begann sie die Augen der anderen Kinder verstohlen zu beobachten. Manche hatten so dunkle Augen, daß man nicht einmal die Pupillen erkennen konnte, doch die meisten Augen waren in den verschiedensten Schattierungen braun. Das eine oder andere Kind hatte einen helleren Blick, eines hatte sogar graue Augen. Es war ein Junge, sie musterte ihn eingehend und entdeckte, daß auch seine Haare heller waren als die der anderen Kinder. Aber längst nicht so widerlich gelb wie ihre. Doch wenn die Sonne auf seinen Kopf schien, konnte er wie Silber glänzen.

Ein einziges Mal sah sie einen Mann mit blauen Augen. Es war, als eine römische Truppe durch das Dorf ritt und die Menschen sich, blaß vor Verbitterung und Angst, in ihre Häuser zurückzogen. Die Reiter strichen dicht an den Häusern vorbei, und Maria, die hinter einem Pfeiler im Stall hervorlugte, begegnete plötzlich dem Blick eines jungen Soldaten. Seine Augen waren blau wie der Himmel, und unter dem Helm konnte sie die Haare erkennen – gelb wie ihre eigenen.

Die Begegnung währte nur einen Augenblick, beeindruckte sie aber zutiefst. Sie ähnelte also den gehaßten Fremden!

Einige Zeit später belauschte sie zufällig ein Gespräch zwischen Abiatar, dem Nachbarn, und einem seiner Söhne. Sie sprachen über die Römer, die durch das Dorf geritten waren, und von den jüdischen Aufständischen, die sich in immer größeren Scharen in den Bergen sammelten, um sich in der Kriegskunst zu üben. Der Junge wollte dorthin: »Gott will die Befreiung seines Volkes.«

»Nur Narren folgen Judas dem Galiläer hinauf in die Berge. Verrückte wie Barak von nebenan, der Frau und Kinder verläßt und sich einbildet, er könnte die Römer hinauswerfen.«

»Aber Gott will ...«

»Gott will, daß Sein Volk leidet und wartet. Wenn Er die Zeit für reif hält, wird Er uns ein Zeichen geben. Und das hat Er nicht getan, jetzt nicht und auch nicht vor den anderen Kriegen. Es geschehen keine Wunder.«

Er hob die Stimme, schrie: »Aufruhr führt zu Krieg, Frauen und Kinder werden gemordet, Äcker und Dörfer verbrannt. Und die Helden aus den Bergen werden ans Kreuz geschlagen.«

Die letzten Worte spie er gleichsam hohntriefend heraus. Der Sohn schwieg, als sie weitergingen, und Maria wagte sich aus dem Gebüsch, wo sie gelauscht hatte. Auf flinken Beinen rannte sie zur Mutter, die soeben die Öllampe angezündet hatte.

»Mutter, wird es Krieg geben?«

»Wo hast du das denn gehört?«

»Ist Vater ein Krieger, der in den Bergen übt?«

Die Mutter hatte Maria noch nie gestraft, jetzt aber schlug sie ihr hart ins Gesicht.

»Maria, das sind gefährliche Reden. Nie, nie darfst du sie weitersagen, zu keinem einzigen Menschen.«

Maria rieb sich die Wange, Tränen quollen aus ihren Augen, und die Mutter besann sich.

»Laß uns um Frieden beten. Aber zuerst mußt du auf die Heilige Schrift Gottes schwören, daß du nie wieder solche Worte in den Mund nimmst.«

Das Kind weinte und legte den Schwur ab. Aber während des Gebets schwieg Maria und dachte mit zusammengekniffenen Augen, daß das, was Abiatar zu seinem Sohn gesagt hatte, wahr sein mußte: »Frauen und Kinder werden gemordet, Äcker und Dörfer verbrannt. Und die Helden aus den Bergen werden ans Kreuz geschlagen.«

Warum sollte die Mutter sonst so verzweifelt beten.

Am nächsten Tag war Abiatars ältester Sohn verschwunden, und das Kind konnte die Angst in den Gesichtern der Menschen sehen. Aber sie schwiegen, als wäre es gefährlich, über die Gefahr zu sprechen. Das Schweigen lastete auf dem Dorf, und in seinem Schutz wuchsen verhaltener Zorn und Mißtrauen. Die Leute grüßten einander, blieben aber nicht mehr stehen, um ein Wort zu wechseln.

Die Mutter war immer einsam gewesen, jetzt stieß man die Frau des Barak aus der Gemeinschaft aus.

Eines Tages begegnete das Mädchen dem alten Hirten, einem einsilbigen Mann, der den Mund selten auftat. Er trieb seine Herde an ihren Schafen vorbei, warf einen Blick auf das Kind und sagte: »Nun ja. Das ist früher passiert und wird wieder passieren.«

Neuigkeiten erreichten heimlich das Dorf. Manche brachten die

Hirten mit, die in den Bergen andere Hirten getroffen hatten. Aber meist kamen sie übers Wasser von Fremden, die in Fischerbooten über den See geflüchtet waren. Manche sprachen von Siegen, von Erfolgen aus dem Hinterhalt. Aber ihre Worte klangen vage, und ihre Augen waren leer und ohne Hoffnung. Andere berichteten von großen Schlachten und Tausenden gekreuzigten Juden.

Der Einsilbige kam mit der Botschaft aus den Bergen, der römische General Varius, Gouverneur in Syrien, sei mit zwei Legionen unterwegs. Das eine Heer komme von der Seeseite und werde von Süden angreifen, während das andere den Weg über die Berge im Norden wähle.

»Wir werden zwischen zwei Mauern zermalmt«, sagte der Hirte.

Maria hörte, verstand aber nicht.

Einige Tage später, als sie zum Ufer geschickt worden war, um Fische zu kaufen, schrie ihr ein alter Fischer zu, sie solle verschwinden! Sie mache den Fang unrein, schrie er.

Maria kam nach Hause, das Geld fest in der Hand und starr vor Schreck.

»Ich habe ihre Fische unrein gemacht.«

Die Mutter schwieg wie ein Fels, aber der älteste Bruder, gerade fünf Jahre alt, rief mit lauter Stimme, daß Maria der Schandfleck der Familie sei.

»Alle sagen, daß du unrein bist, ein sündiges Hurenkind«, schrie er, doch da trat die Mutter aus ihrer Versteinerung heraus. »Wenn Maria ein Hurenkind ist, bin ich eine Hure«, sagte sie, und ihre Stimme war hart, und die Augen brannten vor Zorn, als sie den Jungen schüttelte und fortfuhr: »Hast du vergessen, wie Gott den richtet, der seine Eltern nicht ehrt?«

Maria, die nicht wußte, was eine Hure ist, war sich von diesem Augenblick an sicher, daß alles, was die Familie zu erleiden hatte, allein ihre Schuld war. Das war der Zeitpunkt, zu dem sie beschloß wegzulaufen.

Während der darauffolgenden Nächte sammelte sie ihre Kräfte. Sie wollte die mondlose Nacht abwarten und während der Dunkelheit in die neue Stadt gehen, die Herodes Agrippa zu Ehren des römischen Kaisers hatte bauen lassen. Herodes nannte sie Tiberias, und die Juden nannten sie Stadt der Sünde.

Maria weinte manchmal ein wenig, aber nur, wenn sie an ihre Mutter dachte.

So kam schließlich die Nacht ohne Mond. Es war schwierig, die Füße im Dunkeln richtig zu setzen, sie fiel mehrmals hin, schürfte sich die Knie auf und wischte das Blut mit dem Mantel ab, den sie sich um die Schultern gelegt hatte. Entsetzt erkannte sie, daß sie nur ein kurzes Stück des Weges hinter sich gebracht hatte, in Erwartung der Morgendämmerung nun aber doch eine Rast einlegen mußte. Sie zitterte vor Kälte, aber es war nicht das, was sie wach hielt. Nein, es waren die eigenartigen Geräusche, die die Nacht erfüllten.

Die Engel des Satans, dachte sie. Dann ist es also wahr, daß Luzifers Anhang in der Nacht, in der der Mond sich ausruht, in den Bergen tobt.

Dann hörte sie das Klappern von Pferdehufen auf Steinen, Hufen von Hunderten Pferden. Und etwas später das Aufeinanderkrachen sich kreuzender Schwerter, das Brüllen von Männern, die sich gegenseitig die Helme spalteten, Kommandorufe, Sieggeschrei.

Erst da begriff sie, daß der Krieg sie eingeholt hatte.

Sie mußte zur Mutter nach Hause zurück.

Maria lief, wie sie noch nie zuvor gelaufen war. Der Himmel im Norden leuchtete rot, das konnte nicht die Dämmerung sein.

Es brennt in Seoforis.

Jetzt konnte sie die ersten Häuser von Magdala erkennen, und dort war es dunkel und ruhig. Aber sie blieb vor der Tür verwundert stehen, denn sie hörte die rauhe, zornige Stimme des Vaters: »Du schweigst, Weib. Verschwinde in die Berge. Sie werden dich jagen, und dann führst du sie direkt zu mir und den Kindern. Verschwinde! Hast du vergessen, was die Schrift über das Weib sagt, das sich gegen seinen Mann auflehnt?«

Er schrie wie besessen, schrie so laut, daß er das Klappern der Hufe übertönte – die Pferde der römischen Truppe. Aber Maria hörte es, konnte nicht denken, sondern rannte wie der Blitz. Das Haus hatte nur drei gemauerte Wände, die vierte bildete der Fels, an den es sich lehnte. An der äußersten Ecke gab es eine schmale Öffnung zwischen Wand und Gestein. Von dort führte eine Leiter aufs Dach. Maria kletterte bis zur halben Höhe, wußte, daß es schon dämmerte und daß man sie bei Licht auf dem Dach sehen würde.

Also blieb sie, eingeklemmt zwischen Felswand und Leiter, stehen. Durch eine Ritze konnte sie von dort ins Zimmer sehen, sah, wie die Soldaten die Tür eintraten, lachten, den Vater ins Gesicht schlugen und angefangen bei den Füßen über Bauch und Brust bis zu den Armen Windung um Windung fesselten.

Er sah aus wie ein großer Fisch, den man vor dem Räuchern mit Schnur umwickelt hatte.

»Ans Kreuz mit dir.«

Das sagte ein Grieche, der nur gebrochen Aramäisch sprach.

Dann erblickten die Soldaten die Frau und die kleinen Kinder.

»Laßt sie in Ruh'.«

»Nein, wir müssen die Juden wie Ungeziefer vertilgen.«

Maria drückte die Augen fest zu, als der Mutter und den Brüdern der Hals durchgeschnitten wurde, und hatte nur noch einen einzigen Gedanken.

Sie wollte sterben.

Aber sie wußte nicht, wie man das machte. Sie hielt weiter die Augen geschlossen, roch aber den Rauch.

Die Soldaten hatten das Haus angezündet.

Ohne zu denken und ohne es eigentlich zu wollen, floh Maria in die Berge, wo sie den alten Ziegensteig kannte, lief und lief.

Maria bemühte sich bis zum Äußersten, die schlimmen Bilder wieder vor ihrem geistigen Auge entstehen zu lassen. Was ist Wahrheit, was ist Dichtung, wo verlaufen die Grenzen? Wieviel kann ein Mensch sich ins Gedächtnis zurückrufen, ohne daran zu zerbrechen?

Mehr Erinnerungen an diese Flucht hatte sie nicht, sie hatte die Augen zugekniffen und war losgerannt.

Und sie hatte in all den Jahren bei Euphrosyne weiterhin die Augen geschlossen gehalten. Sie hatte sich stets vor den Nächten gefürchtet, in denen Vergessenes aus dem Dunkel auftauchen konnte.

Im großen und ganzen gesehen hatte sie an ihrem Vorsatz festhalten können – sich nie zu erinnern. Bis zu dem Zeitpunkt, als sie Ihm begegnet war, der gesagt hatte: »Nur die Wahrheit macht euch frei.«

Die Wahrheit? Sie schaute die Rolle an, auf der sie die Geschichte ihrer Kindheit niedergeschrieben hatte. Und wieder stellte sich ihr die Frage: Wieviel davon ist wahr?

Hatte sie ihre Kindheit verklärt? Nein, denn auch das schwierigste Heranwachsen hat seine lichten Seiten. Ein Kind braucht nicht viel: Sonne, die in den Baumkronen spielt, ein neugeborenes Lamm, das in seinen Armen schläft, und auch die Freude der Bewegung, das Springen über Steine und das Laufen über die Hügel.

Hatte sie ihr Anderssein aufgebauscht?

Sie glaubte es nicht, sie konnte noch immer die Scham wegen der gelben Haare und der blauen Augen empfinden. Und die Verachtung, die ihr entgegengebracht wurde.

Sie las noch einmal, was sie geschrieben hatte, dachte von sich, was sie auch von Jesus gedacht hatte: wie einsam sie doch war.

Aber jetzt konnte sie auch sehen, daß dieses kleine Mädchen aus Magdala ein starkes und lebenstüchtiges Kind gewesen war.

Mutter.

Maria hatte sich bemüht, hatte ihren Kopf angestrengt, um sich den Namen der Mutter ins Gedächtnis zu rufen. Vergebens. An das Lächeln der Mutter konnte sie sich erinnern, wohl, weil es eine so große Seltenheit war. Die deutlichsten Bilder hatten mit der Traurigkeit der Mutter zu tun. Ihrer Müdigkeit. Dieser von Schwangerschaften ausgemergelte Körper, gebeugt und der früheren Schönheit beraubt. Und dann die geballte Faust, die sich in den Rücken drückte, um die Schmerzen zu lindern.

Das war Sklaverei, dachte Maria.

So hatte sie das als Kind natürlich nicht gesehen. In ihrer Welt galt die Schrift, Jahre und Kinder waren das Los der Frauen, der Lauf des Lebens und der Wille Gottes. Viele Kinder starben, verschwanden wie Schatten in die Vergessenheit. Genau wie die Mütter, die im Kindbett ihr Leben ließen.

Mutter war sechzehn, als sie mich gebar, und zweiundzwanzig, als sie starb.

Maria war müde, als sie zu Bett ging. Als sie die Fensterluke schloß, sah sie die Nacht schwarz über den Bergen stehen. Auch heute eine mondlose Nacht!

Beim Abendgebet bat sie um einen tiefen traumlosen Schlaf. Aber sie wurde nicht erhört, sie träumte von Chua. Schon im Schlaf empfand sie großes Erstaunen. Eine Frau, die Gemahlin ihres Onkels, kam auf dem über die Berge führenden Ziegensteig auf sie zu, breitete die Arme aus, drückte das Mädchen an sich, so daß es lachen mußte.

Maria erwachte fröhlich. Das hatte sie wahrscheinlich der wohltuenden Wärme des Traumes zu verdanken. Jetzt vergegenwärtigte sie sich die Bilder. Chua war hochgewachsen und stolz, ihre

Brüste waren rund, nicht flach wie ausgewellter Teig. Aber sie hatte auch nur drei Kinder geboren, zwei Söhne und eine Tochter.

Danach waren ihr weitere Geburten erspart geblieben.

Bei den Frauen am Brunnen und am Steg, wo man den Fisch kaufte, wurde über sie getuschelt. Getuschel, das zu gleichen Teilen aus Neid und Vorwurf bestand: Sie mische merkwürdige Kräuter zu einem Trank zusammen, den sie einnahm. Diese Kunst hatte Luzifer sie gelehrt, jemand hatte sogar gesehen, wie einer seiner bösen Engel sie heimsuchte.

Man warf ihr Eitelkeit vor. Aber sie war die einzige, die zu Mutter und ihr lieb war. Maria konnte sich plötzlich an die zärtlichen Gespräche am Ofen erinnern, wenn die beiden Frauen ihre Brote buken.

Als Maria sich am nächsten Morgen an den Tisch setzte und ihr Schreibzeug auspackte, dachte sie, daß zunächst einmal Leonidas' Erinnerungen würden herhalten müssen.

Der Grieche und römische Centurio Leonidas war während der Kämpfe verwundet worden. Es war keine schlimme Wunde gewesen, aber sie hatte heftig geblutet. Und er war dankbar dafür, war sehr erleichtert, als ihm der Befehl erteilt wurde, nach Tiberias zurückzukehren, um den Arzt aufzusuchen.

Er verabscheute das Kriegshandwerk, aber mehr noch die Hartnäckigkeit der Juden, ihre Haarspaltereien, ihre entsetzliche Rhetorik und ihren schrecklichen Stammesgott.

Jetzt ritt er im Morgengrauen so geräuschlos wie möglich durch die ungastliche Landschaft. Die Schreie der Gekreuzigten tönten ihm noch in den Ohren, als er unvermittelt das Kind erblickte, das den Pfad entlanglief: kleine flinke Füße und langes, merkwürdig blondes Haar, das wie ausgebreitete Schwingen den kleinen Kopf umwehte.

»Hallo. Wer bist du?«

Das Mädchen blieb stehen, sah den Reiter aus großen Augen an. Blaue Augen!

»Ich bin Maria aus Magdala.«

Dann brach das Kind zusammen, er stieg vom Pferd und hob es auf seine Arme. Zweifellos hatte es das Bewußtsein verloren. Bei den Göttern, was sollte er tun? Das kleine Mädchen hatte Aramäisch gesprochen, mußte aber ein jüdisches Kind sein.

Als er sie aufs Pferd setzte, verstand er sein eigenes Verhalten nicht. Ein Judenbalg mehr oder weniger – was ging ihn das an.

Aber er hatte etwas in ihren Augen gesehen.

Eine Stunde später klopfte er an die Tür von Euphrosynes Freudenhaus, das in bester Lage am Seeufer der neuen Stadt stand. Sie öffnete selbst und sagte erstaunt: »Leonidas! Es wird dir nicht neu sein, daß wir vormittags geschlossen haben. Und den gewünschten Knaben habe ich dir bis jetzt auch noch nicht beschaffen können.«

»Hör mich an. Ich habe ein Kind aufgelesen, und ich möchte, daß du dich ihrer auf meine Kosten annimmst.«

Euphrosyne sah ihn mißtrauisch an.

»Ihrer?« sagte sie. »Ist es ein Mädchen?«

»Ja. Und ein ganz ungewöhnliches Kind. Ich werde für sie aufkommen.«

»Bist du auf der Flucht?«

»Nein, nein. Ich bin im Kampf verwundet und zurückgeschickt worden.«

Er legte Euphrosyne das Kind in die Arme. Das Mädchen schlief, Euphrosyne zog den Mantel beiseite, in den es gewickelt war, und sagte verblüfft:

»Das ist wirklich ein ungewöhnliches Kind.«

Als Maria die helle Frauenstimme hörte, erwachte sie aus ihrer Ohnmacht, sah die stattliche Frau und dachte, dies sei entweder ein Engel Gottes oder aber einer aus Luzifers Gefolge. Euphrosyne begegnete dem Blick des Kindes und dachte dabei, daß sie noch nie Augen wie diese gesehen hatte.

»Ich verlasse mich auf dich«, sagte Leonidas. »Und ich werde dich gut bezahlen.«

»Geh und laß deine Wunden pflegen.«

Inzwischen war das Haus erwacht, junge Frauen umringten verwundert das Mädchen und sagten eine wie die andere: »Wie hübsch, wie bezaubernd. Und so schmutzig!«

Maria wurde ins Bad gesteckt, in warmes, weiches Wasser, das nach Frühlingsblumen duftete. Sie fürchtete sich nicht vor dem Wasser, schämte sich aber ihrer Nacktheit. Bis ihr in den Sinn kam, daß sie im Himmel war und daß man dort mit Unreinen so verfuhr.

Dann wurde sie mit weichen Tüchern abgetrocknet und in ein

Bett gelegt. Das erschreckte sie mehr als die Badewanne, denn sie hatte noch nie in einem Bett geschlafen. Sie bekam ein mit gewürztem Quark bestrichenes Stück Brot. Und warme Milch mit Honig darin, das konnte sie schmecken. Aber noch etwas anderes war darin. Ein bitterer Geschmack war auf der Zunge zurückgeblieben, als sie einschlief.

Sie verschlief den ganzen langen Tag, wachte aber in der Nacht von Musik und Gelächter auf. Euphrosyne hatte das Bett des Kindes in ein eigenes Zimmer gestellt und die junge Mirjam als Wächterin dazugesetzt.

»Sie muß mit jemandem sprechen können, wenn sie aufwacht. Und du bist die einzige, die hier Aramäisch spricht.«

Mirjam war dankbar. Sie hatte sich vor diesem Abend gefürchtet, an dem die siegestrunkenen Soldaten vom Kampf zurückkommen würden.

Aber sie war müde, sie schlummerte immer wieder ein, schlief dann sogar tief und wurde schließlich von dem Gefühl geweckt, beobachtet zu werden. Maria hatte dieses feine jüdische Gesicht mit der edel gebogenen Nase, den roten Lippen und dem langen, braungelockten Haar schon lange betrachtet. Haaren, wie Maria sie sich immer gewünscht hatte.

Als Mirjam sie wach schüttelte, stellte Maria sich schlafend. Sie brauchte Zeit, sich zu erinnern, wo sie war. Und dann mußte sie darüber nachdenken, warum dieses schöne Mädchen so traurig aussah.

Im nächsten Augenblick begann sie verzweifelt zu weinen. Sie wollte schreien, konnte es aber nicht, es wurde nur ein Flüstern: »Mutter, sie haben Mutter getötet.«

»Soso, soso«, Mirjam trocknete Tränen und sprach beruhigende Worte: »Deine Mutter ist bei Gott. Sie hat es jetzt gut.«

»Wo bin ich?«

Mirjam zögerte, sagte dann aber die Wahrheit: »In Euphrosynes Freudenhaus.«

»Spielen sie deshalb so fröhliche Musik?«

»Ja, das kann man sagen.«

»Aber du hast keine Freude, du bist traurig?«

»Ich sehne mich wohl genau wie du nach meiner Mutter.«

Bald darauf tat Mirjam etwas, das ihr vermutlich Ärger einbringen würde. Sie kroch zu dem Kind ins Bett, zog die Kleine an sich. Als der Morgen über dem See dämmerte, fand Euphrosyne die beiden. Sie schliefen fest, und Euphrosyne war dankbar für die Möglichkeit, selbst auch zur Ruhe gehen zu dürfen. Es war eine beschwerliche Nacht gewesen.

Das Haus schlief, bis die Sonne im Mittag stand. Die Stille wurde dann und wann von einer schrillen Frauenstimme durchbrochen, die entweder jammerte oder zu einem der vielen Götter des Orients betete. Maria wurde manchmal von den Stimmen geweckt, schlummerte aber gleich wieder ein, wollte nicht, wollte nicht …

Dann schienen alle gleichzeitig aufzuwachen, Gelächter und Worte erfüllten die Räume, Wasser plätscherte, und immer öfter ertönte der Ruf nach einer Mahlzeit.

Bei den Göttern, was waren sie hungrig! Die Sklaven hatten das Haus aufgeräumt, es gab keine Spuren mehr vom Treiben der vergangenen Nacht.

Einige Ereignisse dieses ersten Tages würde Maria nie vergessen: Es war ein Mann, der das Essen zubereitete!

Und jede durfte essen, soviel sie wollte.

Die Frauen drängten Maria das Essen geradezu auf:

»Nimm dir noch ein Stück Brot, hast du das Huhn schon gekostet, wir geben dir das Brustfleisch, probiere den frischen Käse, nein, vielleicht ist er dir zu stark gewürzt. Aber hier gebe ich dir etwas, was dir bestimmt schmeckt, Feigenkuchen mit Honigsauce und getrockneten Trauben.«

Für jeden Bissen, den sie nahm, wurde sie gelobt. Brav, brav!

Es gab aber auch noch andere seltsame Dinge. Maria hätte sich fast verschluckt, als sie entdeckte, daß die Frau neben ihr gelbe Haare hatte. Und blaue Augen!

Dann entdeckte sie, daß Euphrosyne selbst auch blauäugig war. Aber das Allererstaunlichste an ihr waren doch die Haare, glänzend und rot wie Feuer.

Alle Frauen des Hauses interessierten sich für das Kind. Als ihnen bewußt wurde, daß das Mädchen ihre Sprache nicht verstand, wandten sie sich lautstark an Euphrosyne: »Sie darf doch bleiben! Wir nähen ihr neue Kleider, sie ist so bezaubernd, wir werden sie lehren…«

Euphrosyne antwortete ausweichend, es sei das Kind des Centurios Leonidas, sagte sie. Die Frauen lachten, Leonidas, der Knaben liebte, hatte doch wohl keiner Frau ein Kind gemacht!

»Nein, wenn ich recht verstanden habe, hat er das Mädchen auf der Flucht vor den römischen Truppen in den Bergen aufgelesen.«

Nach der Mahlzeit verschwanden alle im Garten. Maria an Mirjams Hand. Nur Euphrosyne schloß sich in ihrem Zimmer ein, um Geld zu zählen und über die Einkünfte der Nacht Buch zu führen. Wie so oft hatte sie Sorgen. Eines der Mädchen war mißhandelt worden, Euphrosyne hatte ihre Wunden versorgt und einen jungen Sklaven nach dem Arzt geschickt.

Wenn er schon da war, konnte er gleich auch das Kind untersuchen, dachte sie. Eigentlich wäre sie das kleine Mädchen lieber los gewesen, hier war nicht der richtige Ort für ein Kind. Doch im selben Moment fühlte sie, daß sie genau wie alle andern im Haus die Kleine bereits liebgewonnen hatte. Maria hatte etwas unsagbar Anziehendes an sich, etwas, das licht und geheimnisvoll zugleich war.

Nun gut, darüber soll sich Leonidas den Kopf zerbrechen, sagte sie sich. Will er sie hier unterbringen, dann muß er auch bereit sein, ein schönes Sümmchen für sie auf den Tisch zu legen. Unter anderem mußte Mirjam zur Betreuung des Kindes freigestellt werden, um es schön sprechen und gute Manieren zu lehren. Tischmanieren zum Beispiel. Pfui, wie ungesittet sie aß!

Euphrosyne widmete sich eine Weile dem Errechnen der Unkosten für den Ausfall von Mirjams Diensten in ihrem Haus.

Der große Garten an der Böschung zum See raubte dem Kind den Atem. Nie hätte sie sich etwas derartig Schönes erträumen können. Vögel sangen im grünen Gebüsch, Blumen der seltsamsten Art lachten ihm entgegen, Hecken, hoch wie Wände, bildeten Räume, sich darin zu verstecken, Springbrunnen stäubten glitzerndes Wasser auf kunstvolle Mosaiken. Unten am See stand ein Baum, den sie kannte, eine Terebinte, groß, wuchtig von Alter und Geheimnissen.

Ihr war, als grüße sie der Baum.

Am schönsten aber waren die Rosen mit ihren dicken seidigen Köpfen in Weiß, Gelb und schimmerndem Rosa. Die meisten aber waren von einem tiefen und rätselhaften Dunkelrot.

Maria wagte eine Frage: »Wie heißen die Blumen?«

Mirjam zögerte, sie kannte kein aramäisches Wort für Rose. So kam es, daß Rose das erste griechische Wort war, das Maria lernte.

Als sie den Garten verließen, trafen sie auf Euphrosyne, die Mirjam erklärte, daß sie griechisch sprechen müsse. Vorläufig dürfe Maria auf aramäisch fragen, doch müsse Mirjam alle Antworten in griechischer Sprache geben. Mirjam wollte protestieren, das würde nicht gehen. Aber man widersprach Euphrosyne nicht.

»Geh jetzt hinein und zeige Maria das Haus.«

Die beiden Mädchen schlenderten langsam durch den großen Saal, in dem die Feste abgehalten wurden, wie Mirjam es ausdrückte. Maria fand alles unbeschreiblich schön, blumengemusterte Teppiche auf den Fußböden, breite Divane und Hocker mit vergoldeten Beinen. Die Wände waren mit Spiegeln verkleidet, sie erschreckten und faszinierten das Kind, das manchmal in die Spiegelscherbe der Mutter hatte schauen dürfen, gleichzeitig aber hatte lernen müssen, daß das Betrachten des eigenen Bildes sündhaft sei. Genaugenommen hatte sie es ja auch nur ein einziges Mal getan, es war der Tag gewesen, an dem die Mutter gesagt hatte, Marias Augen seien blau wie die Iris.

Hier nun konnte sie sich in keine Richtung drehen, ohne ihr eigenes Bild, ihre ganze Erscheinung, deutlich und klar zu sehen. Und ihr Gesicht, lange Nase, nichtssagender Mund und ekelhaft weiße Haut. Sie starrte sich lange in die eigenen Augen und fand sie nicht blauer als die von Euphrosyne.

»Sieht du jetzt, wie unglaublich hübsch du bist«, flüsterte Mirjam auf Aramäisch.

Aber das sah Maria nicht, nein, sie schüttelte den Kopf. Dann begann sie das Gesicht ihrer Begleiterin zunächst im Spiegel und danach an Mirjam selbst genau zu studieren. Es war doch zu merkwürdig, daß es beide Male haargenau gleich aussah.

Am Nachmittag kam ein alter Mann, der ihren Körper abtastete und das Weiße in ihren Augen gründlich besah. Maria bekam keine Angst, er sprach freundlich in ihrer eigenen Sprache mit ihr und sagte, sie sei gesund wie ein Nußkern.

Etwas später fand sich Leonidas ein, hatte seinen verbundenen Arm in der Schlinge und sah das blonde Kind voll Entzücken an, das jetzt ein neues, hellblaues Gewand trug.

Plötzlich erfüllte ihn sein Entschluß mit unglaublicher Freude.

Maria konnte sich an den Reiter nur dunkel erinnern und wagte den Mund nicht aufzumachen aus Angst, das Weinen, das ihr im Hals steckte, könnte sich plötzlich Bahn brechen.

»Du und ich, wir werden Freunde werden«, sagte Leonidas in seinem komischen Aramäisch. »Ich bin jetzt dein neuer Papa.«

Da konnte Maria den Schmerz nicht mehr unterdrücken, der ganze Kummer entrang sich ihrer Kehle und füllte die Augen mit Tränen.

Euphrosyne meinte, jetzt gehe er die Sache aber doch zu forsch an, und Leonidas kam sich wie ein schwerfälliger Ochse vor. Mirjam mischte sich ein und erzählte, daß Maria im Schlaf redete und immer von Alpträumen gequält hochschrecke. Den unzusammenhängenden Wortfetzen hatte Mirjam entnommen, daß Mutter und Brüder umgebracht worden waren.

»Frage sie doch nach ihrem Vater.«

Mirjam zögerte, stellte die Frage aber doch, und alle sahen, wie sich Marias Gesicht verhärtete, als sie antwortete: »Sie haben ihn gefesselt, weggeschleppt und gekreuzigt.«

Sie sprach es nicht aus, aber alle erkannten, daß sie seinen Tod für gerecht hielt.

»Sie muß Angst vor ihm gehabt haben«, sagte Mirjam.

»Laß dir mit deiner neuen Vaterrolle noch etwas Zeit«, riet Euphrosyne.

Etwas später sprachen Euphrosyne und Leonidas im Kontor über Geld. Er ging auf ihre Bedingungen ein, er würde für das Kind bezahlen und auch für die Zeit aufkommen, in der Mirjam sich Maria widmen mußte. Sobald sie das Griechische einigermaßen beherrschte, würde Leonidas ihr einen Lehrer besorgen. Ihr sollte eine griechische Ausbildung zuteil werden. Und sie sollte auch lateinisch lesen und schreiben lernen.

Nach kurzem Zögern fuhr er fort: »Sie darf keine Hure werden.«

»Dann mußt du sie von hier wegbringen, noch bevor sie ihre erste Blutung bekommt.«

Beim Wegreiten schmiedete er Pläne. In wenigen Jahren würde er aus römischen Diensten entlassen werden und mit einer kleinen Tochter in seine Heimat zurückkehren.

Seine Familie in Antiochia würde Augen machen!

Maria verbrachte einen ganzen Tag damit, das, was sie geschrieben hatte, zu überarbeiten. Sie empfand unerwartet Zärtlichkeit für das Kind, das, einem primitiven Bauerndorf entkommen, in eine verhexte Welt gestoßen worden war.

Wie lange hatte es gedauert, bis das Mädchen sich zurechtgefunden hatte?

Nicht allzu lange, vermutete sie. Zunächst war da Mirjam mit ihrer abgrundtiefen Trauer gewesen. Dann hatte natürlich die neue Sprache sie beschäftigt, sie hatte wie alle Kinder schnell gelernt.

Und sie hatte sich immer öfter nach dem Grund für die seltsam gellenden Schreie gefragt, die sie nachts im Schlaf hörte. Beim Mittagsmahl am großen Küchentisch tauschten die Frauen ihre Erfahrungen mit den nächtlichen Gästen aus, klagten, lachten, weinten über Erlebtes.

Sie sprachen verächtlich und höhnisch über all die Männer, die unablässig an der Türglocke des Hauses läuteten. Warum? Maria verstand es nicht, es war schwierig, sich auf all die gehörten Geschichten einen Reim zu machen.

Sie erinnerte sich, wie sie Mirjam danach zu fragen versucht hatte, die aber statt zu antworten geweint und die Hände gerungen hatte und aus dem Schlafzimmer geflüchtet war, wo sie sich schon zur Ruhe gelegt hatten. Daraufhin hatte Maria beschlossen, nachts heimlich hinunter in den großen Raum zu schleichen, um selbst nachzusehen. Aber sie wurde von Euphrosyne auf dem Weg dorthin ertappt, bekam eine Ohrfeige und wurde ohne Umwege in ihr Zimmer getragen.

Am nächsten Tag führte Euphrosyne ein langes Gespräch mit ihr.

Jetzt saß Maria in ihrem Zimmer in Antiochia und nahm sich für den nächsten Tag vor, sich an Euphrosynes Worte von damals zu erinnern.

Sie saßen jede auf einem mit Samt überzogenen Hocker im Kontor. Ab und zu nahm Euphrosyne die Hand des Mädchens in ihre, zeigte sonst aber, wie gewöhnlich, wenig Gefühl.

Sie erzählte Maria, wie ein Kind entsteht, wie der Mann sein Glied in die Scheide der Frau einführt und seinen Samen ergießt.

Maria fand daran nichts Ungewöhnliches, sie hatte Ziegen und Schafe sich paaren sehen, und sie konnte sich schwach an Nächte erinnern, in denen sie vom Stöhnen des Vaters aufgewacht war, wenn er in seine Frau eindrang.

Euphrosyne gebrauchte dafür das Wort Beischlaf.

Sie schilderte es als einen großen Genuß. Darüber wunderte sich Maria.

»Für viele Männer ist das die einzige Möglichkeit, einem anderen Menschen nahezukommen«, fuhr Euphrosyne fort.

Sie lächelte wie so oft ein Lächeln, das irgendwie nicht recht zur Entfaltung kam.

»Darum nennt man es Liebe«, fuhr sie fort und mußte lachen.

Maria sah sie erstaunt an, sie hatte noch nie einen Menschen gesehen, der mit heruntergezogenen Mundwinkeln lachte.

Euphrosyne machte eine lange Pause, als brauche sie Zeit, die richtigen Lügen zu erfinden. Es gab Grenzen, die man im Gespräch mit einer Siebenjährigen über Verrücktheiten und Perversitäten nicht überschreiten durfte.

»Es gibt Frauen, die sich mit großer Freude zu einem Mann legen«, sagte sie. »Die Mädchen, die bei mir arbeiten, sind zumeist von dieser Art.«

Maria dachte an ihre Mutter, hatte sie es gemocht? Und sie bemerkte ein Zögern in Euphrosynes Stimme.

»Mirjam?« flüsterte sie.

Euphrosyne seufzte und ging ohne Umschweife darauf ein. »Die jüdischen Mädchen haben nicht selten Probleme.«

Sie machte eine Pause und dachte an die Jüdinnen, die sie in ihrem Haus beschäftigt hatte, Mädchen mit Angst und nicht wiedergutzumachenden Schuldgefühlen. Euphrosyne hatte sie, bevor sie sich für den Abend schminkten, verzweifelte Gebete zu dem Gott sprechen hören, der allein über die Herzen der Juden herrscht. Aber wieviel davon konnte sie diesem Judenmädchen hier sagen? Sie zögerte, ehe sie fortfuhr: »Sie sind in dem Glauben erzogen worden, daß es eine Todsünde ist, mit einem Mann zu schlafen, mit dem man nicht verheiratet ist. Sie nennen uns Huren, wir sind in ihren Augen unrein.«

Maria bemühte sich zu verstehen, aber in Euphrosynes Erzählen mischten sich Erinnerungen – die Stimme der Mutter: »Wenn Maria ein Hurenkind ist, bin ich eine Hure.« Mit sicherer Stimme und Euphrosyne fest in die Augen blickend sagte sie: »Ich bin eine Unreine.« Euphrosyne versuchte ihr Erstaunen zu verbergen: »Du bist ein unschuldiges Kind. Ich verstehe nicht, wieso du dich als unrein bezeichnest.«

»Die Leute haben es gesagt.«

Es war lange still, der erste Herbstregen prasselte auf die Rosen im Garten. Das Mädchen sah es, sie empfand es als Qual.

»Warum pflanzt man Rosen?«

»Weil sie schön sind, mein Kind. Die Rose wird auch Blume der Liebe genannt, darum paßt sie hierher. Was wir hier tun, wird gern als Liebesdienst bezeichnet.«

Wieder ein flüchtiges Lächeln, aber diesmal glaubte ihr das Kind. Euphrosyne besaß die seltene Gabe, immer sie selbst zu sein, und das schaffte Vertrauen.

Sie war dem Zorn der Frauen oft genug ausgesetzt. Nach schwierigen Nächten konnte sie sich das Geschrei anhören, sie habe kein Herz, sie nütze die Frauen aus, und man hasse sie.

Aber alle vertrauten ihr.

Nach einer langen Stille fragte Maria: »Warum läßt du Mirjam denn nicht gehen, wenn sie so unglücklich ist?«

»Sie kann nirgendwo hin. Sie wurde von einem Soldaten vergewaltigt und hat heimlich ein Kind geboren. Ihre Eltern setzten das Neugeborene aus und wiesen Mirjam die Tür.«

Euphrosyne hatte in gebrochenem Aramäisch gesprochen und Maria war nicht sicher, ob sie alles richtig verstanden hatte. Sie bemühte sich, kein Wort von dem Gespräch zu vergessen, während sie langsam zu der verborgenen Grotte am Ufer ging, in der Mirjam auf sie wartete. Es hatte zu regnen aufgehört, ein Regenbogen wölbte sich hoch über dem blauen See.

Das jüdische Mädchen errötete vor Scham, als Maria von den Liebesdiensten des Freudenhauses sprach.

»Sie lügt«, sagte Mirjam. »Es ist ein Haus der Sünde, wo Frauenkörper für teures Geld verkauft werden. Huren, das ist die wahre Bezeichnung für uns, nimm dich in acht, Maria, daß es dir nicht so ergeht wie mir.«

Maria schwieg, schaute am Ufer entlang nach Süden, sah den Dampf aus den warmen Bädern aufsteigen, in denen die römischen Soldaten schwammen.

»Du mußt doch wissen, daß sie Diener des Satans sind«, sagte Mirjam, die Marias Blick zu den Badehäusern folgte.

Für Maria waren die Gegensätze unbegreiflich. Sie dachte daran, wie sie im Elternhaus gelernt hatte, Römer und Griechen zu hassen. Dachte aber auch an den blauäugigen römischen Soldaten, der einmal an ihrem Stall vorbeigeritten war, und an Leonidas, diesen gütigen Griechen. Mirjam schien Marias Gedanken zu kennen und sagte: »Sie sind gottlos wie alle Ausländer.«

»Serene betet zu Gott, das habe ich selbst gehört.«

»Serene ist eine Philisterin.« Mirjam spuckte das Wort verächtlich aus und flüsterte Maria die Wahrheit ins Ohr: »Ihr Gott ist ein Götze, eine Göttin.«

Da bekam auch Maria Angst – eine Göttin, das war unsagbar schlimm.

Sie wagte nicht zu erzählen, was Euphrosyne über Mirjam gesagt hatte, vielleicht war es eine Lüge. Aber sie dachte, es müsse wohl stimmen. Denn es mußte ja eine Erklärung für die Trauer des schönen Mädchens geben.

Das Verhältnis der beiden wurde immer zwiespältiger. Mirjam konnte Maria bisweilen hassen, weil sie das Griechische so schnell erlernte. In absehbarer Zeit würde die Kleine sie nicht mehr brauchen. Und das bedeutete, daß sie wieder zu ›arbeiten‹ beginnen mußte, wie Euphrosyne es ausdrückte.

Maria spürte den Zorn der anderen, verstand ihn aber nicht. Sie war stolz auf ihre Fortschritte. Und auf all das Lob, das sie erntete, weil sie so tüchtig war.

»Sie ist begabt, hat einen hellen Kopf, ist ehrgeizig«, sagten die Frauen, eine wie die andere, am Mittagstisch.

Sie lernte lesen und schreiben, aber Mirjams Rechtschreibkenntnisse waren lückenhaft und Leonidas daher unzufrieden.

Es verging einige Zeit.

Euphrosyne zwang Mirjam auch nach Ankunft des neuen Lehrers, Erigones, der Maria Griechisch und Latein beibringen sollte, zu nichts. Erigones liebte seine Aufgabe nicht, aber er war ein Sklave und konnte nichts dagegen tun, wenn sein Besitzer, ein römischer Tribun, ihn an Leonidas vermietete.

Für Maria war das nun kein spielerisches Lernen mehr. Jetzt saß sie jeden Vormittag zusammen mit einem verbittert dreinschauenden Mann, der noch dazu bestimmte Anforderungen stellte, in Euphrosynes Kontor. Das Lateinische gefiel ihr, obwohl ihr Verstand, was die Grammatik betraf, manchmal Purzelbäume schlug.

Am schönsten war es, wenn Erigones ihr griechische Sagen vorlas. Er suchte jeden Tag eine andere aus, die sie dann während des

Nachmittags aus dem Kopf schriftlich nacherzählen mußte. Und so schrieb sie von Perseus, der nach gewaltsamen Abenteuern den Gorgonen tötete, von Asklepios, der ein Sohn Apollos und der schönen Koronis war und zum Vater der Heilkunst wurde, und von der gefährlichen Fahrt der Argonauten, als Jason das goldene Vlies geraubt hatte.

Die Geschichte, die sie am liebsten mochte, handelte von Persephone und Demeter, dem Mädchen, das vom finsteren Herrscher der Unterwelt entführt worden war. Maria weinte vor Mitleid mit der Mutter, die durch die Welt wanderte und ihre Tochter suchte.

Mirjam und Maria teilten das Zimmer weiterhin. Es gab aber immer weniger vertrauliche Gespräche, und Mirjam schüttelte sich vor Abscheu, wenn Maria von Demeter erzählte, die in jedem Frühling aus der Unterwelt emporstieg und die Erde zum Blühen und die Saat zum Keimen brachte.

»Das sind Götzen«, sagte Mirjam. »Begreifst du nicht, daß sie Abgötter sind?«

Am nächsten Morgen faßte Maria Mut und fragte ihren Lehrer: »Ist Demeter ein Abgott?«

Er lachte zum ersten und einzigen Mal. »Das mußt du doch besser wissen, wo du dem auserwählten Volk mit dem einzig wahren Gott angehörst.«

Maria verstand ihn nicht, wagte aber nicht noch einmal zu fragen. Als er ihre Verwunderung sah, erklärte er: »Man kann Persephone und Demeter als Symbole bezeichnen. Ein Symbol ist ein Zeichen für etwas, das im Leben eines jeden Menschen gegenwärtig, aber nicht greifbar ist.«

Maria wurde nicht klüger, aber sie merkte sich die Worte.

Wie alle Besucher des Freudenhauses war auch Erigones neugierig, was hier eigentlich vorging. Er fühlte sich zu der honigfarbenen Serene hingezogen wie die Motte zum Licht und versäumte keine Gelegenheit, sie zu grüßen und mit Blicken zu verschlingen.

Zu einem Gespräch zwischen den beiden kam es nie. Dafür war er viel zu schüchtern.

Serene fühlte sich geschmeichelt und hatte während des Unterrichts öfter etwas im Kontor zu tun, bat um Entschuldigung und ging dann mit herausfordernd langen Schritten und wiegenden Hüften wieder hinaus.

Maria war eifersüchtig. Eines Tages beugte sie sich zu ihrem Lehrer vor und flüsterte vertraulich: »Serene ist eine Heidin.«

Dieses Mal lachte der Lehrer nicht, sondern wurde böse: »Das bin ich auch. Genau wie Leonidas und Euphrosyne und viele andere Leute hier, die gut zu dir sind. Gemäß deiner Religion sind alle Menschen der Welt Heiden: Römer, Griechen, Daker, Syrer, Ägypter, Germanen. Alle außer den Juden. Ich will dich nicht beeinflussen, aber ich finde deinen jüdischen Glauben abscheulich, vermessen und engstirnig.«

An diesem Abend konnte Maria nur schlecht einschlafen, die Worte ihres Lehrers Erigones hallten in ihrem Kopf wider. Und noch schlimmer war, daß sie sich der Worte schämte, die sie nicht gesagt hatte. Sie hatte nichts gesagt vom Bund Gottes mit dem Geschlecht Abrahams und von der Heiligen Schrift, die das Tun der Rechtgläubigen lenkte. Morgen, dachte sie, nein, übermorgen kommt Leonidas. Ihn muß ich fragen.

Aber es kam anders, als sie es sich vorgestellt hatte.

Euphrosyne hatte es so lange wie möglich hinausgezögert, aber schließlich gab sie sich einen Ruck und sagte Mirjam, sie müsse nun wieder zu Diensten sein. Es sei doch in ihrem eigenen Interesse, betonte Euphrosyne, da ja die Hälfte des für ihre Dienste eingenommenen Geldes für ihre Zukunft zurückgelegt werde.

»Dein Geldbeutel ist schmal, du brauchst Kapital, wenn du in die Welt zurückkehren willst.«

Mirjam gab keine Antwort und wich auch Euphrosynes Blick

aus. Bald darauf war sie verschwunden. Als es dunkel wurde, tat Maria, was ihr verboten war. Sie ging hinunter, um Euphrosyne zwischen den fröhlichen Menschen im großen Saal zu suchen. Zunächst machten sie sich nur zu zweit auf, bald aber halfen alle Mädchen, die abkömmlich waren, bei der Suche im Garten und am Seeufer mit. Koch und Gärtner wurden in die Gassen der Stadt geschickt.

Die Frauen suchten am Ufer jeden Winkel ab, riefen laut über den See hin: »Mirjam! Mirjam!«

Im Morgengrauen wurde ihr Leichnam weit im Norden an Land gespült, dort wo ihr Körper an den felsigen Bergen zerschellt war.

In der großen Küche saßen die sieben Frauen zitternd vor Angst, als hätten sie in der Toten für einen Augenblick ihr eigenes Schicksal erblickt.

Euphrosyne verschloß die Tür. An diesem Abend würden keine Gäste empfangen werden. Sie selbst ging, in ihren knöchellangen schwarzen Mantel gehüllt, mit großen Schritten durch die Straßen. Sie war müde und wehrte sich vergebens dagegen, an Mirjam und an das, was sie für dieses Mädchen getan hatte, zu denken. Sie hatte versucht, ihre Aufnahme in einem jüdischen Haushalt zu erwirken, hatte versucht, mit dem Rabbiner im jüdischen Viertel zu sprechen, und hatte Mirjam schließlich bei sich fürs Putzen und Kochen eingestellt. Es war die einzige Möglichkeit gewesen, diesem Mädchen zu helfen, eine jüdische Familie durfte keine Geschändete aufnehmen, und der Rabbiner konnte nicht mit einer Puffmutter sprechen.

Ich hätte sie in der Schneiderstube nähen lassen können, dachte sie. Aber die liebreizende Mirjam war bei den Gästen bald sehr gefragt gewesen.

Ohne darauf zu achten, hatte Euphrosyne den griechischen Stadtteil verlassen und die jüdischen Viertel betreten. Für gewöhnlich war sie gefeit gegen die Verachtung, die ihr in den Straßen entgegenschlug, wo die Kinder ihr Schimpfwörter nachschrien und die Erwachsenen sie mit Blicken bedachten, die vor Bosheit und lüsterner Neugier brannten.

Heute war sie dem nicht gewachsen und lenkte ihre Schritte schnell heimwärts. Nie wieder ein jüdisches Mädchen, dachte sie. Im nächsten Moment fiel ihr Maria ein. Nun gut, das war Leonidas' Problem.

Sie begruben Mirjam schon am nächsten Tag unter einem der großen Rosenbüsche im Garten. Maria sprach am offenen Grab alle Gebete, an die sie sich von der Synagoge in Magdala her erinnerte, manche konnte sie auf Hebräisch, andere auf Aramäisch aufsagen. Manchmal brachte sie die Worte und vielleicht auch den Sinn der Gebete durcheinander. Aber ihre Stimme war fest, und sie blieb nicht stecken. »Den Sand des Meeres, die Tropfen des Regens und die Tage der Vorzeit, wer hat sie gezählt? Die Höhe des Himmels, die Breite der Erde und die Tiefe des Meeres, wer hat sie gemessen? Früher als sie alle ist die Weisheit erschaffen. Wir wollen uns in die Hände des Herrn fallen lassen. Denn wie seine Größe, so ist sein Erbarmen.«

Ganz am Rand der kleinen Gruppe stand Erigones, der gegen seinen Willen von den schönen Worten und der hellen Kinderstimme beeindruckt war. Als Letzter schloß sich Leonidas, der in Geschäften unterwegs gewesen war, den Trauergästen an.

Als Maria ihre Lesung am Grab beendet hatte, wandte sie sich um und verneigte sich leicht. Aber das Kind war so blaß, daß Euphrosyne erschrak und versuchte, die Frauen zu beruhigen, die sich die Haare rauften und ihre Verzweiflung laut hinausschrien.

Das Mädchen schien das alles nicht zu hören. Es ging wie blind mit steifen Bewegungen durch die Schar der Trauernden, bis ein Ruf sie erreichte – Leonidas' Stimme: »Maria! Maria!«

Plötzlich konnte sie sich bewegen, lief in die Arme des Griechen, der sie hochhob und ihren Kopf an seinen Hals bettete.

Sie war verspannt, das Blut in ihren Adern schien nicht mehr zu pulsieren. Der Mann sagte einfach nur: »Kind, mein kleines Kind.«

Dann trug er sie hinauf in das Zimmer, das sie mit Mirjam geteilt hatte, und legte sich mit ihr auf das schmale Bett, ihren Körper dicht an seinem. Er war nicht so ängstlich wie Euphrosyne, er hatte schon viele Schockzustände miterlebt und wußte, daß sie einen Menschen nur selten das Leben kosteten.

»Sie braucht etwas zu trinken.«

»Ich bringe ihr warme Honigmilch.«

Maria kniff den Mund zu, als ihr der süße Trank an die Lippen gehalten wurde.

Als aber Leonidas sagte: »Jetzt trinkst du, Kind«, gehorchte sie. Zu Euphrosyne sagte er: »Ich bleibe heute nacht hier.«

Als Euphrosyne die beiden verließ, dachte sie bei sich, daß es wohl eine seltsame Liebe sei, die den kampfgewohnten Griechen und das jüdische kleine Mädchen verband. Schicksalhaft. Er hatte es selbst, schon müde, in einer weinseligen Nacht erwähnt, daß auf unbegreifliche Weise das Kind eng mit seinem Schicksal verbunden sei.

Leonidas schlief unbequem und immer nur für kurze Zeit. Aber dergleichen war er gewöhnt, es machte ihm nichts aus. Als sie in der frühen Morgendämmerung beide erwachten, zwinkerte er Maria zu: »Jetzt werden wir zwei ganz für uns alleine frühstücken. Dann machen wir einen Spaziergang durch den Garten und sprechen über Mirjam.«

Das Kind war gleichzeitig erschrocken und froh und flüsterte, sie müßten aber auch über Gott sprechen.

Sie stahlen sich hinunter in die Küche, wo Leonidas Brot und Joghurt, Käse und gepökeltes Schaffleisch fand. Maria sah dem stattlichen Offizier beim Vorbereiten der Mahlzeit erstaunt zu. Sie aßen und gingen dann hinunter ans Ufer, wo die Sonne sich groß und rot hinter den Hügeln im Osten zeigte. Die schräg einfallenden Strahlen färbten den blauen See lila, und die Morgennebel hoben sich langsam aus dem Wasser, der Stadt und den Bergen entgegen.

»Warum hat sie sich umgebracht?«

Die unverblümte Frage wirkte so, wie er es sich vorgestellt hatte. Die Worte sprudelten nur so aus Maria hervor: »Weil sie so viele Sünden begangen hat, daß Gott ihr nie verzeihen würde, denn sie lebte doch unter Heiden, die schreckliche Götzen verehren, und weil ich angefangen habe, Demeter zu mögen.«

»Demeter?«

Maria erzählte, daß sie die Sage gelesen hatte, wie beeindruckt sie davon gewesen war und wie erschrocken, als Mirjam sagte, daß das Mädchen, das die Blumen im Frühling an den Hängen zum Blühen brachte, eine heidnische Göttin sei wie Isis oder wie Venus, die unter den Sternen am Himmel in ihrem Sündenpfuhl verweilte.

Leonidas konnte nur staunen: »Aber Demeter ist doch nichts als eine Sagenfigur oder ein Sinnbild für das Wunder, das sich im Frühling ereignet.«

Maria schüttelte den Kopf, sie verstand nicht. »Warum glaubt ihr, daß es eine Frau ist, die die Erde zum Grünen bringt? Wenn es doch Gott ist, der das tut.«

»Es sind ja die Frauen, die das Leben weitergeben. Wenn die Frauen nicht fruchtbar wären und Kinder zur Welt brächten, wären wir Menschen bald von der Erdoberfläche verschwunden.«

»Glaubst du an viele Götter?«

»Ich meine, wir sollten uns keine festen Meinungen von dem bilden, was unsichtbar und unmeßbar ist. Aber die unbekannte Macht der Natur und auch in uns selbst braucht eben ihre Bilder, ihre Deutungen. Die Erzählung von Demeter umschreibt das Unbegreifliche, daß der Frühling immer wieder kommt und das Leben sich erneuert.«

Maria mußte viel über das nachdenken, was Erigones gesagt hatte und was sie nicht verstanden hatte. »Ein Symbol?«

»Ja.«

»Aber die Schrift sagt ...«

»Maria, hast du die Schrift gelesen?«

Das Mädchen schloß die Augen, und als sie sie wieder öffnete, waren sie kalt vor Zorn: »Du weißt nichts vom Gesetz der Juden«, sagte sie und dachte an die Schule in Magdala, in die ihre Brüder schon im Alter von fünf Jahren hatten gehen dürfen, während ihr nicht einmal das Recht zugestanden wurde zu fragen, was sie dort lernten.

»Ich weiß nicht, ob ich das Gesetz gelesen habe«, sagte Leonidas. »Aber ich habe eure Heilige Schrift gelesen.«

»Du hast ...!«

Sie war so erstaunt, daß ihr die Worte im Hals stecken blieben. Nach langem Kopfschütteln fand sie endlich die richtige Frage: »Kannst du Hebräisch?«

»Es gibt eine griechische Übersetzung.«

Leonidas berichtete von der Septuaginta, dem Buch, an dem siebzig weise Männer jahrhundertelang gearbeitet hatten. Aber die Mühen der alten Juden im fernen Alexandria interessierten Maria nicht, sie wollte wissen, was Leonidas von der Schrift hielt.

»Sie ist voller Schönheit und uralter Weisheit«, sagte er. »Am besten gefällt mir der Gedanke, daß man Gott dient, indem man barmherzig gegen seine Mitmenschen ist.«

Das Kind atmete erleichtert auf. Und Leonidas fuhr fort: »Man findet dort genau wie in den alten griechischen Schriften viele Geschichten von Helden und deren merkwürdigen Abenteuern. Ich erinnere mich an einen Mann, der in eine Posaune blies und die Mauern von Jericho zum Einsturz brachte. Die Stärke eines anderen Helden verbarg sich in seinen Haaren, und er verlor all seine

Kraft, als eine hinterlistige Frau ihm das Haar abschnitt. Kennst du diese Geschichten?«

Maria nickte, wollte sagen, daß das keine Geschichten waren, sondern daß solche Dinge tatsächlich geschahen, wenn Gott in seiner Allmacht von einem Menschen Besitz ergriff.

Aber sie schwieg.

Schließlich sagte Leonidas: »Ich glaube nicht, daß man sein Schicksal ganz in die Hand Gottes legen kann. Ich glaube, daß jeder Mensch seine Entschlüsse selbst verantwortet. Mirjam entschloß sich für den Tod. Das ist schwer zu verstehen und sehr traurig.«

Jetzt weinte Maria.

Das Leben im Freudenhaus ging allmählich wieder seinen gewohnten Gang, die Mädchen vergaßen das Schreckliche, das geschehen war, mit Hilfe des Weines. Maria hatte Bauchschmerzen und mußte liegen. Dadurch hatte sie Zeit zum Nachdenken, konnte Vergleiche zwischen früher und jetzt anstellen, zwischen den Leuten in ihrem Dorf, den Menschen der reinen Lehre, und den Menschen hier, den Unreinen.

Aber dabei verschlimmerten sich die Schmerzen in ihrem Bauch.

Maria Magdalena ließ die Buchrolle liegen. Heute abend hatte sie keine Kraft mehr, das Geschriebene durchzusehen. Ihr Rücken schmerzte, ihre Finger waren von der Arbeit verkrampft.

Sie fror.

Langsam erhob sie sich und ging, um die Fenster zu schließen.

Die Abenddämmerung schlich sich in die Kronen der großen Bäume, bald würde es dunkel sein. Leonidas war noch nicht nach Hause gekommen, vielleicht war dies eine der Nächte, die er mit seinem Knaben verbrachte. Was hatte er heute morgen gesagt?

Sie hatte es vergessen.

Sie zündete in der Küche die Öllampen an und machte eine Mahlzeit zurecht – genug für zwei. Dann aß sie ihren Teil, wusch sich und kroch in das warme Bett. Sie streckte sich aus und spürte, wie Wärme und Ruhe die Rückenschmerzen erträglich machten.

Früh am nächsten Morgen las sie das Geschriebene wieder. Eine Frage beschäftigte sie: Wie alt war sie gewesen, als Leonidas verschwand? Zehn Jahre? Zwölf? Sie schüttelte den Kopf, ihr kamen keine Bilder in Erinnerung. Kinder sind in ihrem Verhältnis zur Zeit ja so ungebunden, dachte sie.

Am frühen Nachmittag hörte sie Leonidas heimkommen, hörte ihn mit festem Schritt den Gartenweg hinaufgehen, hörte das Öffnen der Tür und sein Rufen: »Maria! Maria, ich bin da.«

Sie ging ihm entgegen und nahm seinen Kummer wahr. Enttäuscht? Schuldbeladen? Sie lächelte ihn noch herzlicher als gewöhnlich an, und das half ihm ein wenig, er entspannte sich etwas und sagte: »Ich bin müde.«

Maria küßte ihn auf die Wange: »Ich habe über dich geschrieben. Vielleicht willst du es lesen, während ich das Abendessen vorbereite.«

»Gern.«

Er ging in die Bibliothek, sie reichte ihm die lange Rolle und kehrte in die Küche zurück. Während sie Bohnen wärmte und Fisch in einem Sud mit frisch gepflückten Knospen der Kapernbüsche kochte, dachte sie über den herzlosen jungen Mann nach, der Leonidas' Geliebter war. Er war für Leonidas nicht der Richtige. Aber sie konnte nichts tun.

Leonidas kam in die Küche, als Maria gerade den Tisch deckte.

»Du übertreibst«, sagte er. »Es ist unmöglich, daß dieser einfache Krieger von knapp dreißig Jahren so überaus klug gewesen ist.«

Maria errötete und sagte hitzig: »Eines hat das Schreiben mich gelehrt, nämlich den Respekt vor den Erinnerungen eines Kindes. Es ist bestimmt nicht alles wörtlich zu nehmen. Aber das Kind hat alles Gesagte und Geschehene so gedeutet.«

»Ich ergebe mich«, sagte Leonidas und streckte lachend die Arme in die Höhe.

Maria mußte auch lachen. »Wie alt war ich, als du abreisen mußtest?«

Sein Gesicht verdüsterte sich. »Es war das Jahr, in dem der Tribun Titus meinen Vertrag endgültig brach«, sagte er. »Du hattest zu diesem Zeitpunkt schon fünf Jahre bei Euphrosyne verbracht.«

»Oh, Leonidas, ich habe so wenig begriffen.«

»Vielleicht sollten wir versuchen, uns gemeinsam zu erinnern. Ich bleibe morgen zu Hause und erzähle, und du schreibst mit.«

In der Nacht, in der ich dich in den Bergen fand, ging in mir etwas sehr Seltsames vor. Ich habe es bis heute nicht verstanden, und seitdem bin ich jetzt manchmal wie religiöse Menschen bereit zu glauben, daß Gott in mein Leben eingegriffen hat.«

»Warum sollte er es gerade damals getan haben?«

»Es war ein widerlicher Abend gewesen.«

Er schwieg lange, dann lächelte er: »Du denkst jetzt sicher, ich übertreibe, aber dieses Kind hatte etwas Göttliches an sich, ein Licht ... Ich war also überhaupt nicht überrascht, als ich dich Jahre später bei diesem jungen Gottesmann in Galiläa wiederfand.«

Er unterbrach sich plötzlich und fragte: »Warum beschäftigst du dich so viel mit deiner eigenen Kindheit?«

»Weil ich wissen muß, wer ich bin. Ich bin von der merkwürdigen Idee besessen, daß, wer von der Wahrheit Zeugnis ablegen will, selbst wahr sein muß.«

»Du hast sicher recht, aber hast du dir da nicht ein zu hohes Ziel gesteckt? Ich, für meinen Teil, bin erst bei dem Versuch angelangt, mich selbst so anzunehmen, wie ich bin.«

Maria lachte: »Das ist vielleicht dasselbe. Aber erzähle jetzt weiter von dem Abend, an dem du mich gefunden hast.«

»Ich habe dich hochgehoben, du bist vor Angst ohnmächtig geworden, und ich habe dich in meinen Mantel gehüllt.

Dann bin ich zu Euphrosyne geritten. Sie war in Tiberias die einzige Frau, die ich kannte und zu der ich Vertrauen hatte. Als ich dich bei ihr zurückgelassen hatte, machte ich Pläne, die wohl töricht aber auch beruhigend waren. Mein Vertrag mit den Römern würde in wenigen Jahren abgelaufen sein, ich würde frei sein und mit einer kleinen Tochter nach Antiochia zurückkehren. Meine ganze Familie würde sich darüber freuen, daß ich ein Kind bekommen hatte.«

»Du wolltest Kinder haben?«

»Es hätte doch die Rettung meiner Ehre bedeutet, oder?«

Maria bekam schmale Augen, und ihre Stimme klang hart, als sie fragte: »Hast du deshalb meine Ausbildung so bereitwillig bezahlt, mir einen eigenen Lehrer gehalten und vieles andere mehr?«

Er schaute sie erstaunt an, solche Gedankengänge sahen Maria doch gar nicht ähnlich.

»Nein«, sagte er. »Es verhielt sich einfach so, daß ich dir alles geben wollte, was mir möglich war. Es war doch schon, als du von Mirjam Griechisch gelernt hast, offensichtlich, daß du im Besitz großer Verstandesgaben bist. Und du warst wißbegierig und neugierig.«

»Verzeih mir.«

»Natürlich gab es auch Sorgen. Ein Freudenhaus war nicht gerade der geeignete Aufenthaltsort für ein kleines Mädchen. Aber ich hatte keine andere Wahl. Euphrosyne war ungewöhnlich frei von Vorurteilen. Anfangs dachte ich überhaupt nicht daran, daß es religiöse Schranken gab. Erst als Mirjam sich das Leben nahm, wurde mir bewußt, was es für ein jüdisches Kind bedeuten mußte, in einem ›Haus der Sünde‹ zu leben.«

Wieder schwieg er lange.

»Es beunruhigte mich auch, daß du nicht spielen wolltest, daß du ein so ernstes Kind warst. Ich habe dir eine Puppe geschenkt, erinnerst du dich?«

Sie schüttelte den Kopf, nein, sie erinnerte sich nicht.

Sie schwiegen, bis Leonidas wieder begann: »Jemand hat gesagt, wer wissen will, wie das ewige Leben schon auf Erden Gestalt annehmen kann, der soll die Spiele der Kinder beobachten.«

Marias Augen wurden dunkel vor Trauer, und in ihrem Kopf hörte sie die Stimme: »... den Kindern gehört das Himmelreich.«

Sie unterbrachen ihr Gespräch, um in der Küche eine kleine Mahlzeit einzunehmen. Leonidas machte sich Sorgen. Hatte er Maria verletzt? Sie lächelte und sagte, das Ziel ihrer Bestrebungen sei Selbsterkenntnis. Dann versuchte sie zu erklären, daß es in ihrer Kindheit nie Zeit für Spiele gegeben habe, daß sogar die kleinen Kinder hatten arbeiten müssen.

»Zumindest die Mädchen«, sagte sie. »Meine Brüder spielten Krieg und übten das Töten römischer Soldaten aus den Hinterhalten in den Bergen.«

»Das konnte man doch wohl kaum Spiel nennen«, sagte Leonidas bitter.

Sie gingen in die Bibliothek zurück, und er fuhr fort: »Zu der Zeit, als du bei Erigones in die Lehre gingst, starb mein Vater. Ich bekam einen vermutlich von Livia diktierten vertraulichen Brief von meiner Mutter. In herzerweichenden Worten beschwor sie mich, nach Hause zu kommen. Ich trauerte nicht um meinen Vater, wir hatten einander nie nahegestanden, aber ich war nun einmal der einzige Sohn, der später alles übernehmen und für alles und alle die Verantwortung tragen sollte. Von Kindesbeinen an.

Als Junge flüchtete ich mich in eine Welt aus Tagträumen, eine Welt der Helden und großen Taten. Und in Spiele, deren Inhalt Abenteuer und Mannhaftigkeit waren. Ich wurde zum willigen Opfer der römischen Offiziere, die unter den Griechen in Antiochia auf der Suche nach Männern für ihre Legionen waren. Also bewarb ich mich schriftlich, ich war achtzehn Jahre alt und mündig. Mein Vater hat es mir nie verziehen.«

Er seufzte.

»Ich habe es nicht bereut. Ich durfte die Welt kennenlernen, und sie war wesentlich größer und grausamer und vielfältiger und schwerer zu durchschauen, als ich es mir vorgestellt hatte.«

»Du hast einen Brief von deiner Mutter bekommen …?«

»Ja, er kam mir gelegen, ich gab ihn Titus, dem Tribunen, zu lesen, und er zeigte Verständnis, sagte, ich hätte meinen Vertrag mit der römischen Armee erfüllt. Also nahm ich den Abschluß meiner Berichte in Angriff und trat in Verhandlungen, um dich adoptieren zu können. Es war schwieriger, als ich es mir vorgestellt hatte, denn auch ein Findelkind hat schließlich Eltern, meinte der Advokat. Zu diesem Zeitpunkt hatte ich bereits herausgefunden, wie dein Vater geheißen hatte, aber es war ein Name, der in den Listen von den jüdischen Aufrührern geführt wurde. Also war er für mich unbrauchbar.«

Leonidas schwieg, ließ den Blick hinaus in Marias Garten schweifen. »Dann durchkreuzte dieser verdammte Feldzug gegen die Parther all meine Pläne. Die Kohorte des Tiberias war dazu ausersehen, ihn zu führen, die Soldaten jubelten, denn alle hatten sie die Juden und ihre heimtückischen Hinterhalte satt. Der Tribun begann mir zu schmeicheln: Ich sei einer seiner besten Offiziere, er könne mich nicht entbehren, meine Kenntnis der Karawanenwege durch Syrien sei unbezahlbar. Als alle schönen Reden ihre Wirkung verfehlten, spielte er seine Macht aus, zerriß mein Abschiedsgesuch und brüllte, daß wir die Expedition in einer Woche starten würden.

Ich ging zu Euphrosyne. Aber an diese Stunde erinnerst du dich sicher selbst.«

Ja, sie erinnerte sich daran, wie der unverwundbare Leonidas dort auf einem Hocker gesessen und wie ein Kind geweint hatte.

»Von der Gefangenschaft bei diesen verdammten Beduinen, die meine Soldaten in der Wüste in einen Hinterhalt gelockt hatten und dort töteten, will ich nicht berichten. Ich denke, es waren nützliche Jahre, ich habe gelernt, wie es ist, ein Sklave zu sein, verachtet, verhöhnt, ausgepeitscht zu werden, wenn die Herren ihren Spaß haben wollten. Ich war kein Held, ich war ein Jämmerling, weinte und flehte um Schonung, was ihr Vergnügen nur noch steigerte. Und ich war ein schlechter Sklave, an harte Arbeit nicht gewöhnt. Sie ließen mich am Leben, weil einer von ihnen mich als den Sohn des reichen Seidenhändlers in Antiochia wiedererkannt hatte. Jahrelang wurden Lösegeldverhandlungen geführt, doch leitete jetzt mein geiziger Schwager die Geschäfte des Handelshauses. Er starb jedoch zur rechten Zeit, und Livia konnte allein entscheiden. Sie brachte das Unternehmen an den Rand des Ruins, um mich freizukaufen.«

»Gott segne Livia.«

»Ja. Aber ich habe meine Schuld auch abgezahlt.«

Er lachte. »Keiner entgeht seinem Schicksal, ich wurde Seidenhändler, wie mein Vater es vorgesehen hatte. Was dich betrifft ...«

Die Worte blieben unausgesprochen.

»Erst als ich beschloß, Livia von meiner Tochter in Galiläa zu erzählen, wurde mir bewußt, daß du inzwischen erwachsen warst. Ich mußte andere Worte wählen und von der jungen Frau erzählen, die ich liebte. Und das war die Wahrheit.«

»Aber nicht so, wie sie es verstand.«

»Nein, sie wollte, daß ich Kinder zeugte, Nachkommen in unmittelbar absteigender Geschlechterfolge.«

»Jeder von uns trägt seinen Teil der Schuld«, sagte Maria, aber Leonidas stöhnte nur auf, und sie dachte, daß sie beide in Lügen verstrickt waren.

»Alles andere weißt du«, sagte Leonidas schroff. »Ich fuhr nach Rom und brachte ein sehr vorteilhaftes Abkommen zustande. Meine Jahre als Centurio, meine Verbindungen und mein Ruf als Held waren mir nützlich. Es wurde nämlich behauptet, mir sei die Flucht vor den Parthern gelungen, einem Feind, den ich nie zu Gesicht bekommen hatte.

Bei den Göttern! Kurz nach der Romreise fuhr ich nach Palästina zurück und suchte Euphrosyne auf, die gerade im Begriff war, nach Korinth zurückzukehren. Und sie hat mir die unglaubliche Geschichte über Jesus von Nazareth erzählt.«

Am nächsten Tag war Maria mit ihrer Arbeit in der Bibliothek allein. Sie schrieb ihre Notizen mit dem Gefühl ins Reine, daß etwas Wesentliches ausgesprochen worden war. Sie tastete sich entlang der Aufzeichnungen und Erinnerungen. Sie verweilte bei der Puppe, an die sie sich selbst nicht erinnern konnte, und fand die Worte, die sie nie verstanden hatte.

Von den Kindern, denen das Himmelreich gehörte, von der Freude als spontaner Lebensäußerung. Den Lilien auf dem Feld, jenen Blumen, die Gott allein durch ihr Erblühen priesen, ohne sich je um die Zukunft zu sorgen. Und da war noch etwas anderes, was Er gesagt hatte, als sie Ihm in jenem Frühling, zur Zeit, da die Schwalben hoch über ihren Köpfen nach Norden zogen, zum erstenmal begegnet war. Es waren Worte vom bedingungslosen Vertrauen der Vögel in die Winde.

Er nannte die Natur nie einfach nur schön.

Gott ist jetzt am Werk, dachte sie, in diesem Augenblick.

In dieser Nacht träumte sie von Quintus, dem römischen Jungen, der ihr ja doch ein Spiel beigebracht hatte.

Von Leonidas war ein Brief gekommen, ein fröhliches und kindlich übermütiges Schreiben, in dem er versicherte, bald wieder nach Tiberias zu kommen. Schon als Maria den Brief zum erstenmal las, wußte sie, daß es eine Lüge war, daß er sich selbst betrog und daß er versuchte, sie zu betrügen.

Und sonst nichts.

Euphrosyne suchte den neuen Tribunen auf, der sie mit heuchlerischer Zuvorkommenheit empfing und für die Ordnung und Finesse dankte, mit der sie ihr Gewerbe betrieb. Es sei für die Moral der Soldaten außerordentlich wichtig, versicherte er.

Er war ein alter Mann, müde und erschöpft.

Euphrosyne erzählte von dem Kind, dessen sie sich im Auftrag des Centurios Leonidas angenommen hatte. Jetzt wollte sie in Erfahrung bringen, wo Leonidas sich aufhielt.

Der Tribun machte ein bekümmertes Gesicht, ließ seinen Schreiber kommen, der ihm die Berichte von der römischen Expedition ins Partherreich vorlegte.

»Ein völlig mißlungener Krieg«, sagte er.

Euphrosyne hatte das sichere Gefühl, daß er den Bericht gar nicht brauchte, daß er Bescheid wußte, aber Zeit gewinnen wollte. Dann sagte er, daß der Spähtrupp, den Leonidas angeführt hatte, in einem Hinterhalt getötet worden sei. Die Römer hatten ihre Toten gezählt, doch der Centurio war nicht dabei gewesen. Es bestand die Möglichkeit, daß er gefangengenommen worden war, aber ...

»Aber?«

»Die Parther machen üblicherweise keine Gefangenen ...«

Euphrosyne lief über große Umwege durch die neuen Stadtviertel, durch Straßen, wo man wegen der vielen Baugerüste und Ziegelhaufen nur schwer vorwärts kam. Sie war unbegreiflich traurig. Die Verantwortung für Maria belastete sie.

Was sollte sie tun?

Sie blieb stehen und sah vier Arbeitern zu, die in eines der neuen Häuser eine Tür mit schönen Schnitzereien einpaßten. Als die schwere Tür an ihrem Platz war, hatte sie ihren Entschluß gefaßt: Sie würde selbst das Mädchen wie ihr eigenes Kind annehmen. Maria sollte Griechin werden. Sie selbst wollte ihr Gewerbe niederlegen.

Dann würde sie mit ihrer Tochter nach Korinth zurückkehren und mit einem stattlichen Vermögen in guter römischer Münze.

Aber zuerst mußte sie mit Maria sprechen. Sie wollte nicht lügen und doch rücksichtsvoll sein.

Es war einfacher, als sie befürchtet hatte. Maria brauchte Euphrosyne nur anzusehen, ihre Blicke trafen sich, und in beider Augen waren Gewißheit und Verzweiflung zu lesen.

»Ist er tot?«

»Man weiß es nicht, sein Leichnam wurde unter den Gefallenen nicht gefunden.«

»Gefangen?«

»Der Tribun sagt, daß die Parther keine Gefangenen machen.«

Maria erstarrte, ihre Augen blieben trocken.

Und dabei blieb es. Es war unmöglich, mit Trost oder Anteilnahme zu ihr vorzudringen. Alle Worte prallten gegen die Mauer, die sie zwischen sich und ihrer Umgebung errichtet hatte.

»Wenn sie wenigstens weinen könnte«, sagten die Mädchen im Freudenhaus immer und immer wieder. »Wenn sie doch …«

Sie muß beschäftigt werden, bevor sie sich ganz in sich verkriecht, dachte Euphrosyne und hielt Maria zu Näharbeiten an. Aber ihre Finger waren für die Nadel zu ungeduldig, sie legte mit dem Ausbessern der Kleider oder dem Stopfen der Mäntel keine

Ehre ein. Nicht einmal das Sticken machte ihr trotz der bunten Farben und der schönen Blumenmuster Freude.

Und so blieb sie eines Tages im Bett liegen.

»Bauchschmerzen«, flüsterte sie.

Euphrosyne ließ sie gewähren, kam aber nach etwa einer Stunde, um nach ihr zu sehen. Sie fragte nicht, sondern setzte sich einfach ans Bett.

»Kind«, sagte sie wiederholt.

Es war so ungewöhnlich, daß Euphrosyne Gefühle zeigte, daß ihre unerwarteten Worte die Mauer durchbrachen. Plötzlich schrie das Mädchen: »Warum lassen mich alle Menschen im Stich?«

»Nicht alle«, sagte Euphrosyne, und Maria konnte hören, daß sie böse war. »Ich bin auch noch da. Und ich tue, was ich kann.«

Dann ging sie.

Maria blieb mit unendlich schweren Gedanken zurück. Euphrosyne hatte keinen Grund, ihr Essen und Wohnung, Zuneigung und Fürsorge zu gewähren. Von Leonidas kam kein Geld mehr, und sie war im Haus nicht von Nutzen. Warum wurde sie nicht wie andere Bettler auf die Straße gesetzt?

Maria schämte sich.

Dann durchfuhr sie der Gedanke, daß Euphrosyne mit ihr rechnete. Als Hure.

Alle sagten, sie sei hübsch.

Guter Gott, hilf mir.

Sie dachte an Mirjam und konnte sie verstehen.

Sie sprang aus dem Bett, zog ihr Kleid über den Kopf und lief die Treppe hinunter direkt in Euphrosynes Kontor. Sie saß wie gewöhnlich über ihrer Buchführung. Maria schrie: »Ich will keine Hure werden, hörst du!«

»Das ist auch nicht meine Absicht«, antwortete Euphrosyne. Ihre Stimme war kalt, überschlug sich aber plötzlich. Zu ihrem grenzenlosen Erstaunen sah Maria Euphrosyne weinen. Das war so über die Maßen schrecklich und unglaublich, daß die Mauer um das Mädchen einstürzte, sie ihrer Traurigkeit freien Lauf ließ und aller Schmerz sich in der Kehle löste und die Tränen flossen.

Aber Euphrosynes Verbitterung war offenbar: »Du bist ein undankbares Geschöpf«, sagte sie. »Geh in dein Zimmer und schäme dich. Denke an Leonidas und seine Treue. Und auch an meine. Du weißt selbst offenbar nicht, was Liebe ist.«

Am nächsten Tag sagte Euphrosyne zu Maria, sie solle sich durch Hilfe in der Küche verdient machen. Das Erlernen der Kochkunst wäre für eine Frau immer von Nutzen.

In der Küche ging es Maria besser. Teils lag es daran, daß sie den Koch von Anfang an gern gehabt hatte. Er trug den hochtrabenden Namen Octavianus, war aber ein lebensfroher Gallier, der gutes Essen, Euphrosyne und das Leben im Freudenhaus liebte.

Er nannte Maria seine Assistentin, lehrte sie einen Braten vorzubereiten und zu schmoren, Fische zu säubern und goldbraun zu braten, Gemüsebrühe schmackhaft zu würzen und Soßen zu Gelee einzudicken. Er lehrte sie auch die vielen tausend Geheimnisse der Kräuter und Gewürze. Er ermunterte sie, lobte sie bisweilen, schüttelte aber auch oft den Kopf: »Dir fehlt das Wichtigste«, sagte er. »Und das ist die Freude.«

Sie war abends, körperlich von der schweren Arbeit und im Kopf von all dem Neuen, sehr müde. Vor dem Einschlafen dachte sie aber doch über das nach, was Octavianus über ihren Mangel an Freude gesagt hatte.

Sie besaß auch die Liebe nicht, das hatte Euphrosyne festgestellt. Aber sie hatte ein Gefühl der Scham, mein Gott, wie schämte sie sich.

Wenige Tage später wurde sie in Euphrosynes Kontor gerufen. Sie ging, wie sie war, in ihrem derben Gewand, das voll Blut und Fettflecken war, stand steif in der Tür und dachte – ich muß es herausbringen: »Kannst du mir verzeihen?«

»Ich muß selbst um Verzeihung bitten«, sagte Euphrosyne und wurde rot. »Ich habe harte Worte gebraucht. Und ungerechte.«

»Nein«, sagte das Mädchen ruhig. »Ich glaube, du hattest ganz recht.«

Euphrosyne schaute Maria an, sie war sehr in die Höhe geschossen und schrecklich mager. Ihr Gesicht wirkte ausgehöhlt wie bei einer Skulptur, die im Freien scharfem Wind und peitschendem Regen viel zu lange ausgesetzt gewesen ist.

»Maria, hör mich an. Wir müssen uns ein andermal aussprechen. Jetzt habe ich ein besonderes Anliegen. Setz dich bitte.«

Maria fuhr sich mit den Händen über ihr Küchengewand und setzte sich dann auf den äußersten Rand des Hockers. Euphrosyne fuhr fort: »Als ich von dem Tribun den Bescheid bekam, daß Leonidas … als vermißt gilt, habe ich einen Entschluß gefaßt. Ich gedenke, dich als meine Tochter zu betrachten. Ich habe vor, dieses Haus hier in einigen Jahren zu verkaufen und mit dir nach Korinth zurückzukehren.«

Marias Augen wurden vor lauter Anstrengung, diese Worte auch ja richtig zu verstehen, ganz schmal.

»Deine Tochter«, sagte sie schließlich. »Du willst mich als Kind haben?«

»Ja.«

»Du willst, daß ich dein Kind werde?«

»Ja.«

Maria stand auf, ihre Knie zitterten. Sie flüsterte: »Warum?«

»Weil ich dich liebhabe natürlich.« Euphrosynes Antwort war kurz und ihre Stimme rauh.

»Ich habe solche Schmerzen.« Maria legte sich beide Hände auf den Bauch, und Euphrosyne sagte: »Jetzt gehst du ins Bett. Ich werde den Arzt kommen und dich ordentlich untersuchen lassen. Damit du gesund wirst.«

Maria lag sehr ruhig in ihrem Bett, als der Arzt auf ihrem Bauch herumdrückte und zu Euphrosyne sagte: »Ich glaube nicht, daß sie krank ist. Noch nicht. Aber sie ist unterernährt und ganz ausgemergelt.«

Ich hätte es sehen müssen, dachte Euphrosyne, und dann wurde sie böse. Um ihrem Zorn Luft zu machen, rief sie nach dem Koch und schrie: »Wie kannst du in der Küche zusammen mit einem Kind, das dabei ist zu verhungern, üppige Speisen zubereiten?«

Octavianus sah das im Bett liegende Mädchen an. »Sie hat keine Lust zu essen.«

»Dann sieh zu, daß sie die bekommt«, schrie Euphrosyne wütend und war sich dabei ihrer Ungerechtigkeit bewußt. Der Arzt beruhigte sie, wandte sich an den Koch und sagte: »Jetzt liegt es in deiner Verantwortung, daß das Mädchen sich rund und hübsch ißt. Du bist ein Meister des guten Essens. Bereite kleine wohlschmeckende Gerichte zu und bleibe mit ihr bei Tisch sitzen, während sie ißt. Ich verlasse mich auf dich.«

Maria wurde gezwungen, einen ganzen Becher Honigmilch zu trinken. Als sie den bitteren Geschmack hinter der Süße herausschmeckte, wußte sie, daß sie jetzt lange schlafen würde.

Euphrosyne deckte sie gut zu und blieb eine Weile an ihrem Bett sitzen. Als sie aufstand, um zu gehen, sagte Maria: »Du mußt wissen, daß ich nie jemanden hatte, dem ich ähnlich werden wollte.«

Maria Magdalena beschloß an diesem Tag, in ihrem Garten in Antiochia zu arbeiten. Sie ging die schmale Treppe hinauf, die sich sanft von Terrasse zu Terrasse schlängelte, kam zu ihrem Gewürzgarten und sah mit Befriedigung, daß ihre Kräuter in der frühlingshaften Wärme schon kleine Knospen trugen.

Der Garten lag auf einer Anhöhe, so daß sie an einem klaren Tag wie heute über die Stadtmauer hinweg bis zum Meer im Westen sehen konnte.

Jetzt schaute sie, Jätschaufel und Hacke in der Hand, lange aufs Wasser hinaus, diese leuchtend blaue Linie von Horizont zu Horizont. Hier und dort konnte sie ein Segel ahnen. Als Zeichen des Menschen im Unendlichen.

Sie erinnerte sich an ihre erste Begegnung mit dem Meer. Das war gewesen, nachdem Leonidas sie in Galiläa aufgespürt hatte, wo sie, verwirrt und wie von Sinnen, besessen von dem einzigen Wunsch, Ihm zu begegnen, umhergewandert war. Hier am blauen See mußte Sein Geist leben und sich ihr noch einmal offenbaren.

Sie sah nicht nur aus wie eine Bettlerin, sie war auch eine, erbettelte sich Brot an den Türen, bat um Unterkunft und durfte hier und dort in einem Stall übernachten. Aber oft genug schlief sie unter freiem Himmel.

Es war ein heißer Sommer.

Niemand erkannte sie.

Nach uralter Sitte hatte sie sich Asche aufs Haupt gestreut, die sich mit dem Schweiß vermischte und ihr übers Gesicht lief. Sie wusch sich nie und hatte sich an den Geruch gewöhnt, der ihrem Körper entströmte. Sie bekam ihre Monatsblutung, ließ alles Blut an den Beinen herunterlaufen. Ihre Haut war trocken und rissig, von der Sonne verbrannt und wund.

In der Nacht bevor Leonidas sie fand, schlief sie am Seeufer unter einem umgestülpten Kahn. Und sie hatte einen Traum. Darin wanderte sie in einer unbekannten Landschaft über die Felder und fragte jeden, der ihr begegnete, nach dem Meer. Die meisten schüttelten den Kopf, manche wiesen in eine bestimmte Richtung. Sie folgte den Anweisungen, fand das Meer aber nie.

Einmal sah sie ein Gewässer, das ohne Ende zu sein schien. Eine lange und ermüdende Wanderung führte dorthin, aber sie war getrieben von Sehnsucht und Hoffnung. Als sie das Ufer endlich erreicht hatte, sah sie zu ihrer Verzweiflung, daß es ein Flußbett war. Sie hatte das Gewässer nur in der Längsrichtung gesehen und es für endlos gehalten. Sie versuchte zu denken, daß das Wasser des Flusses, genau wie sie, unterwegs zum Meer war. Aber sie fühlte sich zu schwach, um dem gewundenen Lauf zu folgen. Sie blieb unter den Bäumen am Flußufer stehen. Es war ein Platz, den sie kannte, aber es wohnte niemand mehr dort.

Im Schlaf weinte sie verzweifelt.

Es war wie ein Wunder, daß er sie erkannte. Sein Rufen, »Maria, Maria!«, drang ihr am Morgen ins Ohr, als sie sich unter dem Kahn hevorwälzte. Aber sie konnte nicht antworten, nicht einmal eine Hand zum Gruß heben. Ich habe mich für tot gehalten, dachte sie. Aber ich war fast schon verrückt.

Leonidas führte sie zu einem Haus, das er gemietet hatte, legte sie in ein warmes Bad, wusch ihr die Haare in immer wieder frischem Wasser und weichte die Schrunden von ihrem Körper.

Sie fühlte sich wie ein Säugling. Aber ihre blauen Augen folgten ihm ernst und fragend. Und als er sie schließlich abtrocknete, sie mit einem großen Tuch frottierte und Salbe auf die offenen Wunden strich, konnte sie fragen: »Leonidas, glaubst du auch, daß mein Kopf krank ist?«

»Ein wenig verrückt bist du wohl. Aber du wirst bald wieder gesund sein.«

Sie konnte seine Angst heraushören.

Er zwang sie zum Essen.

Bevor sie einschlief, sagte er: »Sobald es dir besser geht, fahren wir ans Meer.«

Sie fuhren in einem Wagen. Zu den römischen Soldaten, die jedes Fahrzeug kontrollierten, sagte er: »Meine Frau ist krank gewesen. Wir sind unterwegs ans Meer, sie soll sich dort erholen.«

Sie nahmen Marias verbranntes Gesicht und den mageren Körper mitleidig zur Kenntnis, sahen Leonidas' Papiere durch und winkten das Gespann höflich weiter. Maria bemerkte kaum, was um sie herum geschah. Erst als sie an diesem endlosen Meer stand, das blauer war als der Himmel, aber nah und voller Kraft, fand sie zu sich selbst zurück und suchte nach einer Erklärung: »Nach deiner letzten Abreise ...«

»Ich weiß«, sagte er. »Ich habe es gleich nach meiner Rückkehr erfahren. Dieser verdammte Pilatus hat Jesus kreuzigen lassen. Ich habe gefühlt, daß er in Gefahr war, ich hätte ihn nicht verlassen dürfen.«

Auch Leonidas war verzweifelt.

»Du hättest nichts tun können. Er hatte sich selbst für diesen Weg entschieden.«

»Unbegreiflich!«

»Ja, niemand wird es je verstehen.«

Sie nahmen sich sieben Tage Zeit, über das Geschehene zu sprechen, aber was ihr von den Tagen am Strand von Caesarea im Gedächtnis blieb, waren die Wellen, die Tag und Nacht ans Ufer schlugen, große Wellen, die alles aus ihr herauswuschen.

Maria verscheuchte die Erinnerungen, es war alles schon so lange her.

Entschlossen kniete sie in einem Beet nieder und begann Unkraut zu jäten. Bekümmert sah sie, daß die Erde trockener war als sonst zu dieser Zeit des Jahres. Bald würde sie zu gießen anfangen müssen, und schon jetzt seufzte sie, wenn sie daran dachte, wie schwer es war, das Wasser zu den oberen Terrassen zu tragen.

Als sie eine Rast einlegte und ihren Durst aus dem Wasserkrug löschte, sah sie, daß es über dem Meer diesig geworden war. Die blaue Farbe war verschwunden. Jetzt mußte sie sich mit dem Anblick ihres Hauses begnügen, dieses schönen Hauses, das Leonidas ihr am Hang hatte bauen lassen.

Sie begann darüber nachzudenken, wieso sie sich gerade hier angesiedelt hatten. Beide hatten sie nicht in der lauten, übervölkerten Stadt wohnen wollen, soviel stand fest. Aber warum gerade hier am Rand des jüdischen Stadtteils?

Der Finger Gottes, dachte Maria, verzog aber den Mund dabei. Vielleicht war es Leonidas gewesen, der ihr ein Zuhause in der Nähe jüdischer Glaubensbrüder hatte geben wollen.

Dieser Gedanke brachte sie zum Lachen.

Dann aber dachte sie, daß es gut für sie gewesen war.

Es hatte jedoch seine Zeit gebraucht, bis sie sich in die Synagoge gewagt, heimlich die Frauenempore betreten und Rabbi Amasja reden gehört hatte. Worte drangen an ihr Ohr, die sie verwundert wiedererkannte, Worte von Gott, dem man nur durch Barmherzigkeit dienen konnte.

Einmal erzählte Rabbi Amasja eine alte Geschichte von einem Griechen, der einen Rabbi aufsuchte und ihn bat, in der Thora unterwiesen zu werden, und zur Antwort bekam, das sei nicht schwierig. Die gesamte jüdische Weisheit könne in eine einzige Regel gefaßt werden: Liebe deinen Nächsten wie dich selbst.

Amasja zitierte immer wieder die Propheten, Hosea, der auf

Gott hörte und das Wort vernahm: »Liebe will ich, nicht Schlachtopfer.« Und er sprach nicht ohne Stolz darüber, daß das Judentum die erste Religion war, die die Verantwortung für jeden einzelnen Mitmenschen predigte. Er sprach von Amos, dem Propheten, zu dem Gott im Namen der Unterdrückten sprach. Die Menschen können vor aller Ungerechtigkeit und Grausamkeit gegen die Armen die Augen verschließen. Aber Gott verschließt seine Augen nicht.

Der Rabbiner zitierte aus der Schrift: »Du sollst in deinem Herzen keinen Haß gegen deinen Bruder tragen.«

Maria hörte eine andere Stimme, eine junge Stimme, die sagte: »Alles, was ihr also von anderen erwartet, das tut auch ihnen!«

Sie hatte sich in dem seltsamen Licht über den Hügeln am blauen See verloren, als der Gottesdienst mit einem Gebet zum Herrn schloß, zu diesem Herrn, der weit über unser Fassungsvermögen hinausgeht, der aber auf der Seite der Machtlosen und Verzweifelten steht. Als die Frauen in ihrer Umgebung aufstanden, um zu gehen, schaute Maria zu dem Rabbiner hinunter, und ihr Blick war von solcher Kraft, daß er den Kopf hob, ihr in die Augen sah und lächelte. Als sie die Synagoge als letzte verließ, stand er am Tor: »Ich habe gewußt, daß die Frau des Leonidas Jüdin ist«, sagte er. »Ich erwarte dich schon seit langem.«

»Ich werde wiederkommen.«

Auch am nächsten Sabbat erzählte der Rabbi eine Geschichte: Ein Mann starb, wurde in Tücher gehüllt und in einen Sarg gelegt. Zu seinem Begräbnis kamen viele trauernde und weinende Menschen.

Aber der Mann war nur scheintot und erwachte von den Wehklagen. Er klopfte an den Sargdeckel.

Erschrocken sahen die Trauergäste einander an. Der Mutigste unter ihnen öffnete den Sarg, sah, wie der Tote sich aufsetzte, und hörte ihn rufen: »Ich bin nicht tot.«

Woraufhin der Mutige mit fester Stimme sagte: »Der Priester und auch der Arzt haben festgestellt, daß du tot bist. Leg dich also wieder hin.«

Sie nagelten den Sarg zu und versenkten ihn im Grab.

Ein Gemurmel entstand in dem großen Raum, und hier und dort war verständnisloses Kichern zu hören. Doch als Marias Lachen die Synagoge erfüllte, sahen alle Anwesenden zur Frauenempore hinauf. Maria schlug erschrocken die Hand vor den Mund, sah aber, daß der Rabbiner die Lippen verzog und ihr einen dankbaren Blick zuwarf.

Schon am nächsten Tag klopfte Rabbi Amasja an ihre Tür. Leonidas öffnete ihm und sagte, seine Frau habe ihm vom Gottesdienst in der Synagoge berichtet.

»Du scheinst ein mutiger Mann zu sein.«

»Antiochia ist eine große Stadt, die meisten Juden stehen schon seit Generationen unter dem Einfluß griechischen Denkens. Es gibt hier die unterschiedlichsten Auffassungen, gnostische Juden etwa und dann diese neuen Christen. Zudem gibt es viele Suchende aus anderen Religionen. Und Leute, die einfach neugierig sind.«

»Und was sagen die Rechtgläubigen?«

»Die sind sicher enttäuscht. Es gibt eine Menge Menschen, die so ängstlich sind, daß sie nur an festgefügten Regeln Halt finden.«

Leonidas lachte.

Es war der Anfang einer herzlichen Freundschaft.

Maria stand aus ihrem Kräuterbeet auf, streckte sich, dachte erstaunt an all die Erinnerungen, die an diesem Tag über sie hereingebrochen waren. Daran ist nur das Schreiben schuld, sagte sie sich. Es ist, als hätte sich eine Schleuse geöffnet.

Sie hörte im Gebüsch das trockene Blattwerk rascheln, also würde es gleich regnen. Der Dunst vom Meer war auf die über dem Land brütende Hitze gestoßen und hatte sich in dicke Wolken verwandelt. Obwohl Maria die Stufen schnell hinunterlief, wurde sie bis auf die Haut naß.

Das Meer bescherte Antiochia ein zweitesmal Regen, als Maria an diesem Abend einschlafen wollte. Sie hörte ihn auf das Hofpflaster prasseln und durch die Kronen der Feigenbäume rieseln.

Ein Segen, dachte sie.

Es war ein guter Tag gewesen.

Morgen wollte sie sich wieder der Dreizehnjährigen aus Tiberias zuwenden.

Der Koch nahm seine Aufgabe, Maria zum Essen zu bewegen, äußerst ernst. Er bereitete schmackhafte Gerichte und machte sie durch den Duft erlesener Gewürze und durch gefällige Farbzusammenstellungen besonders reizvoll. Er setzte sich, während sie aß, zu ihr an den Tisch und verfolgte jeden Bissen bis in ihren Mund.

Wenn es ihm zu langsam ging, wenn er merkte, daß Maria nicht schluckte, sondern alles im Mund behielt, versuchte er es mit Erpressung: »Mein Schicksal liegt in deiner Hand«, drohte er. Und wenn Maria schnaubte, fuhr er mit zitternder Stimme fort: »Begreifst du denn nicht! Wenn du durch mein Essen nicht schnell gesund wirst, verkauft Euphrosyne mich auf dem Sklavenmarkt. Kannst du das verantworten?«

Nach einem dramatischen Schweigen gelang es ihm, seine Augen mit Tränen zu füllen, bevor er wortreich und herzerweichend schilderte, welch grausames Schicksal ihm dann bevorstünde. Von einer erbarmungslosen römischen Matrone ausgepeitscht und gedemütigt, würde er gezwungen werden, barbarisches Essen zu kochen.

»Weißt du, daß die Römer Schlangen verzehren? Und Pelikane in Fischsoße!«

Er schüttelte sich.

Die Tränen kamen ihm, als er schilderte, wie er seine Nächte in einem verrußten Winkel einer römischen Küche, von Hunden gebissen und von den anderen Sklaven des Hauses mit Füßen getreten, würde zubringen müssen.

Maria war zutiefst erschüttert, kaute und schluckte.

Als er die Geschichte von seiner furchtbaren Zukunft das nächste Mal auftischte, hatte sie sich die Sache bereits durch den Kopf gehen lassen und war zu dem Schluß gekommen, daß Euphrosyne ein viel zu gutes Herz hatte. Für nichts auf der Welt würde sie ihren Koch verkaufen, diesen liebenswerten Mann, den sie hoch schätzte.

»Du bist kindischer, als ich dachte«, sagte Octavianus, und seine schwarzen Augen leuchteten wie glühende Kohlen, als er fortfuhr: »Euphrosyne hat ein Herz von Eis. Sie hat in ihrem ganzen Leben noch nie geliebt, verstehst du? Jetzt hat sie dich ins Herz geschlossen, und die Götter mögen wissen, wie das endet.«

Wieder schwieg er lange, und dann stellte er die furchtbare Frage: »Was geschieht, wenn ein Herz aus Eis schmilzt?«

Maria erstarrte vor Überraschung. Sie konnte den Eisklumpen in der Brust förmlich zerrinnen sehen.

»Ich weiß nicht«, flüsterte sie.

»Da siehst du's. Kein Mensch kann sich die Folgen vorstellen. Ich liege nachts wach und zerbreche mir den Kopf darüber.«

Vor lauter Schreck aß Maria ihren Teller bis zum letzten Krümelchen leer. Dann tat ihr der Bauch so weh, daß sie sofort zum Abort laufen mußte. Als sie dort saß, überkam sie unerwartete Freude. Am Nachmittag klopfte sie an Euphrosynes Kontortür: »Hast du ein Herz aus Eis?«

Euphrosyne lächelte flüchtig wie immer. »Ich habe wie jeder Mensch ein Herz aus Fleisch und Blut«, sagte sie.

»Habe ich es doch gewußt«, nickte Maria und wagte etwas Unglaubliches. Sie warf sich Euphrosyne in die Arme und drückte sie fest an sich. Euphrosyne errötete vor Freude und hielt das Mädchen umfangen, bis ihr etwas zu sagen einfiel: »Ich habe gehört, du ißt, wie es sich gehört. Du kriegst schon rundere Wangen, aber blaß bist du immer noch. Wir werden es mit frischer Luft probieren. Als du klein warst, hast du Setonius gern im Garten geholfen.«

»Das würde mir auch jetzt Freude machen.«

Setonius hatte Maria immer gern gehabt, mochte ihren Ernst und die Bewegungen ihrer Finger, wenn sie mit dem richtigen Gefühl für jedes noch so empfindliche Würzelchen die Erde um allerlei Rosen und Blumen lockerte. Inzwischen war sie schon fast erwachsen geworden.

Er erkannte bald, daß Maria ihren Hang zum Unsagbaren nicht verloren hatte. Sie wußte, daß Blumen etwas Besinnliches an sich hatten und daß keine Pflanze so unberührt war, wie sie zu sein vorgab. Sie ließ spüren, wie sehr sie die alten Bäume am Ufer liebte, die die Zeit verschwinden machten. Ihrer Meinung nach konnten sie die Zeit stillstehen lassen.

Und sie fuhr fort, nach Kinderart Fragen zu stellen, ganz anders als die Erwachsenen, die selten bereit waren, die Antwort abzuwarten. Darum erzählte Setonius ihr immer wieder Geschichten.

Setonius hatte für jedes Kraut, das in dem großen Garten wuchs, eine eigene Geschichte.

Am Tag, an dem Maria Gärtnerlehrling wurde, wollte Setonius die Früchte des Maulbeerfeigenbaumes einkerben. Er zeigte ihr die Blüten, die von außen unsichtbar in der Frucht wuchsen. Wie der Embryo im Mutterleib, sagte er und erzählte, daß die Maulbeerfeige der Baum der ägyptischen Göttin der Liebe sei. Sie wurde Hathor genannt und half all jenen, die an heimlicher oder unglücklicher Liebe krankten.

Jetzt machte er in jede Frucht eine Kerbe, um die Insekten zu vertreiben, die ihre Eier in den verborgenen Blüten abgelegt hatten. Es war eine endlose Arbeit, fand Maria. Und wie klebrig! Aber sie kletterte auf die Leiter und lernte schnell, den Schnitt richtig anzulegen. Nach einigen schweißtreibenden Stunden waren die Früchte von Eindringlingen befreit.

»In sechs Tagen wirst du den Erfolg sehen«, sagte Setonius. »Jetzt haben wir Hathor geholfen, bald wird sie uns mit Früchten belohnen, die golden und süß sind wie die Wangen der Göttin.«

Er lachte Maria an, doch als sie sich am Brunnen wuschen, entdeckte er eine nachdenkliche Falte über ihrer Nasenwurzel.

»Glaubst du an viele Götter?« fragte Maria, als sie sich zum Ausruhen in den Schatten der großen Terebinte setzten.

Da er den Sinn dieser Frage nicht erkannte, fing er an, von seiner Kindheit auf einer windumtosten Insel im Ionischen Meer zu erzählen. »In unserm Dorf waren wir mit Göttern reich gesegnet«, sagte er, und seine Stimme war sanft vor Wehmut und Sehnsucht. »Da gab es Apollo, schön und stark wie das Licht über dem Meer. Auf den Wiesen sangen wir im Frühling Hymnen für Demeter und dankten ihr für die Fruchtbarkeit des Bodens. Zur Zeit der Weinlese gaben wir Dionysos zu Ehren ein Fest und erfanden die ausgelassensten Tänze. Ein phantastisches Fest«, sagte er und lächelte in der Erinnerung.

»Von einem Berg aus hatten wir Aussicht auf das endlose blaue Meer«, erinnerte sich Setonius. »Dort stand eine Statue des Zeus. Am Rand der großen Wälder hatte man Artemis, der vielbrüstigen Jungfraukönigin, ein Standbild errichtet. Diese Göttin liebte ich am meisten von allen.«

Er errötete, als ihm einfiel, wie sehr die vielbrüstige Göttin seine jugendliche Phantasie angeregt hatte.

»Du fragst nach dem Glauben«, sagte er. »Aber ich verstehe dich nicht, alle diese Wesen gab es doch in der Natur, sie waren Abbilder unserer Träume.«

Er schwieg. Sie lauschten eine Weile der Drossel, die in der Krone des Terebintenbaums sang. »Es war zugleich eine praktische Religion«, fuhr er fort. »Ob Gott oder Göttin, sie hatten alle einen eigenen Bereich, für den nur sie verantwortlich waren. Die Seefahrer mußten den Meergott beschwichtigen und taten es in der Felsengrotte am Hafen, die ebenfalls zu Poseidons Reich gehörte. Die Bauern beteten vor der Aussaat zu Demeter, und die Frauen gingen zu Aphrodite, wenn sie verliebt waren. Alle glaubten daran, daß ihnen Hilfe zuteil werde.

»Die griechischen Inselbewohner sind ein vernünftiges Volk«, sagte Setonius. »Das müssen sie auch sein, um überleben zu können.«

Maria zupfte Kräuter, kniete den ganzen Nachmittag in den Beeten. Bis Setonius sie unterbrach: »Auf, auf, jetzt wird gelaufen, sonst kriegst du steife Beine«, mahnte er. Sie erhob sich und humpelte davon. Da mußte er lachen. »Lauf!« wiederholte er. »Du bist jung und schön wie Aphrodite, du mußt wie im Flug über die Felder schweben!«

Maria mußte ebenfalls lachen. Und schon bald hatte sie gelernt zu fliegen – zumindest hatte sie das Gefühl zu fliegen, so als berührten ihre Füße kaum das Gras. Euphrosyne kam, um nach den beiden zu sehen. Leise sagte sie zu Setonius, das sei genau das, was das Mädchen brauche.

Etwas später brachte Octavianus das Mittagessen in einem Korb in den Garten. Zum erstenmal, seit Leonidas verschwunden war, machte Maria sich hungrig über die Speisen her.

Alles hätte gut weitergehen können. Maria würde sich der Jahre zwischen dreizehn und fünfzehn mit Freude erinnern. Euphrosynes Pläne nahmen festere Formen an. Sie schränkte ihre Tätigkeiten ein und bereitete sich auf den Umzug vor. Sie wollte mit Maria, den beiden Sklaven und den zwei ältesten ihrer Mädchen nach Korinth zurückkehren.

Doch da verliebte sich Maria.

Quintus.

Es fing ganz harmlos an. Der achtzehnjährige Römer kam eines Abends als neuer Gast in das Freudenhaus. Angsterfüllt. Euphrosyne kannte die Symptome gut, sie hatte so etwas schon öfter beobachtet. Der Junge fürchtete sich vor Frauen und vor dem Abenteuer, mit dem er sich in fiebrigen Phantasien schon lange beschäftigt hatte. Scheu und verlegen entfernte er sich immer mehr von Wein und Übermut in dem großen Saal, wurde rot, wenn er auf einen Kameraden traf, der ihn auslachte, fühlte, daß ihm übel wurde, suchte nach dem Abort, erreichte ihn aber nicht mehr und erleichterte schließlich seinen rebellierenden Magen im Freien vor dem Küchenfenster. Als er sich den kalten Schweiß von der Stirn gewischt hatte, erblickte er in der beleuchteten Küche ein Mädchen – und nie zuvor hatte er etwas Schöneres gesehen.

Eine Göttin mit langem goldenen Haar stand dort und schnitt Zwiebeln.

War sie eine Sklavin? – nein, das konnte nicht möglich sein.

Quintus blieb wie versteinert stehen und das vielleicht eine volle Stunde lang. Irgendwann blickte das Mädchen auf, und er sah zum erstenmal in die seltsam blauen Augen, die blauer als der Sommerhimmel waren.

Er begann zu frieren, daß es ihn schüttelte. Er mußte zu ihr gehen und erfahren, wer sie war. Und er hatte Glück, an der Giebelseite des Hauses entdeckte er eine Tür, die direkt in die Küche führte. Er versuchte sie leise zu öffnen, aber sie quietschte wie eine beleidigte Katze, und ein riesiger Kerl mit einer Kochmütze drehte sich um und sagte: »Und was möchte der junge Herr? Dies ist nicht der Ort für die Gäste des Hauses.«

Quintus wollte nicht lügen, wollte sagen, daß er sich verlaufen habe, brachte es aber nicht heraus.

»Der Herr riecht nach Erbrochenem«, sagte der Koch. »Es gibt die Möglichkeit, sich hier draußen im Baderaum zu waschen.«

Jetzt traf ihn ein seltsam blauer Blick, und er fragte sich verwirrt, wie derart hellblaue Augen so unergründlich sein konnten.

Sie lachte über ihn.

Er schämte sich.

Im Bad wusch er sich Gesicht und Hände und versuchte, die Flecken von seiner Toga zu entfernen. Es gelang nicht.

Aber er traute sich zurück in die Küche und stammelte: »Ich wollte nur um Verzeihung bitten.«

»Ist schon gut«, sagte der Koch und schob ihn durch die Tür in den Garten hinaus.

Quintus nahm all seinen Mut zusammen und flüsterte: »Wer ist sie?«

Der Koch lächelte, schüttelte den Kopf und sagte es, wie es war: »Sie ist Euphrosynes Tochter und unverkäuflich.«

Als Octavianus wieder in die Küche kam, zuckte er mit den Schultern und sagte nur: »Verrückter Kerl.«

»Aber er war so schön«, sagte Maria.

»Schön! Ein vollgekotzter Besoffener.«

Schon zeitig am nächsten Morgen war Quintus wieder da. Im ringsum verschlossenen Haus schlief noch alles. Kein Mensch war zu sehen. Er schlich an der Außenmauer entlang, bis sie zum See hin in eine andere Richtung weiter verlief. Unten am Ufer konnte er sie überklettern und fand im Garten unter Dornengestrüpp ein Versteck. Der Garten war ungewöhnlich groß, gepflegt und voll blühender Pflanzen. Aber auch hier herrschte Ruhe, nur die Vögel waren munter. Quintus fror, betete zu Venus und mußte bald zu seinem Erstaunen feststellen, daß sie ihn erhört hatte. Denn über den Rasen kam – genau ihm entgegen – das Mädchen von gestern.

Was sollte er tun?

Wenige Schritte von ihm entfernt blieb sie stehen und begann mit dem Rechen zu arbeiten. Quintus wagte nicht zu atmen, aber sein Herz schlug so laut, daß man es bestimmt durchs Gebüsch hörte.

So schien es auch wirklich zu sein, denn plötzlich schaute das Mädchen erstaunt, aber nicht erschrocken zu ihm her.

»Ich bin's nur«, sagte er.

»Das sehe ich«, antwortete Maria. »Was machst du hier?«

»Bis jetzt habe ich nur die Götter gebeten, du mögest kommen.«

»Sie scheinen dir wohlgesonnen zu sein«, stellte Maria fest, und ihr Lachen schallte über den Garten hin, daß die Vögel vor Verwunderung schwiegen.

Jetzt kam Setonius langsam und steif, wie meistens am Morgen, daher. »Schon angefangen, Maria?« gähnte er.

»Ja, und nun rate mal, was der Rechen aufgestöbert hat!«

Setonius war um diese Zeit für Rätsel nicht zu haben, schüttelte also lustlos den Kopf.

»Einen römischen Soldaten, der von der Mauer gefallen ist.«

Setonius wurde munter, trat einen Schritt auf Quintus zu und sah ihn lange an. Dann brach er in Gelächter aus.

»Ich bin nur neugierig, wie du auf die Mauer hinaufgefallen bist«, sagte er und mußte wieder lachen. Dann sah er sich den Jungen näher an und dachte, daß der trotz seiner Verwirrung sympathisch aussah. Schließlich sagte er: »Ich bin selbst einmal jung gewesen und weiß, wie es ist, wenn der Leib brennt. Maria ist eine Schönheit, natürlich, aber wir können hier keine liebeskranken Kater herumstreunen lassen, das mußt du verstehen. Wenn du ehrliche Absichten hast, mußt du zu ihrer Mutter gehen und sie in aller Form darum bitten, das Mädchen besuchen zu dürfen.«

Quintus verbeugte sich, richtete sich auf und sagte: »Das will ich tun.«

»Gut. Und jetzt verschwinde auf dem gleichen Weg, auf dem du gekommen bist.«

Als Quintus über die Mauer zurückkletterte, blieb er oben kurz sitzen und winkte Maria zu.

»Wir sehen uns wieder!« rief er.

»Das wird sich zeigen«, sagte Maria, aber er sah, daß sie nicht so abgeneigt war, wie sie ihn glauben machen wollte.

Quintus hatte bis zur elften Stunde Wachdienst. Er ging auf und ab und wiederholte im Rhythmus der Schritte immer wieder die Worte, die er gegenüber Euphrosyne wählen wollte. Sie war eine stattliche Dame, und er hatte schon gestern abend großen Respekt vor ihr gehabt.

»Mein Name ist Quintus Petronius. Ich bin der Sohn des Centurios Gallus Petronius von der sechsten Legion in Syrien. Meine Mutter und meine Schwestern leben in Rom. Wir sind nicht reich, aber wir kommen zurecht. Ich bin hier, weil ich um Marias Hand anhalten möchte.«

Schon bald hatte er seine kurze Rede im Kopf.

Trotzdem war sein Mund so trocken, daß er kein Wort herausbrachte, als er schließlich seinen Diener vor Euphrosyne gemacht hatte. Sie hielt sich, wie nachmittags üblich, in ihrem Kontor auf und zählte mit einer gewissen Befriedigung ihre Einkünfte, nickte Quintus freundlich zu und fragte: »Und was wünscht der Soldat?«

Er brachte kein Wort heraus. Sie war gezwungen weiterzufragen, bevor das Schweigen peinlich wurde: »Ich habe von meinem Koch und auch von meinem Gärtner gehört, daß der Soldat eine seltsame Neigung hat, über Hintereingänge, Küchentüren und Mauern ins Haus zu fallen.«

Ihre Mundwinkel zuckten, und jetzt konnte er plötzlich auch die Komik in all dem erkennen, was er aufgeführt hatte. Er breitete die Arme aus, versuchte zu lachen und sagte: »Im allgemeinen ist es nicht meine Art, mich wie ein Idiot zu benehmen.«

»Dann kann ich nur hoffen, daß es nicht wieder vorkommt. Was Maria angeht, so ist sie ein anständiges Mädchen. Wenn der Soldat mit ihr zusammentreffen möchte und sie selbst einverstanden ist, kann er einen Besuch abstatten.«

Da fiel er auf die Knie, breitete die Arme aus und endlich brachte er die eingeübten Worte über die Lippen.

Er ist theatralisch wie Octavianus, dachte Euphrosyne und konnte ihr Lachen nicht mehr zurückhalten. Der junge Mann empfand es wie eine Demütigung, Euphrosyne sah es, nahm sich zusammen und sagte: »Es ist gut, daß Quintus Petronius ehrliche Absichten hat. Aber bevor man von Ehe spricht, sollte man einander vielleicht doch besser kennen, oder …?«

»Ich habe sie tausend Leben lang gekannt«, sagte Quintus, der im Geiste Platons erzogen worden war. Doch das verfehlte seine Wirkung, denn Euphrosyne glaubte nicht an Seelenwanderung.

»Alle von Verliebtheit Befallenen schnappen ein wenig über. Keine Angst, Soldat, das vergeht wieder.«

»Niemals«, sagte Quintus so überzeugt, daß sie ihm fast glaubte.

Mit finsterem Gesicht ging Euphrosyne vor dem Soldaten her in den Garten, wo Maria arbeitete. Sie saß mitten in einer Fülle von Krokussen, die ebenso golden waren wie ihr Haar. Sie trug eine dünne Tunika, die, soweit Euphrosyne sich erinnern konnte, neu war und blau wie ihre Augen und der See, der hinter ihr in der Sonne flimmerte.

Beunruhigende Zeichen, dachte Euphrosyne, und laut sagte sie: »Maria, ich bin gekommen, um dich einem jungen Mann vorzustellen, der vor Sehnsucht, dir zu begegnen, brennt. Aber du kannst selbst entscheiden.«

Quintus hatte die Fähigkeit zu sprechen schon wieder verloren.

»Er ist, wie dir auffallen wird, nicht besonders beredt und macht, ehrlich gesagt, keinen allzu begabten Eindruck«, sagte Euphrosyne.

Sie wußte im selben Moment, daß das dumme Worte waren, aber der Ernst des Jungen und die Erwartungen des Mädchens beunruhigten sie. Daher fuhr sie zornig fort: »Der junge Narr heißt Quintus Petronius und hat um deine Hand angehalten.«

Sie schnaubte vernehmlich, ehe sie fortfuhr: »Ich habe ihm gesagt, er kann hier mit dir sprechen, das aber nur in Anwesenheit von Setonius.«

Zu Setonius sagte sie: »Du bist verantwortlich für die Ehre meiner Tochter.«

Dann drehte sie sich auf dem Absatz um und ging mit dem unangenehmen Gefühl in ihr Kontor zurück, die Schlacht schon verloren zu haben. Sie hatte es in Setonius' Augen gesehen, und es gab keinen Menschen, dessen Urteilsvermögen sie mehr vertraute als seinem.

Maria, die weit entfernt von den Vorbehalten ihrer Stiefmutter war, nahm Quintus bei der Hand: »Du möchtest dir vielleicht unsern Garten ansehen.«

Er war in Rom in einer engen Gasse aufgewachsen und hatte kein Interesse an Blumen. Trotzdem strahlte er vor Erwartung und versuchte zu schauen und auch zuzuhören, als Maria ihm die Beete zeigte und von Blumen, Büschen und Bäumen erzählte. Er sah ja doch nur sie und lauschte nur der hellen Mädchenstimme.

»Ist dir unser Oleander schon aufgefallen?« fragte sie. »Es ist eine ganz ungewöhnliche Art, und bald wird er seine abertausend rosa Blüten öffnen.«

Quintus besah sich den struppigen Strauch und war nie glücklicher gewesen.

Aber die Zeit verflog, und der Koch, der sich für die Entwicklung der Ereignisse weitaus verantwortlicher fühlte als Setonius, sorgte für eine Unterbrechung. Er ging zu den jungen Leuten und wies würdevoll darauf hin, daß das Abendessen aufgetragen und damit der Besuch beendet sei.

»Bis morgen«, verabschiedete sich Quintus.

»Ja, morgen.«

»Da ist nicht viel zu machen«, sagte Setonius zu Euphrosyne.

»Wahrscheinlich nicht«, gab sie zu.

Von da an tauchte er jeden Nachmittag auf, genau zur elften Stunde. Euphrosynes Mädchen umflatterten ihn wie Schmetterlinge: »Was für ein hübscher Junge, was für ein süßer kleiner Junge.«

»Die wollen uns nur ärgern«, tröstete Maria. »Komm, ich zeige dir meine verborgene Grotte.«

Da neckten sie die Frauen erst recht: »Ach nein, du hast eine verborgene Grotte, du, Maria, eine Grotte, eine verborgene Grotte ...«

Sie schüttelten sich vor Lachen.

Weder Maria noch Quintus verstanden, was daran so lustig war.

Die Grotte war rund wie ein ausgeblasenes Ei. Der See, dessen Wasser seit Jahrhunderten in stürmischen Nächten dort eindrang, hatte die Wände geglättet. Setonius pflegte hier Kräuter zu trocknen, es duftete nach Thymian und Rosmarin.

Das Licht war sanft, es herrschte schattige Dämmerung. Und Ruhe begleitete das klangvolle Schlagen der Wellen an die Felsen. Das beste an der Grotte war aber die enge Öffnung zum See. Niemand konnte hineinschauen.

Sie sanken Hand in Hand auf das Laubbett nieder und ohne zu wissen, wer angefangen hatte und wo es enden würde, begannen sie sich zu küssen. Maria, die Kluge und Erdgebundene, verlor alle Vernunft. Was geschieht nur mit mir, was geschieht nur? Schließlich flüsterte sie ihm die Worte ins Ohr, er wurde aufmerksam, entzog sich ihr. »Maria, wir müssen aufhören.«

»Warum?«

»Weil wir sonst bald nicht mehr aufhören können. Wir setzen uns lieber oben auf den Felsen und erzählen uns etwas.«

Auf dem Felsplateau über dem See, wo jeder sie sehen, aber niemand sie belauschen konnte, begann er zu sprechen. Jetzt hatte er tausend Worte für seine Liebe.

Er hatte viele Jahre von ihr geträumt, aber nie zu hoffen gewagt, ihr je zu begegnen.

Als er sie neulich abends in der Küche gesehen hatte, war er fast ohnmächtig geworden, hatte sich immer wieder gesagt, daß es nicht möglich sein kann, daß es ein Hirngespinst sei, ein Traum.

»Ich war so betrunken«, sagte er, und sie lächelte entschuldigend und dachte nur an seinen Mund, wie schön geformt er war und wie empfindsam er jede einzelne Gefühlsregung widerspiegelte.

Dann wiederholte er, was er schon zu Euphrosyne gesagt hatte, daß sie einander tausend Leben lang gekannt hatten, daß sie einander begegnet waren, einander geliebt hatten und durch ein grausames Schicksal immer wieder getrennt worden waren. Wußte sie das nicht, hatte sie es vergessen?

Jetzt war Maria damit beschäftigt, seine Ohrmuschel zu studieren, noch nie hatte sie etwas Vollendeteres gesehen. Sie beugte sich über ihn, als wolle sie ihm etwas zuflüstern, küßte dann aber das Ohr und biß hinein.

»Maria, wir verlieren die Kontrolle.«

»Ich habe sie längst verloren. Um genau zu sein, vor einer Stunde.«

»Setonius«, sagte er. »Euphrosyne.«

Sie nickte, verstand.

Plötzlich fühlte sie ein Ziehen in ihrem Unterleib, es war ein weit schlimmerer Schmerz, als wenn sie ihre Blutung hatte. Da erst wurde ihr bewußt, worüber die Mädchen gelacht hatten, was sie an dem Ausdruck »verborgene Grotte« so unglaublich lustig gefunden hatten.

Gleich darauf stand der Koch am Fuß des Berges und rief sein: »Abendessen!« hinauf.

»Vielleicht kannst du mit uns essen«, flüsterte Maria beim Hinabklettern.

»Nein«, sagte er, erschrocken bei dem Gedanken an die übermütigen Frauen. »Ich komme morgen wieder.«

Es gelang Maria, nach dem Essen eine Stunde mit Euphrosyne allein zu sein. »Ich kann nicht widerstehen.«

»Dann wirst du wohl nachgeben müssen«, sagte Euphrosyne scharf.

Im nächsten Moment bereute sie es und lief dem flüchtenden Mädchen nach. Aber Maria war verschwunden, und das Haus füllte sich mit abendlichen Gästen.

In der Küche brach an diesem Abend ein gewaltiger Streit los. Octavianus knallte die Bratpfannen auf den Herd, daß vom heißen Öl die Funken stoben, er teilte die Eier mit einer Wucht, als wolle er Steine zerschmettern, und schrie Setonius an, er werde ihn mit seinem Fleischerbeil massakrieren, wenn er die beiden jungen Idioten noch ein einziges Mal in die Grotte gehen lasse.

»Du hast die Verantwortung!« schrie er.

Setonius versuchte zu erklären, daß kein Mensch Macht über sein Schicksal habe, worauf der Koch schrie, daß er, Octavianus, sie sehr wohl habe und auch einsetzen werde. Und daß er alle verdammten Griechen mit ihrem verfluchten Schicksalsglauben hasse. »Ein geiler Soldat und eine betörte junge Gans – was hat das schon mit Schicksal zu tun!«

Maria sei ein Kind, und hätte er etwas zu sagen gehabt, hätte er sie eingesperrt. Bis sie wieder zur Vernunft gekommen wäre. »Sie ist verwöhnt, sie hat zu wenig Prügel gekriegt«, brüllte er.

Setonius machte ein unglückliches Gesicht.

Keiner von beiden sah, daß das Mädchen hinter der offenen Küchentür stand.

Sie war alles andere als glücklich.

Sie hätte den dramatisierenden Koch nur zu gern gehaßt. Vergebens.

Dann versuchte sie an Quintus zu denken, und schon spannte ihre Brust, und ihr Leib glühte.

In den nächsten Tagen spazierten die beiden jungen Leute immer nur am Ufer entlang, sofern sie sich nicht demonstrativ gut sichtbar auf das Felsplateau setzten. Eines Tages begann Quintus von Gott zu sprechen, diesem einfältigen Stammesgott der Juden. Er zitierte einen römischen Philosophen, der den Anfang der jüdischen Heiligen Schrift abgeändert hatte: »Im Anfang erschufen die Juden Gott und machten ihn zu ihrem Ebenbild.«

Quintus lachte, ohne zu merken, daß Maria sich nicht amüsierte. Aber er gab ihr recht, als sie sagte, dasselbe könne man von allen Göttern sagen.

Meistens sprach er von seinen Träumen, von seiner großen Liebe zu Maria und von der goldenen Zukunft, die auf sie wartete.

Maria war eher schweigsam, hielt ihre Geheimnisse in sich verschlossen. Er fragte sie nicht, merkte aber auch nicht, daß sie sich manchmal langweilte.

An einem Nachmittag erzählte er nur von seiner Familie, von der Mutter, die als Jüdin dem schrecklichen jüdischen Gott ergeben war. »Sie kennt für jede Gelegenheit ein Wort aus der Schrift«, sagte Quintus mit abfälligem und spöttischem Lachen.

»Und wie steht dein Vater dazu?«

»Er ist selten zu Hause. Aber er hat ihr verboten, aus mir einen Juden zu machen.«

»Und deine Schwestern?«

»Ich kenne sie kaum«, antwortete er. »Sie leben zu Hause ihr eigenes Leben, sind demütig und schriftkundig.«

Maria horchte auf, ließ sich nicht von seinem Mund und seinen Ohren ablenken, ja nicht einmal von den braunen Augen oder dem betörenden Haar, das ihm unaufhörlich in die Stirn fiel.

Sie konnte es vor sich sehen, die Schwestern zu Schatten verkommen, der unauffällige Einfluß der Mutter, diese mütterliche Macht, die mit kurzen Zitaten aus den Schriften ausgeübt wurde.

Ihr ganzes Wesen sagte nein.

Laut sagte sie: »Was wird deine Mutter wohl sagen, wenn du ihr eingestehen mußt, daß du deine Braut in einem Freudenhaus kennengelernt hast?«

Er gab keine Antwort, und das war Antwort genug.

Maria war nicht einmal traurig. Sie betrachtete ihn von der Seite und fragte sich, ob er wußte, daß seine brüchigen Träume soeben in Trümmer gegangen waren. Sie selbst hatte nicht geträumt, sie litt nur an Durst. Und den würde sie stillen, Euphrosyne hatte ihr ja selbst dazu geraten.

»Du kannst heute abend herkommen, spring über die Mauer und warte in der Grotte auf mich. Ich treffe dich, wenn ich mich freimachen kann.«

Es war Vollmond, als Maria sich durch den Garten hinunter zum Ufer und hinauf zur Grotte stahl, in der Quintus wartete. Sie küßten sich, bis sie den Verstand verloren, und Maria gab sich hin, ließ die Lust über Mund und Rücken, Schenkel und Brüste fließen. Es tat weh, als er in sie eindrang, und sie schrie vor Genuß und Schmerz. Bei all den Göttern, ohne das wollte sie nicht mehr leben.

Dann schliefen sie einen kurzen, seligen Schlaf. Doch schon bald mußte sie ihn wecken.

»Gehe jetzt, Quintus. Und komme nie mehr wieder.«

Am nächsten Tag sagte Maria zu Euphrosyne, ich habe getan, wie du gesagt hast, und jetzt kommt er nicht mehr wieder.

»Mehr war seine Liebe nicht wert«, sagte Euphrosyne.

»Das stimmt. Aber ich habe eine köstliche Stunde verbracht, und ich will künftig nicht darauf verzichten.«

»Maria, das wollte ich nicht.«

»Aber ich will es.«

Das Mädchen war erwachsen geworden.

Sie mochte die Männer, mochte deren Zielstrebigkeit, Wollust zu erlangen, mochte die Körper, die fast immer unter Spannung litten. Sie lernte vieles und unterdrückte ihre eigenen Wünsche nie, sie war erfinderisch und anspruchsvoll. Eine der Frauen lehrte sie das Massieren, und Maria mußte feststellen, daß ihre Hände Männer zum Weinen bringen konnten. Es war nicht schwierig, denn der Mensch ist nach der Vereinigung traurig.

Ihre Kunden wurden von Euphrosyne sorgfältig ausgewählt, es waren vor allem römische und griechische Offiziere.

Ab und zu empfing Maria einen jüdischen Mann, sein Körper war schmiegsamer als alle anderen, erstarrte nach dem Akt jedoch vor Reue. Sie konnte ihm aber nicht helfen, da sie sich vor dem Haß, der in seinen Augen brannte, fürchtete.

Maria sprach sich mit Euphrosyne darüber aus, die ihr sagte, daß sie viel über den jüdischen Gott nachgedacht habe, der keine der Sünden verzieh, die zu begehen er den Menschen selbst auferlegt habe.

Aber sie sagte auch, daß sie die Juden mochte. Und das wegen ihrer hohen Ideale und ihrer gefestigten Lebensweise und weil viele von ihnen Barmherzigkeit übten.

Dann seufzte sie: »Sie leiden ewig an Schuldgefühlen. Mir scheint, ihnen sind Gesetzestreue und gute Werke immer noch zu wenig.«

Maria Magdalena saß an ihrem Schreibtisch in Antiochia und las ihre Darstellung, wie sie auf eigenen Wunsch zur Hure geworden war, voller Staunen.

Die Wahrheit hat immer auch eine Kehrseite. Nur selten hatte sie später noch an Quintus gedacht, und das Gespräch mit Euphrosyne war ihr völlig entfallen gewesen.

Erst gestern hatte sie ihr Gedächtnis beim Schreiben bis zum äußersten angestrengt – und so einen eitlen Backfisch und eine alberne Schwärmerei zutage gefördert.

Ganz zufällig hatte ein junger Mann ihren Lebensweg gekreuzt.

Und ihrem Bericht zufolge hatte er ein heftiges Feuer in ihrem Blut entfacht.

Zündstoff mußte es ja gegeben haben.

Vielleicht war sie nie eine unschuldige Fünfzehnjährige gewesen?

Hatten die Wände des Freudenhauses Wollust ausgestrahlt? Hatte sie diese mit der Atemluft aufgesogen? Oder brennt sie allen jungen Mädchen im Leib?

Das warf allerdings die Frage auf, wieso die meisten Mädchen ihr widerstehen und ihre Unschuld bewahren konnten. Die Antwort ergab sich von selbst, da ihre Erziehung auf strenge Tabus baute. Wie war das bei ihr selbst gewesen? Plötzlich fielen ihr Worte ein, die sie einmal zu Euphrosyne gesagt hatte: »Für mich hat es nie jemanden gegeben, dem ich hätte gleichen wollen.« Heißt das, daß ich keine Moral habe?

Hatte Jesus etwa darauf angespielt, als Er ihr sagte, sie gehöre den Unschuldsvollen an?

Seit Jahren lebte sie nun schon im Zölibat mit einem Mann, den sie wie einen Bruder liebte.

Der Reiz des flüchtigen Augenblicks ließ sie ein wenig lächeln. Ähnlich war es, wenn sie dem jüdischen Rabbiner gelegentlich allein begegnete.

Er war ein wunderbarer Mann, und sie vermieden es jedesmal, einander anzusehen.

Er hatte besonders schöne Hände.

Sie wirkten ähnlich verlockend auf sie wie seinerzeit die Ohrmuschel des Quintus.

Aber Maria spürte kein inneres Feuer mehr. Sie beobachtete die Reaktionen ihres Körpers fast belustigt, wenn das Blut in den Adern brodelte, die Brüste spannten und es in ihrem Unterleib zog.

Sie hatte einen großen Abstand zwischen sich und ihre Lust gebracht. Wie Euphrosyne. Maria nahm sich vor, ihrer Stiefmutter einen Brief zu schreiben. Und Leonidas zu einem Besuch in Korinth zu überreden. Sie konnten segeln, sobald die Sommerhitze vorüber war.

Der Wind brachte, wie so oft in Antiochia, am Nachmittag vom Meer her Abkühlung. Es war ein heißer Tag gewesen, und Maria ging jetzt in den Garten, um die Pflanzen zu gießen.

Sie seufzte, als sie den Blick über ihre Beete schweifen ließ. Keine Blumen lachten ihr entgegen, Wicken und Reseda, Nelken und Goldstern hatten ihr halbjähriges Leben beendet, standen dürr und welk an ihrem Platz.

Es war ein Bild des Jammers.

Aber noch war es zu früh, die Pflanzen zurückzuschneiden. Die Samen der abgewelkten Blüten, eingebettet in ihre wasserdichten Kapseln und mit bloßem Auge kaum wahrnehmbar, würden sich schon bald mit der verdorrten Erde vereinen.

Ein wenig Feuchtigkeit könnte nicht schaden, dachte Maria und füllte eine weitere Gießkanne.

Auch Iris und Zyklamen sahen wie leblos aus, aber Maria vertraute den Zwiebeln und Knollen und goß hier etwas reichlicher. Sie würden auch die Hitze dieses Sommers überleben und nach dem Winterregen erneut blühen. Eine einzige wie zu Seidenpapier vertrocknete Blüte leuchtete blau zwischen den Irispflanzen hervor und erinnerte Maria an die Worte der Mutter, die beim Zöpfeflechten gesagt hatte, ihre Augen hätten die Farbe der Iris.

Als Maria zum Brunnen ging, um noch einmal eine Kanne Wasser zu holen, trugen ihr die Winde von der oberen Terrasse das Aroma ölhaltiger Stauden zu, den Duft von Thymian und Salbei, Oregano und Rosmarin. Sie atmete genießerisch tief durch die Nase ein und dachte, wie sinnvoll in der Natur doch alles eingerichtet war, denn die aromatischen Öle bewahrten die Kräuter vor dem Austrocknen.

Dann schweiften ihre Gedanken zu Setonius, der sie gelehrt

hatte, wie man einen Garten pflegt. Euphrosyne hatte ihn freigegeben, nachdem sie sich in ihrem neuen Haus in Korinth eingelebt hatte. Und er hatte seinen langjährigen Traum verwirklicht, war auf seine Insel im Ionischen Meer und zu seinen Göttern zurückgekehrt. Er blieb einige Monate verschwunden. Dann kam er ohne viele Worte zu Euphrosyne zurück.

Zu Maria Magdalena hatte er gesagt, daheim sei alles so gewesen, wie er es in Erinnerung gehabt habe. Aber er habe vergessen, wie eng es dort sei.

Sie waren sich einig darin, daß das Leben keinen Weg zurück gewährte.

Jetzt hatte er in Korinth einen neuen Garten angelegt.

Maria spürte plötzlich, wie sehr ihr Rücken schmerzte und wie einst ihre Mutter, so drückte sie sich jetzt die geballte Faust ins Kreuz, um sich leichter aufrichten zu können. Im selben Moment hörte sie Pferdegetrappel auf der Straße, und ein Wagen hielt knirschend vor ihrer Tür. Es war Livia. Sie war blaß und hatte die Wangen voller roter Flecke.

»Mera ist im Isistempel, um zu gebären. Aber etwas stimmt nicht. Das Kind liegt verkehrt und kann nicht heraus. Sie hat mich gebeten, dich zu holen. Komm! Komm schnell!«

Maria wusch sich rasch Hände und Gesicht, legte ein frisch gewaschenes Gewand an, verschloß das Haus und ließ den Schlüssel wie üblich bei der Nachbarin.

»Leonidas weiß Bescheid«, sagte Livia, als sie im Wagen saßen. Maria sah, daß sie zitterte, und nahm die Hand der Schwägerin fest in ihre. Aber sie hatte keine Worte des Trostes, konnte nur nikken, als Livia ihr versicherte, die Tempelpriesterinnen seien bekannt für ihr Geschick in der Kunst der Geburtshilfe.

Maria schloß die Augen und begann zu beten. Zum allmächtigen Gott der Juden? Sie wußte es selbst nicht.

Der Tempel war ein großer, runder Bau, der einen ebenfalls kreisförmigen Hof umschloß. Vor dem Tor des Entbindungsraumes saß, fremd und unergründlich, Isis, die Göttin, auf ihrem bronzenen Sockel. Sie lächelte mit nach innen gekehrter Zärtlichkeit strahlend auf das Kind in ihrem Schoß herab.

Die beiden Frauen hörten Mera vor Angst und Schmerz schreien. Zwei Priesterinnen an ihrer Seite versuchten sie zu beruhigen, aber ihre Worte drangen nicht zu ihr durch. Eine der beiden hatte die Hand auf Meras Bauch gelegt, der sich wie ein Schiff auf stürmischer See bewegte.

»Jetzt, Herr Jesus, hilf du mir.«

Maria wußte nicht, ob sie es laut gesagt hatte. Es war auch nicht von Bedeutung. Wichtig war nur, daß ER sie gehört hatte.

Sie trat zu Mera hin, nahm ihren Kopf in die Hände und zwang sie, ihr in die Augen zu sehen.

»Jetzt wird der Schmerz vergehen, Mera. Aber nur für einen Augenblick. In dieser Stunde darfst du an nichts anderes als an die hoch in den Wolken segelnden Vögel denken und an das Vertrauen, das sie zu den Winden haben. Sie sind ihrer Sache so sicher, daß selbst der Sturm sie trägt, solange sie ihm still vertrauen. Jetzt bist du der Vogel, und die Kräfte, die durch deinen Körper strömen, sind der Wind. Fühlst du es, Mera, fühlst du es? Gib nach, geh mit.«

Mera nickte.

Eine der Priesterinnen sagte: »Wir müssen sie aufschneiden.«

»Tut es«, nickte Maria und zwang Mera, ihrem Blick standzuhalten. Sie mußte alle Kräfte aufbieten, um die Gebärende während der Operation im Bett niederzuzwingen.

»Atmen«, sagte sie. »Ganz ruhig atmen.«

Es war nach wenigen Augenblicken vorbei, die Priesterin nickte Maria zu: »Jetzt muß sie pressen.«

»Gleich setzt der Sturm ein«, sagte Maria zu Mera. »Und du mußt ihm ohne Widerstand folgen. Nun! Spürst du, wie der gewaltige Wind durch deinen Körper fegt, es tut weh, aber es ist zugleich großartig. Mach mit, laß dich fallen, du fliegst!«

Mera schlug mit den Armen um sich und schrie: »Ich sterbe.«

Maria schrie der jungen Frau ebensolaut ins Ohr: »Nein, ich halte dich fest. Mach mit! Preß!«

Eine halbe Stunde später war der Junge geboren und bald auch schon gebadet und der Isis am Tor dargebracht. Als das Kind zu der Göttin hinausgetragen wurde, fühlte sich Maria fremd und hatte Angst. Aber im selben Augenblick ahnte sie Sein Lächeln. Er lachte über ihre Vorurteile.

Draußen war finstere Nacht, Mitternacht war schon vorbei, das Kind schlief im Arm der Mutter. Als letztes vor dem Einschlafen sagte Mera: »Versprich, daß du bleibst, Maria.«

»Ich verspreche es.«

Man machte ihr neben Mera ein Bett mit weichen Polstern und leichten Decken zurecht. Vor dem Einschlafen kam ihr noch der Gedanke, daß Gott mit jedem Kind wieder in unsere Welt geboren wird. In der Nacht wachte sie einmal auf, weil der Junge hungrig und lebenswillig schrie. Aber sie brauchte nicht zu helfen, sie sah, wie Mera das Kind fast würdevoll zur Brust nahm. Als hätte sie schon immer gewußt, wie es zu tun sei.

Dann schliefen sie alle drei wieder ein.

Maria erwachte in der Dämmerung mit dem Gefühl, beobachtet zu werden. Es war Mera, die ihren Sohn stillte und Maria aus vor Freude strahlenden Augen ansah.

»Es war schön, was du mich über den Wind gelehrt hast.«

Bald darauf kamen die beiden Priesterinnen mit warmem Wasser herein. Es duftete stark nach ätherischen Ölen und noch etwas anderem. Essig, dachte Maria verwundert.

»Jetzt müssen wir Mutter und Kind waschen. Frau Maria wird inzwischen im Garten spazierengehen.«

Es war angenehm, an die frische Luft zu kommen und zu sehen, wie die schrägen Strahlen der Sonne sich über den runden Hof verteilten. In der Mitte lag ein großer Stein, schwarz wie Ebenholz, und davor kniete eine ins Gebet versunkene alte Frau.

Ich sollte auch beten, dachte Maria, sollte für die Hilfe danken.

Aber sie vermochte hier vor dem heiligen Stein der Heiden nicht zu beten.

In diesem Augenblick drehte sich die Alte um, lächelte Maria an und sagte: »Dein Gott hat bestimmt nichts gegen unsere Göttin.«

Da war Maria zum erstenmal bewußt, daß die Greisin ihre Gedanken lesen konnte.

Sie sagte, ohne zu wissen, woher der Gedanke kam: »Ich habe einmal einen Mann gekannt, der sagte, daß am Anfang die Menschen Gott erschufen und ihn zu ihrem Ebenbild machten.«

Die alte Frau mußte fast lachen: »So ist es. Wir erschaffen uns die Götter, die wir brauchen, und beten sie an, solange sie unsere Bedürfnisse befriedigen. Das ist es, was den Gott der Juden so großartig macht. Er ist Einer, und er ist alles, was der Mensch auch ist, grausam und machtbesessen, gut und voller Gnade.«

Maria fühlte, wie ihr die Knie zu versagen drohten, sie mußte sich auf das Götzenbild stützen. Die Greisin sah es, sagte: »Geh mit mir ins Haus und nimm dort dein Morgenmahl ein. Du hast lange nichts Ordentliches zu dir genommen.«

Noch ehe sie das Tor erreicht hatten, blieb die alte Frau stehen.

»Es ist dunkel dort drinnen«, sagte sie. »Laß uns einen Augenblick hier stehen bleiben und einander ansehen.«

Maria schaute in ein uraltes Gesicht mit lederartiger Haut und einem breiten Mund mit überraschend gesunden Zähnen. Die Augen waren ohne Alter und der Blick offen.

Die Priesterin sah, daß Maria schmächtig, aber eigenwillig und trotz großer Entbehrungen ungebrochen war. Es gab Gewißheit in den blauen Augen. Aber es lag auch eine seltsame Ohnmacht über ihrer Gestalt, sie glich einem Schiff, das ohne günstige Winde in einen Hafen gespült worden war.

Sie gingen in das Zimmer der alten Frau, in dem es so düster war, daß die Augen sich nur schwer eingewöhnten. Gerundete Wände auch hier, Dunkelheit wie im Mutterschoß. Sie saßen, während aufgedeckt wurde, schweigend bei Tisch. Maria war hungrig, sie nahm sich ein Stück Brot und biß hinein. Ein absurder Gedanke ging ihr durch den Kopf – sie hätte das Rezept gern gehabt.

Dann versuchte sie sich für all die Hilfe, die ihrer jungen Verwandten zuteil geworden war, zu bedanken. Aber die Greisin wollte keine Floskeln hören. Sie sagte nur: »Du hast einen starken Gott.«

Maria konnte nicht denken. Zum erstenmal, seit sie nach Antiochia gekommen war, strömte die ganze phantastische Geschichte über Jesus von Nazareth aus ihr heraus wie aus einer Quelle, die nicht mehr aufzuhalten war. Sie mußte nicht weinen, weinte nicht einmal, als sie bei seinem Tod am Kreuz angelangt war. Erst als sie davon erzählte, wie die Apostel sie und die anderen Frauen aus der Gemeinschaft ausgestoßen hatten, versagte ihr die Stimme.

Die alte Frau wurde traurig. »Ich hatte gehofft, daß der neue Gottmensch der weiblichen Kraft auf unserer Erde wieder zu ihrer Anerkennung verhelfen würde.«

Jetzt weinte Maria.

»Nichts wird sich ändern«, sagte sie schließlich. »Die Apostel sind in den uralten Vorurteilen verwurzelte Juden, bei denen die Frau keine Seele hat und nur der Mann Mensch ist.«

»Das betrifft nicht nur die Juden. Unsere alte Göttin verliert in der ganzen Welt an Macht. Die Menschen glauben sich vom Akkerbau, vom Kinderkriegen und dem ganz natürlichen Fluß des

Lebens lösen zu können. Wir sind unterwegs in eine Zeit der großen Städte und des Handels.«

Sie wurden von einer jungen Priesterin unterbrochen, die mitteilte, daß die Frauen aus der Hafenstadt eingetroffen seien und im Hof auf die Priesterin warteten.

Die Greisin erklärte: »Wir bringen die Prostituierten hierher, um ihre Krankheiten und sonstigen Leiden, so gut wir können, zu heilen. Sie dürfen sich hier ausruhen, dürfen baden und bekommen neue Kleider. Mehr können wir leider nicht tun.«

Maria dachte an die Worte von Jesus und an alles, was sie selbst außer acht gelassen hatte: »Ich war hungrig, und ihr habt mir zu essen gegeben. Ich war durstig, und ihr habt mir zu trinken gegeben, ich war ohne Wohnung, und ihr habt mich beherbergt, ich war krank, und ihr habt mich gepflegt, ich war im Gefängnis, und ihr habt mich besucht.«

Als sie draußen im Hof Abschied nahm, stand die Sonne schon hoch am Himmel. Ein neuer, heißer Tag hatte begonnen.

»Darf ich wiederkommen?«

»Komme möglichst früh, der Morgen ist meine beste Zeit.«

Maria überquerte den Hof und vermied es, die Prostituierten mit den grell geschminkten Gesichtern anzusehen.

Livia saß blaß und müde bei Mera im Zimmer.

Das Kind schlief, Maria verabschiedete sich von Mera und flüsterte ihr zu: »Ich komme morgen wieder.«

Draußen auf der Straße wartete Leonidas auf sie.

Erst als Maria Leonidas von dem Gespräch mit der alten Priesterin erzählte, erkannte sie, was sich an diesem Morgen an Unglaublichem zugetragen hatte.

»Du hast ihr das alles erzählt!« Er wollte ihr nicht glauben.

Erst nach längerem Schweigen sagte Maria mit großer Sicherheit: »Sie wußte es.«

Leonidas schüttelte den Kopf.

»Ich glaube nicht, daß die Priesterinnen in die Vergangenheit blicken können«, sagte er. »Sie zeigen aber großes Geschick beim Lesen der Gedanken anderer Menschen.«

»Das kommt wohl auf dasselbe heraus.«

»Möglich.«

»Ich möchte ihnen von meinem Sündengeld etwas für ihre Arbeit mit den Huren von Seleukia geben.«

»Tu, wie du meinst.«

Seine Worte waren knapp wie immer, wenn Maria auf das Geschenk des alten Tribunen aus Tiberias zu sprechen kam. Also wechselte sie das Thema: »Freust du dich über das neue Kind?«

»Natürlich, schon allein Meras wegen. Und Livias.«

Sie konnte verstehen, daß er seine Schwierigkeiten mit Meras Mann, dem Aufschneider Nikomakos hatte, der vielerlei Meinungen vertrat und große Machtgelüste hatte. Und der seinen Einfluß jetzt, wo er einen Sohn bekommen hatte, im Handelshaus verstärkt geltend machen würde.

In der Morgendämmerung des nächsten Tages durchschritt Maria das Tor des Isistempels und wurde sofort zu der Greisin geführt, die ihr wieder frisch gebackenes Brot anbot. An diesem Morgen hatte sie eine Öllampe entfacht. Das bewirkte zwar bei den dunklen Mauern des runden Raumes wenig, doch konnten die Frauen einander wenigstens sehen.

»Ich habe viel über deine Geschichte nachgedacht und würde gerne mehr von Jesus und seiner Einstellung zu Frauen hören.«

Maria dachte nach, fand aber keine passende Antwort.

»Er hatte keine Ansichten über Frauen«, sagte sie schließlich. »Er sah sie als Menschen, er schmeichelte ihnen nie und trat auch nicht als ihr Beschützer auf. Er erkannte alle Menschen so an, wie sie waren. Er hatte keine Vorurteile.«

Die alte Frau lachte: »Ihm fehlte diese Art der Männlichkeit, die sich immer selbst bestätigen muß.«

Maria nickte lächelnd: »Das ist wahr. Aber er konnte sehr zornig werden.«

»Wer war seine Mutter?«

»Sie war Witwe und ein starker Mensch. Die jüdischen Frauen besitzen bekanntlich große Kraft.«

Die Priesterin sagte wie schon am Vortag: »Das ist nicht nur bei den jüdischen Frauen so. Hätten die Frauen im allgemeinen diese Kraft nicht, wären sie weit weniger Ungerechtigkeiten ausgesetzt.«

Maria mußte laut lachen: »Wenn die Frauen ihre Kräfte offen ausspielen würden, käme es zu einem wahren Krieg zwischen den Geschlechtern.«

Die Greisin ging zu einem anderen Thema über: »Die Christen sprechen vom Reich Gottes, das bald kommen wird?«

»Jesus sprach von dem neuen Reich, das nicht von dieser Welt ist. Das Himmelreich ist nahe, sagte er. Aber das wurde, wie so vieles andere auch, mißverstanden. Man vergaß seine Worte, die besagten, daß das Himmelreich in uns sei und daß das neue Reich sich auf ein unablässiges Miteinander gründe.«

Die Priesterin holte tief Luft, und ihre Stimme war fest, als sie sagte: »Es ist wichtig, daß du deine Eindrücke von dem, was geschehen ist, kundtust.«

»Ich schreibe. Aber es ist sehr persönlich.«

Die Greisin schüttelte den Kopf: »Folglich braucht niemand es ernst zu nehmen.«

»Es gibt noch etwas, was die Aufgabe schwierig macht. Ich höre Ihn immer wieder sagen: Macht aus dem, was ich euch offenbart habe, keine Gesetze, macht es nicht wie die Schriftgelehrten.«

Sie trennten sich, und Maria ging, um Mera und das Neugeborene zu besuchen.

In dieser zweiten Nacht nach der Geburt des Kindes war Livia bei ihrer Tochter geblieben. Sie hatte vor Erleichterung, daß das Kind auf der Welt und alles gut verlaufen war, beschlossen, lange zu schlafen.

Aber der erholsame Schlaf blieb aus.

Der Grund war die Sorge um Mera und ihren Mann, diesen aufgeblasenen jungen Gockel, der nicht fähig war, anderen Menschen Mitgefühl entgegenzubringen. Nach der Nachricht von der Geburt seines Sohnes hatte er alle Mitarbeiter des Hauses zu einem Glas Wein eingeladen und sich selbst einen Rausch angetrunken. Dann war er in den Vergnügungsvierteln von Seleukia untergetaucht.

Und da war auch noch Maria. Livia war ehrlich genug, sich einzugestehen, daß Eifersucht ihre unfreundlichen Gedanken über die Schwägerin hervorriefen. Wie eine Königin war sie zu Mera hereingeschritten, hatte zu einem unbekannten Gott gebetet und das Kommando übernommen. Und dieses Gerede von Sturm und Wind hatte Livia verbittert. Den Vogel, der die schwierige Kunst des Fliegens nicht beherrscht, tragen die Winde wahrhaftig nicht, dachte Livia.

Nachdem der Junge geboren war, hatte Maria sich in ihrer gewohnten Bescheidenheit zurückgezogen. Livia verabscheute die Demütigen, sie argwöhnte, daß in ihnen ein hochmütiger Geist wohnte.

Sie mußte ihre düsteren Gedanken irgendwann aber doch überwunden haben. Als Mera aufwachte, um ihr Kind zu stillen, schlief ihre Mutter so fest, daß nicht einmal der fröhliche Morgengruß der Priesterinnen sie aufweckte.

Mera war ihrer Mutter zärtlich zugetan.

»Sie ist müde, sie war sehr besorgt«, sagte die jüngere Priesterin.

»Ja.«

Und Mera dachte, daß Livia guten Grund hatte, auch künftig besorgt zu sein.

Als das Morgenmahl gebracht wurde, wachte Livia auf und konnte ihrer Tochter und dem kleinen Jungen endlich zulächeln.

Als die beiden erfuhren, daß Maria schon gekommen war und im Gespräch mit der Mutter des Tempels sei, verfinsterten sich Livias Augen. Zwei Hexen, dachte sie. Da ist es wohl klar, daß sie einander finden. Im nächsten Augenblick schämte sie sich und versuchte ihre häßlichen Gedanken hinter einem schiefen Lächeln zu verbergen.

Mera badete ihren Sohn an diesem Morgen selbst – anmutig und mit sicherer Hand. Aber die große Freude wollte sich nicht einstellen. »Mutter, ich fahre mit dem Kind nicht zu Nikomakos ins Handelshaus zurück.«

»Wohin willst du denn gehen?« Livia konnte es nur flüstern.

»Du weißt, daß er mich schlägt.«

Livia schnappte nach Luft, doch das Gespräch wurde von Maria unterbrochen, die an die Tür klopfte, mit Blumen hereinkam und aussah wie die Freude in Person. Doch sie blieb auf halbem Weg stehen und fragte: »Stimmt etwas nicht?«

Livia nahm sich zusammen, doch ihre Stimme war unsicher, als sie sagte: »Die Frauen der Familie haben ein Problem.«

Weiter kam sie nicht, denn die Tür flog auf, und dort stand Nikomakos, betrunken und streitsüchtig. Er roch nach saurem Wein und nach Zorn. Maria war die erste, auf die sein Blick fiel, er ging auf sie zu und schrie: »Hier bist du also, du scheinheilige Kuh, die der Familie nicht einmal einen Erben schenken konnte. Du brauchst dich nicht mehr anzustrengen. Und auch dein Schlappschwanz von Mann nicht. Jetzt gibt es einen rechtmäßigen Erben, und das ist mein Sohn.«

Kurz darauf schoben vier kräftige Frauen Nikomakos hinaus auf die Straße.

»Er wird schon heimfinden«, sagte eine der Priesterinnen, als sie zurückkam, und Mera antwortete, ja, nach Hause findet er immer.

Wenige Stunden später brachten sie Mera und ihr Kind in das Haus von Leonidas.

Maria verschwieg Nikomakos' ausfällige Worte, aber Livia, die Leonidas im Kaufmannshaus traf, war nicht so rücksichtsvoll. Als sie jedoch seine Reaktion sah, bekam sie es mit der Angst zu tun.

Einige Tage später führte Leonidas ein Gespräch mit Nikomakos. Was bei dieser Begegnung gesprochen wurde, erfuhr nicht einmal Maria. Ihr wurde nur gesagt, daß Nikomakos in das Kontor des Handelshauses in Ostia versetzt werde, um zu lernen, wie der Seidenhandel im großen Empfängerhafen nahe Rom abgewickelt werde.

»Wie konntest du ihn denn zu diesem Schritt bewegen?«

»Ich habe ihm ein Ultimatum gestellt. Er hat sich hier im Haupthaus einiger Verfehlungen schuldig gemacht.«

Leonidas hatte einen scharfen Ton angeschlagen, und Maria dachte, wie schon viele Male zuvor, daß es auch einen Leonidas gab, der ihr fremd war.

Mera blieb mit dem Kind einige Wochen bei Maria, die sich in dieser Zeit nur schwer auf das Schreiben konzentrieren konnte. Nicht etwa, weil Mera sie störte, nein, es war das Kind in all seiner Unschuld, das sie von der Arbeit abhielt. Der Junge hatte abends oft Leibschmerzen und schlief lange nicht ein. Maria nahm ihn dann auf den Arm und trug ihn singend und summend auf und ab. Die eigene Kinderlosigkeit hatte sie nie traurig gemacht, aber jetzt schmerzte das Versäumte in ihrem Leib.

Weitere Veränderungen folgten. Livia weigerte sich, Mera in einem Haus wohnen zu lassen, das so schlecht bewacht war wie das von Maria und in dem es keine Dienerschaft gab, die überall helfend einsprang.

»Vermutlich denkst du, weil du selbst so untadelig bist, kann dir die böse Welt nichts anhaben«, sagte sie. »Aber das wird Mera und ihr Kind kaum schützen. Antiochia wird von Jahr zu Jahr gefährlicher, man hört fast täglich von Plünderungen, Raub und Mord.«

Leonidas pflichtete ihr bei, er hatte sich schon lange wegen Marias Alleinsein in dem unbeschützten Haus und auch wegen ihrer Spaziergänge Sorgen gemacht, die sie ohne Begleitung in der Stadt unternahm. Jetzt brachte Maria das Nebengebäude in Ordnung und richtete es vorsorglich für eine Dienerschaft ein.

Livia, die das alles verwundert beobachtet hatte, sagte: »Du solltest dich schämen, Sklaven zu halten.«

Maria antwortete ganz einfach: »Ja.«

Terentius war Nubier, groß und kräftig. Als Maria ihn aufnahm, meinte sie, nie einen schöneren Mann gesehen zu haben, bronzefarben und mit einem Gesicht wie das eines ägyptischen Pharaos. Dann fiel ihr ein, wem er glich. Er war ein Verwandter der Isis aus dem Tempelhof. Sie mochte ihn vom ersten Augenblick an. Und ebenso seine Frau, eine feingliedrige, grazile Person mit züchtig gesenktem Blick.

Was der Nubier und seine Frau von ihr hielten, würde Maria nie erfahren, sie waren, was Gefühle und Gedanken betraf, seltsam verschlossen.

Bald mußte sie sich eingestehen, daß es angenehm war, Terentius' Schritte zu hören, wenn er nachts die Runde um Haus und Garten machte, daß es ihr ein Gefühl der Sicherheit vermittelte, wenn er sie, einige Schritte hinter ihr gehend, zur Synagoge oder zum Marktplatz geleitete. Und sie genoß es, nicht selbst putzen zu müssen.

Nur die Zubereitung der Mahlzeiten behielt sie sich vor.

Einmal kam er gerade vorbei, als sie in der Küche einen Teig ansetzte. Bei dieser Gelegenheit sah sie ein Lächeln über sein Gesicht huschen.

Als Mera sich der Forderung ihrer Mutter, mit dem Kind nach Hause zurückzukehren, widerwillig fügte, sagte Leonidas: »Ich möchte, daß Terentius und seine Frau hier bei uns bleiben.«

Maria hörte seiner Stimme an, daß er mit Protest rechnete, und ehe sie noch den Mund aufgemacht hatte, sagte er: »Ich werde in diesem Punkt nicht nachgeben, Maria.«

»Ich habe mit Livia schon besprochen, daß ich die beiden kaufen möchte.«

Maria war erleichtert, daß Leonidas von sich aus darauf zu sprechen kam, und freute sich über die Hilfe und die Sicherheit, die ihr durch die beiden Diener zuteil wurden. Als Leonidas aber das Wort kaufen aussprach, sagte sie: »Darf ich eine Bedingung stellen?«

Er schwieg, also mußte sie fortfahren: »Ich möchte, daß wir sie freigeben. Sie werden bestimmt bleiben und keine übermäßige Entlohnung verlangen.«

»Wenn du dir dessen sicher bist, habe ich nichts dagegen.«

»Sprechen wir mit ihnen.«

Das Gespräch mit den beiden Nubiern verlief nicht nach Marias Vorstellungen. Sie sagten, sie seien froh, bleiben zu können, das Haus und die damit verbundenen Tätigkeiten gefielen ihnen. Aber einen Freibrief wollten sie nicht haben.

Als Terentius Marias Verwunderung erkannte, sagte er, sie seien es gewöhnt, zu einer Familie zu gehören, es bedeute für sie Sicherheit und Schutz. Das war für diesen Mann eine ungewöhnlich lange Rede, und Maria ahnte, daß die Worte und sein Entschluß ihn einiges an Kraft gekostet hatten.

Jetzt kam eine Zeit, in der Maria sich dem Schreiben widmen wollte. Doch schon am ersten Tag kam etwas dazwischen.

Es war Rabbi Amasja, der schon früh am Vormittag alleine vorbeikam. Wie üblich wollte er das Haus nicht betreten.

Sie setzten sich, für alle gut sichtbar, in den Garten an der Straße. Er trug eine dicke Pergamentrolle unter dem Arm und sagte: »Wir haben einen Brief von Petrus, dem Christenapostel, bekommen. Er ist lang und in einem ... recht schwer verständlichen ... Aramäisch geschrieben. Mundartlich gefärbt, würde ich meinen. Nun wollte ich dich fragen, ob du möglicherweise eine Übersetzung ins Griechische anfertigen könntest.«

Ihr erster Impuls war es, nein zu sagen. Aber dann hörte sie den Wind in den hohen Zypressen flüstern und meinte, Sein Lächeln zu ahnen. Ihr fiel das Gespräch mit der alten Priesterin ein, und sie dachte an ihre eigene Erkenntnis, daß sie das, was sie bis jetzt zu schreiben versucht hatte, als zu persönlich empfand. Daß es ihr eigentlicher Wunsch war, ein Bild von Jesus und seiner Lehre aus ihrer Sicht abzugeben. Und daß es wichtig sein konnte, dieses Bild mit Simons Darstellung zu vergleichen. Also nickte sie den Zypressen zu und sagte zu dem Rabbiner: »Ich will es versuchen.«

Den ganzen Tag saß sie über den langen Brief gebeugt. Er war, wie Rabbi Amasja gesagt hatte, schwer verständlich, sie schnaubte, Simon Petrus war ein ungebildeter Mensch. Dann schämte sie sich, niemals würde Er so gedacht haben.

Auf die Scham folgte der Gedanke: Der Meister selbst hatte den einfachen Fischer aus Kafarnaum erwählt. Was hatte Jesus in diesem Mann gesehen? Seine Redlichkeit, seine Kraft? Ja. Und noch etwas, sein großes, kindliches Herz.

Maria brauchte viel Zeit, um den Brief zu lesen. Sie stockte vor Staunen schon bei der Einleitung, in der Petrus aussagte, daß wir Menschen durch die Auferstehung Jesu Christi von den Toten neu geboren worden seien.

Und später: »... Ihr seid durch das Blut des Lammes ohne Fehl und Makel aus eurer sinnlosen Lebensweise losgekauft worden. Christus selbst ist ein für alle Male um eurer Sünden willen gestorben.«

Maria hatte Leonidas sagen hören, daß die Christen den Tod Jesu als Opfer ansahen. Aber sie hatte die Tragweite dieser Lehre nicht verstanden. Sie selbst hatte jahrelang darüber nachgedacht, warum Er den schrecklichen Tod am Kreuz gewählt hatte. Das Volk der Neuen Lehre brauchte nicht nachzudenken, es besaß die Antwort. Aber dann erinnerte sie sich an das Paschafest in dem großen Tempel von Jerusalem: Das Haus Gottes war in ein Schlachthaus verwandelt – brüllende Tiere, fließendes Blut.

Petrus schrieb viel von Demut, aber war sie jener gleich, von der Jesus gesprochen hatte?

»Ihr Sklaven, ordnet euch in aller Demut euren Herren unter ... auch den launenhaften ... wenn ihr Schläge erduldet, wo ihr recht gehandelt habt, ist es eine Gnade in den Augen Gottes.

... Ihr Frauen, ordnet euch euren Männern unter.«

Vieles in dem langen Brief war vom Judentum beeinflußt, ein gesetzeskundiger Jude war hier Wortführer: »... Ihr aber seid ein auserwähltes Geschlecht, ein heiliger Stamm, ein Volk, das sein besonderes Eigentum wurde, damit es die großen Taten dessen verkünde, der es aus der Finsternis in sein wunderbares Licht gerufen hat.«

Maria arbeitete den ganzen Nachmittag an der Übersetzung, war äußerst bemüht, dem aramäischen Text zu folgen, das richtige Verständnis aufzubringen und die treffenden Worte zu finden. Aber sie war seltsam erregt.

Sie schlief in dieser Nacht schlecht. Leonidas war auf dem Weg nach Rom, sie konnte mit niemandem sprechen. Am nächsten Tag ging sie das Geschriebene noch einmal durch, verglich es mit dem Original und schickte Terentius mit dem Manuskript und freundlichen Grüßen zu dem Rabbiner. Sie mochte ihm nicht selbst begegnen. Sie wollte sich auf keine Diskussion einlassen.

Aber die Unruhe wollte nicht weichen, und sie konnte ihre Gedanken für das eigene Schreiben nur schwer sammeln.

Etwa eine Woche später, als Maria wie nun jeden Tag über ihrer eigenen Darstellung saß, hörte sie es am Gartentor klopfen. Kurz darauf meldete Terentius, daß der Rabbiner mit noch zwei Herren sie aufzusuchen wünsche. Der lange Nubier wirkte feierlich.

»Bitte sie herein.«

In der ersten Verwirrung erkannte sie nur einen der Männer. Es war Simon Petrus, der den ganzen Raum mit seiner Erscheinung und seiner Kraft erfüllte. Rabbi Amasja versuchte ihr mitzuteilen, daß sie gekommen waren, um sich für die Übersetzung zu bedanken. Aber seine Worte gingen in Simons Ausrufen unter: »Maria! Maria Magdalena.«

Er weinte, als er sie umarmte, fiel auf die Knie, küßte ihre Hände. »Meine Schwester.«

Maria war weiß wie Leinwand und eigentümlich starr. Sie versuchte ein paar Worte zu sagen, um die Spannung im Raum abzubauen, aber die Zunge gehorchte ihr nicht. Erst als ihr Blick auf Terentius fiel, der an der Tür stehengeblieben war, konnte sie flüstern: »Wir werden in der Pergola Wein und Früchte zu uns nehmen.«

An die folgende Stunde würde sie keine Erinnerung haben, ihr Kopf war leer und ihr Denken wie gelähmt. Lautstark sprach Simon Petrus weiter, küßte ihr die Hände, rief immer wieder, nun endlich hätten sie den Jünger gefunden, den Jesus am meisten liebte.

Die Worte durchdrangen ihre Erstarrung, der Zorn jagte ihr das Blut durch die Adern, sie errötete, setzte sich und wandte den Blick nicht von Petrus. Und ihre Stimme war fest, als sie sagte: »Als wir uns das letzte Mal sahen, nanntest du mich eine Lügnerin und schicktest mich fort.«

»Ja.«

Jetzt versagte ihm die Stimme, er flüsterte: »Kannst du mir verzeihen.«

»Ich denke, wir müssen versuchen, einander zu verstehen.« Kaum hatte sie das ausgesprochen, erkannte sie, daß dies eine Einladung zur Zusammenarbeit bedeutete. Wollte sie das? Mußte sie?

Gleich darauf brachte Terentius Erfrischungen herein, Maria servierte mit ruhiger Hand, sie hatten reichlich Zeit zu überlegen.

Maria nickte dem dritten Mann zu: »Ich glaube, wir kennen einander nicht.«

»Mein Name ist Paulus.«

Maria atmete hörbar ein, sie erinnerte sich an ein Gespräch zwischen dem Rabbiner und Leonidas, in dem von Paulus von Tarsus als dem größten Denker des Christentums die Rede gewesen war und davon, daß er den Grundstein für die neue Lehre legen werde.

»Ich habe von dir gehört«, sagte sie und konnte dabei ihr Erstaunen verbergen. Auf den ersten Blick war Paulus ein nichtssagender Mann, klein von Wuchs, mit krummem Rücken, ohne beeindruckende Gesichtszüge. Der große, dramatisch auftretende Petrus ließ ihn fast verschwinden.

»Ich hatte schon lange den Wunsch, dich kennenzulernen«, sagte Paulus. »Ich wollte dein Zeugnis von unserem Meister hören.«

Jetzt sah sie, daß seine Augen intelligent waren und sein Blick durchdringend. Aber sie hielt diesem Blick stand, als sie sagte: »Ich habe völlig andere Erinnerungen an das Unbegreifliche, und ich fürchte, sie könnten dich kränken. Ich bin in allem weit weniger sicher als Simon Petrus.«

Simon unterbrach sie: »Aber du warst diejenige, die er am meisten geliebt hat.«

Während der langen nun folgenden Stille konnte Maria ihr Herz beruhigen und ihre Gedanken sammeln. »Laßt uns das, was

Simon sagt, als Beispiel dafür betrachten, daß unsere Ansichten weit auseinanderklaffen. Da wir als Sein Gefolge gewöhnliche Menschen mit kleinen Gedanken und großer Eifersucht waren, wurde viel darüber geredet, wen er vorzog, wer ihm am nächsten stand. Eine Art Streit unter Geschwistern«, sagte Maria, nach Worten suchend.

»Wenn Jesus von Liebe sprach, meinte er nicht die persönlichen Bande. Er liebte – seine Liebe konnte weder gemessen noch beurteilt werden, sie umfaßte bei jeder Begegnung alle Menschen in gleicher Weise. Er machte keinen Unterschied zwischen den Menschen. Er war immer, in jedem Augenblick, bei jeder Begegnung, voll und ganz anwesend. Wer ihm begegnete, und wäre es noch so zufällig gewesen, durfte all seiner Aufmerksamkeit und all seiner Liebe sicher sein.«

Zum erstenmal lächelte Paulus, und das Lächeln veränderte ihn. Maria fuhr fort: »Ich habe während der vergangenen Jahre oft gedacht, daß er zu groß für uns war. Wir werden ihn nie verstehen, wir können nur zu deuten versuchen. Und wir tun es angesichts unserer eigenen Vorurteile.«

Plötzlich errötete sie, und Paulus sah, daß Zorn ihre Wangen färbte.

»Als ich deinen Brief übersetzte, war es ganz offensichtlich«, sagte sie an Simon gewandt. »Frauen, ordnet euch euren Männern unter …, schreibst du. Hast du ihn das jemals sagen hören? Nein! Er hat gesagt: Hier geht es nicht um Frau oder Mann! Er ist der einzige Mann, dem ich begegnet bin, der Frauen voll und ganz als Menschen respektierte. Er nahm sie nicht in Schutz, und er machte sich nie über sie lustig …«

Sie richtete den Blick wieder auf Paulus und fuhr fort: »Denk nach. Er kam, um Geduld, Demut und Liebe zu verkünden, und wer übt diese Tugenden, wenn nicht die Mütter?«

Paulus' Gesicht war wieder verschwindend klein geworden, aber Maria ließ sich nicht beirren.

»Es gibt ebenso viele weibliche Jünger wie männliche, Er war ständig von Frauen umgeben. Bis nach Golgatha, wo die meisten seiner Jünger die Flucht ergriffen haben. Unter dem Kreuz standen wir Frauen, seine Mutter, Susanna, Salome, Maria, die Frau von Klopa, und ich.«

»Und Johannes, vergiß Johannes nicht.«

»Das ist wahr, Johannes war während der nicht enden wollenden Pein auch dabei. Er war der Jüngste und Kindlichste und sein Verstand daher ungetrübt.«

Es trat eine lange Stille ein, Paulus war im Zwiespalt, besann sich aber und sagte schließlich: »Maria, dürfen wir dich ein andermal wieder besuchen? Und darf ich dann meinen Schreiber mitbringen? Er ist ein junger Mann, fast noch ein Kind. Aber er hat flinke Finger, und ich möchte deine Berichte gerne festgehalten wissen.«

»Um sie zur Hand zu haben, wenn die Geschichte endgültig festgeschrieben wird?«

»Ja.«

»Dann seid ihr mir willkommen.«

Sie legten für den nächsten Tag eine Zeit fest, und die Männer erhoben sich.

An der Tür stellte Paulus eine letzte Frage: »Ich nehme an, du hattest schon von Jesus gehört, bevor du ihn in Kafarnaum aufgesucht hast. War es, weil du durch ihn von deinen Qualen befreit werden wolltest?«

»Nein«, sagte sie verwundert. »Ich litt nicht unter Qualen. Wir waren einander schon einmal begegnet, und ich war von seinem Wesen beeindruckt.«

»Ihr hattet euch schon einmal gesehen?«

»Ja«, sagte sie. »In den Bergen von Galiläa. Durch Zufall.« Und lächelnd fügte sie hinzu: »Wenn es so etwas wie Zufälle gibt.«

Maria hatte niemanden, mit dem sie sprechen konnte, Leonidas würde erst nächste Woche nach Hause zurückkehren. Sie versuchte zu essen, was Terentius ihr vorsetzte, aber sie brachte keinen Bissen herunter. Sie hatte Angst.

Ich muß ehrlich sein, aber ich brauche nicht alles zu sagen.

Sie ging früh zu Bett, konnte aber nicht einschlafen. Plötzlich stand ihr die Erinnerung deutlich vor Augen, sah sie die schimmernden Bilder ihrer ersten Begegnung.

TEIL II

Es war der Frühlingsmonat, die Zeit nach dem großen Regen, wo in den Bergen das Wasser aus verborgenen Quellen die Erde grünen ließ. Maria war über sprießendes saftiges Gras gewandert, in dem unendlich viele sonnenrote Anemonen leuchteten.

Am Fuß des Berges war die Erde von goldenem Krokus übersät. Maria blieb stehen und sog den zarten Duft ein, der mit dem strengen Geruch von Safran durchsetzt war. Sie hörte den Bach talwärts rauschen und vernahm von weiter oben das leise Plätschern des Teichs, in dem das Wasser sich sammelte, um von hier seinen Weg über die Felder zu Häusern und Brunnen fortzusetzen.

Sie kletterte einen Ziegenpfad entlang, der ihr vertraut schien, obwohl sie noch nie in dieser Gegend gewesen war. Alles war ihr bekannt, die durchsichtig blaue unbewegte Luft, die Vogelscharen auf ihrem Weg nach Norden, deren Rufe vom Himmel tönten, und auch der Gesang der heimischen Vögel, die blieben und in den Kronen der Terebinten saßen.

Setonius folgte ihr wie ein Schatten. Er nickte zufrieden, als sie den Felsvorsprung am Teich gefunden hatten. »Hier unter dem Felsen kannst du von den höher gelegenen Bergen aus nicht gesehen werden. Und vom Weg her verstellen die hohen Bäume die Sicht.«

Er fürchtete sich vor jüdischen Aufständischen. Aber Maria beruhigte ihn mit den Worten, daß viele Jahre vergangen waren, seit die Krieger des Galiläers Judas die Berge unsicher gemacht hatten. »Du brauchst dich nicht zu sorgen.«

»Ich bin in wenigen Stunden wieder hier, und im Korb findest du Brot und Käse«, sagte er.

Maria hörte seine Schritte bergab verhallen und freute sich auf das Alleinsein. Sie formte die Hände zu einer Schale, löschte ihren Durst, nahm Umhang und Kopftuch ab und tauchte den Kopf in das Wasser des Teiches.

Dann wusch sie sich Hals und Arme und kämmte sich das offene Haar mit den Fingern.

Schließlich lehnte sie sich an die Felswand und ließ sich von der Sonne trocknen.

Rosafarbene Blüten fielen ihr ins nasse Haar, sie schaute nach oben und lächelte dem jungen Mandelbaum zu, der in einer Felsspalte über ihr wurzelte.

Auch den Baum kannte sie.

Aber es war ein schmerzliches Wiedersehen. Die Stimme der Mutter: »Denn vorbei ist der Winter, verrauscht der Regen. Auf der Flur erscheinen die Blumen, die Zeit zum Singen ist da. Die Stimme der Turteltaube ist zu hören in unserem Land. Am Feigenbaum reifen die ersten Früchte. Die blühenden Reben duften.«

Maria und der Gärtner waren früh am Morgen von Tiberias aufgebrochen. Beide trugen sie graue Kittel und verschlissene Mäntel. Den Eseln hingen große Säcke mit dornigen Zweigen und dürrem Laub auf dem Rücken. Das war Euphrosynes Idee gewesen.

»Kein Anblick ist auf den Straßen normaler als der eines Mannes und einer Frau, die Reisig sammeln«, hatte sie gesagt.

Und wie immer hatte sie recht gehabt, niemand beachtete die beiden, weder die römischen Reiter noch die dahineilenden Wanderer, die Wichtiges vorhatten, oder die Kaufleute, die in von Eseln gezogenen Wagen südwärts nach Alexandria oder nordwärts in Richtung Damaskus fuhren.

Eine gute Stunde vor der Mittagszeit hatten sie die Abzweigung zu Noemis Dorf gefunden. Maria hatte ihren Auftrag erledigt, es war ihr gelungen, der armen Bauersfrau Euphrosynes Geldbeutel unbemerkt zuzustecken.

Und bei jenem Zusammentreffen mit Noemi hatte sie die Stimme ihrer Mutter vernommen.

Auf dem Heimweg hatte sich Marias Esel am Bein verletzt und zu lahmen begonnen. Setonius hatte das Tier untersucht, aber nicht helfen können. Maria fand eine Lösung. »Du reitest heim und holst einen gesunden Esel. Ich werde hier in den Bergen auf dich warten.«

Setonius war der Vorschlag nicht recht gewesen. Er konnte doch neben dem verletzten Esel herlaufen.

Da Maria den Gärtner gut kannte, hatte sie ihm den wahren Grund gesagt. Sie hatte sich im Frühling immer schon in die Berge ihrer Kindheit zurückgesehnt und wollte so gerne an einem Bach verweilen.

Nun saß sie mit offenen Händen da und fing die auf sie herabregnenden Blütenblätter auf. Sie spürte, daß sie die alten Erinnerungen nicht in dieser Form aufleben lassen konnte. Sie wollte sich nur mit ihren Sinnen, mit Augen, Ohren, Haut und Nase erinnern. Das Vogelgezwitscher war eine erste Wahrnehmung, das wirbelnde Teichwasser spritzte ihr zarten Tau ins Gesicht, und eine ganze Weile beobachtete sie die flinken Eidechsen an der Felswand, spürte einen bekannten, doch seit langem vergessenen Duft.

Es dauerte ein wenig, und sie erinnerte sich, daß die Terebinten im Frühling so riechen, und fand es recht eigenartig, daß sie einen so seltsamen Duft hatte vergessen können.

Weiter oben in den Bergen hörte sie die wilden Hunde bellen, auch diese Laute kannte sie gut.

Ganz allmählich wurde ihr bewußt, daß sie nicht mehr alleine war. Sie wandte den Kopf, blickte über ihre Schulter. Ein Mann lächelte sie an, sie lächelte zurück.

»Ich habe dich hoffentlich nicht erschreckt«, sagte er.

Sie schüttelte den Kopf.

Er sprach aramäisch in galiläischer Mundart. Es war ein jüdischer Mann, nicht nur die Quasten an seinem Mantel verrieten ihr das, sondern auch das lange krause Haar und der Ernst, den er ausstrahlte. Er war jung, sein Lächeln war das eines Kindes. Unschuldig, dachte sie.

»Ich bin Jesus von Nazareth«, sagte er. »Ich habe meine Mutter besucht und nehme jetzt den kürzeren Weg zurück nach Kafarnaum.«

»Bist du ein Fischer?«

»Man könnte es so nennen«, sagte er und lächelte wieder so leicht und kurz, daß sie es für einen Irrtum gehalten hätte, wäre da nicht eine Art Leuchten zwischen ihnen zurückgeblieben.

»Ich bin Maria von Magdala«, sagte sie. »Aber ich wohne bei meiner Stiefmutter in Tiberias und habe in einem Dorf hier in der Nähe etwas für sie erledigt.«

»Du bist Jüdin.«

Es war eine Feststellung. Sie nickte, er fuhr fort: »Deine Augen sind voll Unschuld.«

Da strich sie sich das blonde Haar aus dem Gesicht, schaute ihm in die Augen und sagte: »Die blaue Farbe trügt. Ich bin in der Stadt der Sünde Hure in einem Freudenhaus gewesen. Und zuletzt war ich die Konkubine des römischen Tribunen. Er ist gestorben, und da ich nun frei war, konnte ich einen Ausflug in die Berge machen.«

Dann biß sie sich auf die Zunge, die Gedanken wirbelten ihr durch den Kopf: Warum habe ich das gesagt? Jetzt muß er gehen.

Aber er ging nicht, er kam näher und setzte sich neben sie auf einen Stein. Und sie sagte scharf: »Begreifst du nicht, daß ich eine Unreine bin?«

Da warf er den Kopf zurück und lachte: »Deine Augen trügen nicht. Du bist unschuldig wie ein Kind.«

Und Maria sagte erstaunt: »Dasselbe habe ich von dir gedacht, als ich dich vorhin sah, nämlich daß du wie ein Kind bist.«

Er lachte wieder, nahm eine Schale aus seinem Ranzen, füllte sie mit Wasser und trank. Über die Schale hinweg schaute sie ihm in die Augen. Hell, durchsichtig. Grau? Als er die Schale absetzte, sagte er überraschend: »Warum gibt es bei den Menschen so viel Schuld?«

»Das kommt wohl daher, daß sie boshaft sind. Und das wiederum kommt vielleicht daher, daß sie sehr oft Angst haben.«

Er schwieg, als erwarte er weitere Worte von ihr. Schließlich fragte er: »Und du hast keine Angst?«

»Das kommt wohl daher, daß ich das Schlimmste schon hinter mir habe.« Jetzt währte die Stille lange.

Sein Blick ließ ihren nicht los, und sie hatte das Gefühl, nie einem ernsteren Menschen begegnet zu sein. Ihm gegenüber war es unmöglich, Worte zu simplen Aussagen zu verflechten, hier galt jede Nuance. Sie hielt seinem Blick stand und sagte: »Ich glaube, die größte Angst haben die Menschen davor, ausgestoßen zu werden. Ich habe nie dazugehört ...«

»Nicht einmal als Kind?«

»Nein. Wer in einem kleinen jüdischen Dorf gelbe Haare und blaue Augen hat ...«

Plötzlich überkam sie eine alte, seit langem vergessene, schmerzliche Traurigkeit, und sie sagte mit belegter Stimme: »Ich war schon als Fünfjährige unrein.«

Er tröstete sie nicht. Sie hatte das Gefühl, ihre ganze Geschichte erzählen zu müssen. Aber im selben Augenblick wurde sie von einer eigentümlichen Gewißheit ergriffen: Er weiß es schon, er kennt das alles.

Es war kaum zu glauben, aber sie war sich dessen ganz sicher.

Sie fror plötzlich, zog sich den Mantel fester um die Schultern und sagte: »Könntest du nicht von dir selbst erzählen?«

»Da gibt es nicht viel zu erzählen. Aber ich hatte auch immer das Gefühl, nirgends dazuzugehören.«

»Aber du wirkst doch ganz jüdisch!«

»Ja, ich hatte die besten Voraussetzungen. Ich war der älteste Sohn meiner Eltern und auserwählt, die Werkstatt meines Vaters zu übernehmen. Er war Zimmermann, ein freundlicher Mensch, der mir aber immer fremd geblieben ist, obwohl er mir viel Zeit widmete. Er lehrte mich das Handwerk von Grund auf. Und er unterrichtete mich in den Schriften. Meine Ohren nahmen die Thora auf – ich kenne die Schrift –, aber die schönen Worte haben mein Herz nie wirklich bewegt.«

»Und deine Mutter? Wie war sie?«

»Sie ist eine starke Frau. Aber ihre Augen waren immer voller Sorge, wenn sie mich ansah. Ihr gefiel nicht, daß ich mich absonderte, daß ich nicht wie andere Kinder spielte, sondern ein Einzelgänger blieb.«

Er lächelte wehmütig, ehe er fortfuhr: »Als mein Vater starb, konnte ich nicht so trauern, wie es sich gehörte. Mutter und meine Geschwister rügten mich, aber die Vorwürfe fochten mich nicht an. Anstatt als ältester Sohn meine Pflicht zu tun, bat ich meinen Bruder, die Werkstatt zu übernehmen. Ich verabschiedete mich von meiner Familie und begab mich auf Wanderschaft nach Süden, den Wüstengebieten zu.«

»Dazu hat einiges an Mut gehört!«

»So habe ich es nicht gesehen. Ich gehorchte der Stimme Gottes, die schon immer zu mir gesprochen hat. Erst in der nächtlichen Kälte der Wüste Juda erkannte ich unter dem Sternenhimmel, daß es die Stimme Gottes war, die mich ausgrenzte, weil die anderen Menschen Ihn nicht hören konnten. Darin liegt auch die Notwendigkeit begründet, so viele Gesetze aufzustellen.

Jetzt habe ich versucht, zu Hause bei meiner Mutter Verständnis zu finden.«

»Hat sie verstanden?«

»Sie sagte, sie habe immer gewußt, daß ich ein besonderes Kind bin, das seinen eigenen Weg gehen muß. Aber sie macht sich Sorgen um mich, sie hat Angst, daß ich wahnsinnig werde.«

Maria wagte zu fragen: »Wie kannst du so sicher wissen, daß es die Stimme Gottes ist, die du hörst?«

»Weil ich sie kenne.«

Sie dachte: Wie kindlich arglos er ist. Er sagte: »Du ahnst nicht, wieviel dazugehört, gleich einem Kind zu sein.«

»Ahnen kann ich es wohl«, sagte sie und legte ihre Hand in seine.

Die einfache Berührung durchfuhr ihren Körper wie ein elektrischer Stoß. Lust flammte in ihren Augen auf. Still nahm sie seinen Kopf in ihre Hände und küßte seinen Mund. Und es geschah, was geschehen mußte, ihre Lust sprang auf ihn über.

Er sagte: »Ich habe noch nie eine Frau berührt.«

Sie sagte: »Komm.«

Anfangs mußte sie ihn anleiten, mußte seine Hände lehren, ihrer beider Körper zu entdecken. Aber bald konnten sie einander sanft und einfühlsam suchen und das finden, wonach sie verlangten.

Danach rollte er sich lachend auf den Rücken. »Das wäre mir selbst nie eingefallen.«

»Daß der Körper soviel Freude schenkt?«

Er schloß die Augen, gab keine Antwort.

Maria liebkoste sein Gesicht. Sie sah, daß er älter war, als sie angenommen hatte, verbraucht. Er schlief ein, aber Maria mußte ihn bald wecken. »Es ist schade, aber wir können die Nacht nicht zusammen verbringen. Mein Diener kommt bald, um mich abzuholen.«

Dann fiel ihr der Korb mit dem frischen Brot und dem weichen Käse ein, und sie meinte, Hunger gehöre wohl auch dazu.

Sie sprachen nicht viel miteinander, während sie das Brot aßen und von dem frischen Bachwasser tranken. Als sie Setonius mit den Eseln den Ziegenpfad heraufklappern hörten, sagte er: »Ich bin in Kafarnaum zu finden.«

Und sie antwortete, was sie antworten mußte: »Ich komme.«

Im nächsten Augenblick war er verschwunden.

Maria war erst gegen Morgen eingeschlafen. Trotzdem war sie beim Erwachen frisch, und ihr Gemüt war wie von Licht erfüllt.

Beim Essen aber sagte ihr der Verstand, daß sie ihre Zunge hüten mußte, wenn sie mit den Aposteln und deren Schreiber zusammentraf.

Es war einfacher, als sie geglaubt hatte. Simon Petrus eröffnete das Gespräch mit einer Frage: »Mir geht durch den Kopf, daß du gesagt hast, du hättest Jesus auf einem Ausflug in Galiläa kennengelernt. Hat deine Stiefmutter etwa ein junges Mädchen ganz allein durchs Gebirge wandern lassen?«

Maria gönnte sich ein breites Lächeln, jetzt wußte sie, wo sie ihn hatte. »Natürlich nicht. Ich hatte einen Diener dabei, unseren alten Gärtner. Und wir ritten jeder auf einem Esel. Als wir uns einem der steilsten Berge näherten, hörten wir einen Bach rauschen und beschlossen, noch ein Stück weiter bergauf zu reiten, am Wasser eine Rast einzulegen, uns den Reisestaub abzuwaschen und zu essen. Wir hatten Brot und Käse in einem Korb mitgenommen.

Als ich am Bach saß, kam ein junger Mann vorüber, der von seinem Elternhaus in Nazareth nach Kafarnaum unterwegs war. Er ließ sich neben mir nieder, und wir begannen ein Gespräch.«

Simon unterbrach sie: »Er hat dir die Dämonen ausgetrieben.«

»Hat Jesus das gesagt?«

Paulus sah, wie ihr die Zornesröte wieder ins Gesicht schoß. Simons Blick war unstet, als er antwortete: »Ich weiß nicht, unter den Jüngern wurde es sich so erzählt.«

Maria wandte sich Paulus zu: »Du siehst, die Mythen entstanden schon zu seinen Lebzeiten. Ich war nicht von Dämonen besessen, ich war glücklich über den Frühling und die blühenden Wiesen.«

Dann fuhr sie fort: »Wir haben, wie das bei zufälligen Begegnungen üblich ist, von ganz gewöhnlichen Dingen gesprochen. Gestern abend habe ich versucht, mir das Gespräch ins Gedächtnis zu rufen. Dabei fiel mir auf, daß es das einzige Mal war, wo ich ihn von sich selbst habe erzählen hören, von seiner Kindheit in Nazareth und von seiner Familie.«

Sie sah, daß Paulus dem jungen Schreiber ein Zeichen gab, fuhr aber fort: »Er erzählte, daß er sich im Dorf schon als Kind wie ein Fremder gefühlt habe. Er war anders als die anderen, er war ein Einzelgänger gewesen. Seine Mutter hatte sich Sorgen um ihn gemacht. Erst als er nach dem Tod seines Vaters die Familie verlassen hatte und in Juda durch die Wüste wanderte, verstand er, in welcher Weise er sich von anderen Menschen unterschied. Andere hörten Gott nicht sprechen.

Er sagte, er habe viel darüber nachgedacht, warum die Menschen ein Übermaß an Gesetzen und Regeln brauchten. In der Wüste ist es ihm bewußt geworden.«

»Ihr habt selbst miterlebt, daß er oft kritisch gegen die Schriftgelehrten und Gesetzeskundigen auftrat. Und als er mir nach seinem Tod zum letztenmal erschien, wiederholte er es: ›Legt nicht als Gesetzestext fest, was ich euch offenbart habe.‹«

Petrus schien beunruhigt, und Paulus hatte Einwände: »Man kann eine neue Lehre nicht ohne Struktur und System aufbauen.«

»Es ist möglich.« Maria zögerte, führte ihren Gedankengang aber fort: »Wir machen die ganze Wirklichkeit zum System, selbst die unsichtbare. Und da wir Juden sind, wird daraus ein auf das Gesetz und seine vielen hundert Auslegungen aufgebautes jüdisches System.«

»Schreibe«, sagte Paulus zu dem Schreiber.

Jetzt schaltete Simon sich ein: »Warum hat er sich von seiner Familie getrennt?«

»Er sagte, er habe immer nur der Stimme Gottes gehorcht.«

»Was tat er in der Wüste Juda?«

»Ich weiß es nicht, viel zu erzählen war nicht gerade seine Sache.«

»Und du hast keine Fragen gestellt?«

»Ich habe ihn gefragt, woher er die Sicherheit nehme, daß die Stimme Gottes in ihm sprach. Er lächelte nur und sagte, er habe es immer gewußt.«

»Von dir selbst hast du nicht erzählt?«

»Ich hatte es eigentlich vor, ich wollte von meinem Vater erzählen, der als Aufständischer gekreuzigt worden war, und von meiner Familie, die von römischen Soldaten umgebracht worden ist. Da geschah das Unglaubliche, als ich seinem Blick begegnete, erkannte ich, daß er bereits alles wußte.«

Sie fuhr, sogar in der Erinnerung noch erstaunt, fort: »In diesem Augenblick habe ich es einfach hingenommen, dachte nicht darüber nach, wie seltsam alles war. Mein Diener Setonius kam zurück und unterbrach das Gespräch am Bach. Wir mußten vor Einbruch der Dunkelheit in Tiberias sein. Als Jesus sich verabschiedete, forderte er mich auf, ihn in Kafarnaum zu besuchen.«

»Du wußtest nicht, wer er war?«

»Nein, er hatte mir zwar gesagt, er sei Jesus von Nazareth. Aber ich hatte noch nichts von dem neuen Propheten gehört.«

Maria blieb in der Pergola sitzen, als der Abendwind vom Meer hereinstrich und Haus und Garten Abkühlung brachte. Sie dachte darüber nach, wie seltsam es doch war, daß sie nicht im mindesten gestaunt hatte, daß Jesus weder ihre Gedanken noch ihre Erinnerungen fremd gewesen waren.

In seiner Anwesenheit wurde alles natürlich.

Sie schloß die Augen und konnte plötzlich Bild um Bild vor sich sehen, wie sie mit Setonius nach Hause kam, Euphrosynes große Freude und die warme Mahlzeit in der Küche. Bei Tisch erzählte Maria von dem Besuch bei der scheuen Noemi, die ein Kind auf dem Arm und eines im Bauch hatte und ängstlich war, daß die Nachbarn Maria sehen könnten.

Euphrosyne seufzte.

Das ganze Haus in Tiberias war im Aufbruch, ein Teil der Möbel war schon nach Korinth eingeschifft worden, anderes hatte man verkauft, im großen Saal stapelten sich die gepackten Kisten. In etwa einem Monat würden sie selbst auch unterwegs zu dem neuen Haus in Griechenland sein.

Im Verlauf des Gesprächs spürte Maria, wie ihr Herz in der Brust flimmerte. Wie soll ich ihr erzählen, was auf dem Heimweg passiert ist? Und wie ihr verständlich machen, daß ich nach Kafarnaum reisen muß?

»Ich muß mit dir reden.«

»Wir gehen gleich nach dem Essen in mein Schlafzimmer.«

Nur das große Bett stand noch an seinem Platz, Euphrosyne setzte sich darauf, und Maria ließ sich vor ihr auf dem Fußboden nieder.

»Mir ist etwas Eigenartiges passiert ...« Sie bemühte sich, wahrheitsgetreu und bis in alle Einzelheiten zu berichten. Euphrosyne lauschte, lächelte und sagte: »Du bist einem Mann begegnet und hast dich verliebt. Das ist längst nicht so merkwürdig, wie du zu glauben scheinst. Und es geht vorüber. Daß du dich mit einem jüdischen Fischer aus Kafarnaum verheiratest, ist ein unglaubwürdiger Gedanke. Denke selbst nach, denke an das, was du vorhin beim Essen über Noemi und ihr Leben im Dorf erzählt hast.«

Maria schüttelte den Kopf, sie hatte nicht im entferntesten an Heirat gedacht. »Er hat alles über mich gewußt.«

Euphrosyne lächelte wieder und meinte, solche Dinge bilde man sich im Moment der Verliebtheit ein. Die Umgebung mit Bach und Blumen habe wohl zu der Stimmung beigetragen.

Sie versteht es nicht, dachte Maria. Sie wird es nie verstehen, ich muß es ihr sagen, wie es ist: »Ich will auf jeden Fall nach Kafarnaum reisen und ihn noch einmal wiedersehen.«

Euphrosyne erhob sich, um eine weitere Öllampe anzuzünden. Im Lampenschein sah Maria, daß ihre Stiefmutter gealtert war, daß sie müde aussah. Und einsam.

Ich kann ihr das nicht antun, dachte Maria verzweifelt. Aber ich muß.

»Dann mache eben einen Ausflug nach Kafarnaum«, sagte Euphrosyne. »Einen kurzen Ausflug.«

»Ja.«

»Hat dieser junge Fischer einen Namen?«

»Er heißt Jesus und kommt aus Nazareth.«

Im selben Augenblick sah Maria im Schein der Lampe, wie Euphrosynes Gesicht weiß wurde, nach einigen unsicheren Schritten ließ sie sich auf das Bett fallen und flehte alle Götter des Olymp an: Helft uns, helft!

Maria hatte Euphrosyne nicht einmal in den schwersten Augenblicken der vergangenen Jahre die Fassung verlieren sehen. Sie erschrak. Euphrosyne flüsterte: »Gehe Wein holen, starken Wein.«

Maria rannte die Treppe hinunter und fand Octavianus in der Küche.

»Euphrosyne möchte Wein haben, sie regt sich so auf.«

Auch Octavianus erschrak, in seiner Welt war die Frau des Hauses niemals aufgeregt. Seine Hände zitterten, als er Maria den großen Krug mit dem besten Wein übergab, den das Haus zu bieten hatte. Als Maria oben ankam, hatte Euphrosyne sich etwas beruhigt, sie lag mit geschlossenen Augen, die Hände auf der Brust leicht gefaltet, still auf dem Bett. Maria füllte den Becher mit Wein, Euphrosyne leerte ihn bis zur Neige.

»Mehr«, sagte sie. »Und ein paar Decken. Ich friere.«

Maria hüllte sie gut ein.

Euphrosyne trank noch einige Schlucke von dem Wein. Dann setzte sie sich, im Rücken durch Kissen gestützt, im Bett auf. Sie war noch immer blaß, aber ihre Stimme war fest, als sie sagte: »Maria, höre mir jetzt gut zu. Dieses verrückte jüdische Volk hat einen großen Traum. Es wartet auf den Messias, den Gottesmann, der das Volk befreien wird. Im Lauf der Jahrhunderte hat ein Erlöser nach dem anderen behauptet, der Ersehnte zu sein. Aber immer wurden die Juden enttäuscht.«

Maria nickte, sie wußte mehr über den messianischen Traum als Euphrosyne, die fortfuhr: »Du wirst sicher verstehen, daß dieser Traum oder Mythos, oder wie immer man es nennen soll, junge Wirrköpfe anzieht, Männer, die sich in diese Rolle versetzen und mit schönen Reden, großen Versprechungen und neuen Prophezeiungen auftreten. Ich glaube nicht, daß sie Betrüger sind, jedenfalls nicht alle. Die Verrücktesten unter ihnen sind bestimmt fest von ihrem Auserwähltsein überzeugt. Im Laufe weniger Jahre werden sie im allgemeinen entlarvt und von den Römern als Aufrührer hingerichtet. Glaube mir, es ist nichts Ungewöhnliches daran.«

Maria nickte.

»Ich habe einen jüdischen Schuhmacher«, fuhr Euphrosyne fort. »Wie du weißt, ist zumindest ein Teil der Leute im jüdischen

Stadtteil freundlicher zu mir, seit ich mein Gewerbe niedergelegt habe. Nun gut, der alte Sebastiol und ich können tatsächlich miteinander reden. Ich war letzte Woche bei ihm, um für die Reise neue Schuhe zu bestellen. Der alte Mann war verändert, irgendwie strahlte er.«

Sie machte eine kurze Pause.

»Als ich ihn fragte, warum er so fröhlich sei, erzählte er, daß der Messias geboren sei, in Nazareth, dem einzigen aller überhaupt möglichen Orte. Er heiße Jesus und wandere von Dorf zu Dorf, spreche Worte, über die das Volk staune, mache Blinde sehend und Lahme gehend. Verstehst du! Dein Jesus ist einer jener alten Barfußpropheten, die sich unter das ungebildete Volk mischen und behaupten, Abgesandte Gottes zu sein. Und er wird, wie alle anderen auch, einen grausamen Tod erleiden.«

Erst spät in der Nacht schlief Euphrosyne endlich ein. Maria blieb an ihrem Bett sitzen. Eigentümlich distanziert und deutlich erinnerte sie sich Wort für Wort an das, was Er gesagt hatte. »Meine Mutter befürchtete, daß ich wahnsinnig werde ... Ich folge der Stimme Gottes, die schon immer zu mir gesprochen hat ...«

Im Morgengrauen schrieb sie einen Brief an Euphrosyne: »Ich gehe jetzt nach Kafarnaum, um ihn mit deinen Augen zu sehen. Ängstige dich nicht, ich bin bald wieder zurück ...«

Als Euphrosyne den Brief las, schüttelte sie den Kopf. Zu Setonius, der ihre Verzweiflung wahrnahm, sagte sie: »Das jüdische Erbe hat Maria eingeholt.«

Heute konnte sich Maria an die Wanderung nach Norden, an jede Begegnung und so gut wie jeden Schritt erinnern. Sie hatte die grauen verschlissenen Kleider angezogen und das Kopftuch in die Stirn gezogen. Trotz der frühen Stunde waren viele Menschen auf den Beinen gewesen, einfaches Volk, Menschen, die sich mit Shalom begrüßten. Einmal blieb ein alter Mann stehen, hob die Hand und bat um Gottes Segen für sie und ihre Reise. Alle sprachen ein galiläisches Aramäisch. Und sie antwortete auf dieselbe Weise, sie hatte die Sprache ihrer Kindheit nicht vergessen.

Als die Sonne am höchsten stand, legte sie eine Rast am See ein und aß das Brot, das sie mitgenommen hatte. Ihre Füße, an lange Wanderungen nicht mehr gewöhnt, schmerzten, die Sandalen scheuerten ihr die Fersen wund, und die Fußsohlen brannten. Sie saß, die Füße im Wasser, am Ufer und ließ sich ruhig und kühl durch den Kopf gehen, was Euphrosyne ihr gesagt hatte. In den Tagträumen von gestern hatte sie sich Jesus lachend mit den Worten ›hier bin ich‹ in die Arme laufen sehen. Jetzt beschloß sie, am Rand der Menschenmenge stehenzubleiben, die ihn umringte, wollte sehen und hören, ohne sich zu erkennen zu geben.

Es würde nicht schwer sein, das Volk schare sich in großer Zahl um ihn, hatte der alte Jude in Tiberias sie wissen lassen.

Trotzdem mußte sie staunen, als sie in die Stadt an der nördlichen Spitze des Sees kam. Es mußten viele hundert Menschen um ihn sein. Leute mit feierlichen Gesichtern, die Blicke der Mitte zugewandt, bildeten einen großen Kreis.

Am meisten wunderte Maria sich über die Stille. Es war so ruhig, daß man die Wellen des Sees Genezareth an die Ufersteine schlagen hörte.

Als hielten alle den Atem an.

Sie konnte selbst nicht sehen, was vorging. Schritt für Schritt drängte sie sich langsam durch die dichten Reihen nach vorn, die Menschen waren freundlich, machten ihr das Vorwärtskommen leicht.

Schließlich erblickte sie ihn. Er kniete auf der Erde und hielt einen Mann, der vor ihm niedergefallen war, fest umschlungen. Maria sah es, erstarrte vor Schreck, hielt es nicht für möglich. Aber die schrecklichen eitrigen Wunden in dem zerfressenen Gesicht und die Schellen an den Handgelenken ließen keinen Irrtum zu. Es war ein Aussätziger.

Sie stand noch zu weit entfernt, um die Worte Jesu verstehen zu können. Sie konnte nur sehen, daß seine Lippen sich bewegten, als er sein Gesicht an das des Kranken legte. Die Zeit verging, nein, dachte Maria, die Zeit stand still und war doch so lang. Schließlich stand Jesus auf und zog den Kranken mit sich hoch.

Das ist nicht möglich, dachte Maria.

Aber sie sah, daß das eitrige Gesicht jetzt rein war und daß die Bewegungen des Mannes voller Kraft waren, als er sich die schändlichen Schellen abriß. Jesus wechselte noch einige Worte mit ihm, dann wandte er sich an die Frauen, die hinter ihm standen. Sie nickten, gingen zu dem Mann hin, und Maria wußte, daß dieser nun gewaschen werden und neue Kleider bekommen würde.

Jesus wankte im Stehen ein wenig, Maria sah, daß er müde war. Er streckte den Menschen zum Abschied die Arme entgegen und ging zu einem der Häuser hinauf.

Jetzt kam Leben in die Menge, manche riefen Gott laut an, andere beteten gemeinsam, hier und dort wurden Lobgesänge angestimmt. Viele weinten. Als die Menschen sich schließlich in kleinere Gruppen auflösten, um in die Berge oder entlang des Ufers in verschiedene Richtungen zu gehen, wurden die Stimmen immer lauter, es wurde gejubelt oder sogar vor Erregung laut geschrien.

Maria weinte. Die Tränen hinterließen weiße Streifen im staubigen Gesicht. Nach einiger Zeit merkte sie, daß sie allein zurückgeblieben und deutlich zu sehen war. Aber sie konnte sich kaum bewegen, ihr Körper war starr, und sie fror. Schließlich ging sie mit zitternden Knien zu den Frauen, die sich um den Geheilten kümmerten. »Kann ich irgendwie helfen?«

Eine ältere Frau lächelte sie an. »Ich heiße Salome. Bist du neu hier?«

»Ja. Ich bin Maria aus Magdala und bin von Tiberias hierher gegangen, um Ihn zu sehen.«

»Du siehst wahrlich aus, als bräuchtest du selbst Hilfe.«

Sie waren freundlich zu ihr, sie brachten sie ans Ufer, forderten sie auf, sich auf einen Stein zu setzen, den Reisestaub abzuwaschen und die Füße zu kühlen. Bald brachte eine der Frauen Brot und einen Becher Wein.

Maria machte es wie am Abend zuvor Euphrosyne. Sie leerte den Becher in einem Zug. Dann wusch sie sich Gesicht und Arme und hielt die Füße ins kalte Wasser.

Es war angenehm, aber sie konnte dennoch keinen klaren Gedanken fassen.

Oder vielleicht wagte sie nur nicht zu denken.

Bei Einbruch der Dämmerung kam Salome zurück. »Wir Frauen haben hier oben an der Böschung ein Zelt aufgestellt. Komm mit, du kannst heute nacht bei uns schlafen.«

Maria gehorchte wie ein Kind.

Kaum hatte sie sich in dem Zelt auf der Schlafmatte zurechtgelegt, schlief sie auch schon. Rundum hörte sie gedämpfte Frauenstimmen, es klang wie ein Wiegenlied. Irgendwann in der Nacht wachte sie auf, aber die gleichmäßigen Atemzüge der Frauen ließen sie bald wieder einschlafen. Als sie schließlich die Augen aufschlug, dämmerte es zwar noch nicht, aber das Zeltdach sah heller aus, und der Tag würde bald anbrechen.

Maria konnte trotz angestrengter Versuche noch immer nicht denken. Sie klammerte sich in der Erinnerung an Euphrosyne, an deren Besorgnis und an jedes ihrer Worte, aber es half nichts. Sie versuchte sich an den weiten Weg von gestern zu erinnern, aber alles war wie ausgelöscht. Als sie sich auf das Wunder zu konzentrieren versuchte, dessen Augenzeuge sie geworden war, schien auch dieses Ereignis wie weggeblasen.

Wenn er verrückt ist, bin ich auch drauf und dran, es zu werden.

Plötzlich war das Licht gelb, das Zeltdach über ihren Köpfen glich einer goldenen Kuppel, und die Frauen wurden eine nach der anderen wach. Maria hatte das Kopftuch abgelegt, und alle sahen verwundert auf ihre Haare.

»Es sieht aus wie Sonnenlicht«, sagte eine von den Frauen entzückt. »Bist du Jüdin?«

»Ja«, sagte Maria mit leiser Stimme. »Ich bin in Magdala auf der andren Seite der Bucht geboren. Aber mein Vater wurde während des Aufstandes gekreuzigt, und meine Mutter und meine Brüder wurden von den Römern umgebracht. Mir selbst gelang die Flucht.«

Ihre neuen Gefährtinnen stießen Laute des Mitleids aus, arme Kleine.

Sie drangen nicht weiter in sie, und dafür war Maria dankbar. Sie kleideten sich in aller Eile an, denn sie wollten rechtzeitig zum Morgengebet kommen. Maria verspätete sich, sie hatte Mühe, ihre Haare in Ordnung zu bringen.

Schließlich saß sie dann aber doch zwischen den anderen Frauen im Hof eines großen Hauses, schweigend, und wie die andern im stillen Gebet.

Es waren viele.

Etwa zwanzig Männer und ebenso viele Frauen.

Aber Maria konnte sie nicht so genau zählen. Jesus kam, stellte sich in die Mitte und begann laut zu beten. Es war ein einfaches Gebet, in klaren Worten bat er Gott, den Tag und die zu verrichtende Arbeit zu segnen.

Als er die Augen öffnete und sich umsah, erblickte er Maria. Er strahlte wie die aufgehende Sonne und rief laut: »Maria Magdalena, du bist gekommen!«

Seine Freude war so offensichtlich, daß alle Anwesenden daran teilhaben mußten. Er ging auf Maria zu, ergriff ihre Hände und zog sie an sich.

»Das ist Maria, die Frau, der ich unterwegs begegnet bin und die ich liebgewonnen habe.«

Ein erstauntes Murmeln ging durch die Schar der Jünger, als er Maria in die Arme nahm und sie küßte.

Und Maria wußte, daß es keine Entschlüsse mehr zu fassen gab.

Als sich am nächsten Tag alle wieder in der Pergola versammelt hatten, ergriff Paulus entschlossen das Wort: »Ich habe viel über das nachgedacht, was du von Seiner Liebe, die in jedem Augenblick und bei jeder Begegnung alle Menschen einschloß, gesagt hast. Aber es gibt schwer zu begreifende Widersprüche in dem, was er lehrte. Als ihm seinerzeit die Nachricht überbracht wurde, daß seine Angehörigen zu Besuch gekommen waren, sagte er: Wer ist meine Mutter, wer sind meine Brüder? Er sagte zu einem Mann, der seinen Vater begraben wollte: Laß die Toten ihre Toten begraben. Und er soll gesagt haben: Ich bin nicht gekommen, den Frieden zu bringen, sondern das Schwert. Denn ich bin gekommen, um den Sohn mit seinem Vater zu entzweien und die Tochter mit ihrer Mutter und die Schwiegertochter mit ihrer Schwiegermutter, und die Hausgenossen eines Menschen werden seine Feinde sein.

Hast du ihn das auch sagen hören?«

»Ja.«

Marias Stimme war hell und von Zweifeln frei.

»Wie erklärst du dir das?«

»Ich kann es nur so ausdrücken, wie ich es selbst verstehe.«

Paulus nickte, Maria fuhr fort: »Von seinen Wanderungen durch die Wüste habe ich schon gesprochen. Er hat gesagt, daß ihm erst da bewußt wurde, daß andere Menschen die Stimme Gottes nicht so hören konnten wie er selbst, zu dem sie ja ständig sprach.«

»Das muß doch erschreckend gewesen sein?«

Paulus klang nachdenklich. Maria nickte und fuhr fort: »Ja. Aber es vermittelte ihm auch wichtige Erkenntnisse. Er sagte, er habe endlich verstanden, warum die Menschen sich so viele Vorschriften und Gesetze geschaffen haben. Vielleicht gab es für ihn noch eine weitere Erkenntnis. Daß nämlich starke Familienbande eine gewisse Gefahr in sich bergen.«

Sie zögerte, bevor sie weitersprach: »Wir selbst erleben doch fast eine Verschmelzung mit unseren Eltern und damit die unerbittlichste Gehorsamspflicht. Vater und Mutter in allen Wechselfällen des Lebens zu ehren kann dazu führen, daß wir ... unreif bleiben.«

Langsam fuhr sie fort: »Vor allem aber glaube ich, daß es nicht in Seinem Sinn war, die Liebe in der persönlichen Beziehung nicht zur Entfaltung zu bringen. Hat er nicht auch gesagt, daß es dem Menschen ein leichtes ist, seinen Nächsten zu lieben, daß Nächstenliebe aber schwierig wird, sobald der andere uns als ein schäbiger Bettler oder als ein Verbrecher gegenübersteht.«

Paulus schien darüber nachzudenken, und so ergriff Simon Petrus das Wort: »Was hat er denn von meinem Bruder und mir verlangt? ›Folgt mir‹, sagte er, und wir haben es getan. Wir verließen unseren Vater und die Fischerboote ... Niemand darf glauben, daß uns das leicht fiel, unsere Mutter weinte, und unser Vater tobte. Er brauchte unsere Hilfe bei seiner Arbeit, aber wir ließen ihn im Stich, und das war eine schändliche Tat. Fast alle Leute in Kafarnaum verachteten uns.«

Maria blickte Petrus verständnisvoll an: »Mir ist es ebenso ergangen. Ich mußte meiner Stiefmutter in einem Brief mitteilen, daß ich nicht zurückkehren würde. Sie war zu mir, dem Findelkind, gut gewesen, hatte sich meiner angenommen, als wäre ich ihre eigene Tochter. Und ich wußte, daß sie mich brauchte, sie war gerade dabei, nach Griechenland zurückzukehren, und ich sollte ihr in der Einsamkeit des Alters eine Stütze sein.«

Marias Augen füllten sich mit Tränen. Doch sie nahm sich zusammen und sagte: »Es ist schwer zu erklären, welche Macht Jesus hatte.«

»Du glaubst also, er hat gemeint, der Mensch müsse sich seiner Familie um der eigenen Freiheit willen widersetzen.«

»Ja. Um erwachsen und selbständig zu werden. Was ohne Kampf nicht möglich ist. Wie anders wären seine Worte zu verstehen: ›Der Sohn entzweit sich mit seinem Vater und die Tochter mit ihrer Mutter ...‹«

Paulus schüttelte den Kopf. Maria fuhr fort: »Was ihr sagt, stimmt. Er war Gott und Mensch zugleich. Aber ich habe ihn nur als Menschen gekannt, als Gott war er unfaßbar, so wie Gott nun einmal ist. Als wir zusammen wanderten, habe ich erst gar nicht versucht, ihn zu verstehen. Aber in späteren Jahren habe ich über alles gründlich nachgedacht.«

Das Gespräch verebbte, Paulus war tief in Gedanken versunken, als sie plötzlich die Gartenpforte gehen und eine Stimme rufen hörten: »Maria! Maria!«

Die drei Männer sahen Maria sich einem Vogel gleich erheben und die Treppe hinunterschweben: »Leonidas! Leonidas!« Der lange Grieche nahm sie in die Arme, drehte sich mit ihr im Kreis, und beide lachten sie laut.

»Ich dachte, du kämst erst in einigen Tagen.«

»Nördlich von Zypern haben uns günstige Winde beigestanden.«

Petrus war das unanständige Benehmen der beiden unangenehm. Er hätte voraussehen müssen, daß er sich in einem heidnischen Haus befand. Auch Paulus legte das Gesicht in Falten. Er hatte sich nie Gedanken über Marias Mann gemacht, aber irgendwie hatte ihm das Bild eines aufgedunsenen Pfennigfuchsers vorgeschwebt. Hier aber stand ein griechischer Mann von Welt, souverän, wie gebildete Heiden es nicht selten sind.

Nur Rabbi Amasja freute sich und war keineswegs erstaunt. Leonidas setzte seine Frau ab und sah erstaunt zur Pergola hinüber.

»Wir haben Gäste?«

»Komm, gehe sie begrüßen.«

Leonidas umarmte Rabbi Amasja mit großer Herzlichkeit und wandte sich dann den unbekannten Gästen zu. Der Rabbi stellte die beiden vor, Simon Petrus als ersten und danach Paulus.

Zu Simon sagte der Grieche: »Wir sind einander schon begegnet.«

Und Simon antwortete: »Ja, du warst einer von diesen ... Fremden, die kamen und gingen, ich erinnere mich.«

Zu Paulus sagte der Grieche: »Ich habe einen deiner Briefe gelesen und war sehr beeindruckt von deiner Einsicht und deiner Klarheit.«

Dann wandte er sich an Maria: »Wir haben so vornehme Gäste, und du hast ihnen nicht einmal Wein und Früchte vorgesetzt.«

»Ich eile«, sagte Maria und machte sich auf. An der Tür drehte sie sich zu dem Rabbiner um: »Erkläre du es ihm, Rabbi.«

Während Amasja sprach, hatte Paulus Zeit, sich den Griechen genauer anzusehen, diesen langen, schlaksigen Mann, schon etwas ergraut, aber nicht gebeugt. Sein Gesicht war einnehmend, er hatte ungewöhnlich schwere Augenlider, die seine neugierigen Blicke verbargen.

Aber der fein gezeichnete und empfindsame Mund würde ihn immer verraten.

»Ich habe durch Petrus erfahren, daß du Jesus auch gekannt hast? Es würde mich sehr interessieren, welchen Eindruck er auf dich gemacht hat.«

»Er hat mein Leben verändert«, sagte Leonidas ohne Umschweife.

Terentius brachte Wein, Früchte und Kuchen. Maria bewirtete, Leonidas mischte seinen Wein mit Wasser, ehe er trank. »Der Reisestaub macht Durst«, sagte er entschuldigend.

Die drei Juden nahmen jeder ein Stück Kuchen, tranken etwas

Wein und brachen bald auf. Der Sabbat nahte, sie hatten viel vorzubereiten. »Ich hoffe, wir dürfen wiederkommen«, sagte Paulus beim Abschied.

»Ihr seid übermorgen willkommen.«

Maria bereitete ihrem Mann, der in die Küche gegangen war, um die Diener zu begrüßen, ein Bad. Er traf auf einen jungen Mann mit einem großen Glas Milch und einem Stück Brot in der Hand.

»Und wer bist du?«

»Ich bin Markus, der Schreiber des Paulus.« Der junge Mann lief vor Scham blutrot an, als er erklärte: »Heute gab es nicht besonders viel mitzuschreiben. Und ich hatte Hunger.«

Leonidas lachte und sagte: »Hunger steht deinem Alter zu. Wohl bekomm's.«

Dann begrüßte er Terentius und dessen Frau. In diesem Augenblick kam Maria in die Küche und sah Markus verwundert an: »Sie sind schon gegangen. Sie müssen dich vergessen haben! Warum hast du heute keine Aufzeichnungen gemacht?«

»Ich schreibe nur, wenn Paulus mir ein Zeichen gibt. Und als du heute zu sprechen begonnen hast, hat er mich gleich weggeschickt.«

»Ach so«, sagte Maria nachdenklich.

Leonidas nahm sein Bad, Maria besprach das Begrüßungsmahl mit Terentius. Sie hatten frischen Fisch und eine Fülle verschiedener Gemüse im Haus. Bei Tisch sagte Maria: »Du zuerst.«

Leonidas verzog den Mund und antwortete kurz: »In Rom eine Menge Geschäfte und große Probleme mit Nikomakos. Das kannst du dir aber alles später anhören.«

Als er fortfuhr, konnte er wieder lächeln: »In Ostia fand ich ein abfahrbereites Schiff nach Korinth. Ich bekam eine Kajüte an Bord, und eine Woche später war ich bei Euphrosyne.«

Marias Augen leuchteten vor Freude auf, als er erzählte, wie sehr Euphrosyne sich gefreut hatte, wie wohl sie sich in dem schönen Haus und dem neu angelegten Garten fühlte. Sie war gesund und wie immer selbstbewußt und zielstrebig. Sie ließ viele herzliche Grüße an Maria bestellen und hatte Leonidas einen langen Brief für sie mitgegeben.

»Sie ist drauf und dran, Christin zu werden«, sagte er. »Hast du das gewußt?«

»Doch, ich habe es ihren Briefen entnommen. Ich hatte gehofft, wir könnten vor dem Einsetzen der Herbststürme zu ihr reisen«, sagte Maria.

»Das können wir. Aber du machst einen sehr beschäftigten Eindruck.«

»Laß uns den Wein mit in die Bibliothek nehmen. Du sollst alles, was geschehen ist, von Anfang an hören.«

Sie erzählte. Der Abend kam, die Dunkelheit umschloß sie beide, sie zündeten keine Lampe an. Als Maria schließlich schwieg, konnte sich Leonidas ein klares Bild von allem machen, was inzwischen geschehen war. Maria hatte sich wie immer von allem Gesagten Notizen gemacht und las sie ihm jetzt vor. »Wie du merken wirst, habe ich nicht gelogen«, sagte sie. »Nur manches verschwiegen.«

»Gut.«

Jetzt entzündete sie die Öllampen. Sie sahen einander lächelnd an.

Leonidas sagte: »Du mußt wissen, daß es unter den Christen beträchtliche Gegensätze gibt. Die Gemeinde der Judenchristen in Jerusalem ist groß und mächtig.«

Maria wollte es nicht recht glauben, aber er sprach weiter: »Viele von ihnen halten Jesus für den Messias, den Abgesandten Gottes für das jüdische Volk. Aber Paulus ist anderer Meinung, er will, daß die Lehre Jesu unter allen Völkern verbreitet wird. Und tatsächlich gewinnen die Christen überall neue Anhänger: Hier in Syrien, in Kappadozien, in Cilizien, ja, und sogar in Rom. Und in Griechenland. Von den Streitigkeiten habe ich durch Euphrosynes Diakon in Korinth erfahren.«

»Willst du damit sagen, die Christen Jerusalems wollen, daß alle, die sich zu Christus bekehren lassen, zuerst zum Judentum übertreten müssen?«

»Ja. Sie wollen, daß die Gefolgsleute Jesu das Gesetz achten, also all diese unzähligen Gebote für rein und unrein. Und sie sollen sich beschneiden lassen, was, wie du verstehen wirst, ein wesentlicher Stein des Anstoßes ist.«

Maria hörte ihm mit großen Augen zu, sagte aber: »Ich dürfte mich eigentlich gar nicht wundern. Die Priesterschaft Jerusalems hat es mit den Gesetzen immer sehr genau genommen. Und auf welcher Seite stehen die Apostel?«

»Auch bei ihnen gibt es Zweifler. Aber sie bestehen darauf, daß Jesus ihnen aufgetragen hat, in die Welt hinauszugehen und alle Völker zu seinen Jüngern zu machen.«

»Weißt du, was Petrus davon hält?«

»Man erzählt sich eine Geschichte von Simon Petrus und einem Römer namens Cornelius, der Offizier bei der italischen Kohorte in Caesarea ist. Eines Tages kam ein Engel zu Cornelius und forderte ihn auf, einen Mann namens Simon Petrus rufen zu lassen, der bei einem Gerber in Joppe wohne.

Tags darauf hatte auch Simon Petrus einen Traum: Der Himmel öffnete sich und zeigte ihm eine Schar unreiner Tiere. Und eine Stimme sprach: ›Petrus, schlachte und iß‹. Simon Petrus weigerte sich: ›Noch nie habe ich Unreines gegessen‹. Da sprach die Stimme, Petrus solle das, was Gott rein gemacht habe, nicht unrein machen. Du wirst verstehen, daß er darüber nachdachte, was der Traum für ihn bedeuten könne. Aber er kam zu keinem Ergebnis. Bald darauf kam der Diener des Cornelius mit der Botschaft des Römers zum Haus des Gerbers am Meer. Also machte Petrus sich auf den Weg nach Joppe und suchte den Heiden auf. Als er von der Begegnung des Cornelius mit dem Engel erfuhr, sagte Petrus: ›Jetzt weiß ich, daß Gott keinen Unterschied zwischen den Menschen macht, sondern jeden von ihnen aufnimmt...‹ Im Haus des Römers waren viele Menschen versammelt, und Petrus sprach zu ihnen, der Heilige Geist kam über ihn, und sie bekehrten sich. Petrus taufte sie und blieb viele Tage in dem unreinen Haus des Cornelius.«

»Das war eine große Tat«, sagte Maria. »Dennoch sieht Petrus auch heute noch alles mit den Augen des Juden.«

Leonidas fuhr fort: »Und dann haben wir noch Paulus. Er ist im Nachteil, denn er ist dem Meister zu Lebzeiten nie begegnet. Aber er ist der Intelligentere der beiden und besitzt große Fähigkeiten im Formulieren.«

Leonidas schwieg eine Weile und zwinkerte Maria dann zu: »Du mußt verstehen, daß die Begegnung mit dir für ihn ein großes Ereignis war. In den neuen christlichen Gemeinden wird viel von dir gesprochen, und er hat wie alle anderen gehört, daß du die Jüngerin warst, die Jesus am meisten liebte. Ganz gewiß hat er auch erfahren, daß du dich öffentlich gegen Petrus gestellt und die Apostelrunde in Jerusalem verlassen hast. Später bist du überraschend in Antiochia aufgetaucht, und dadurch gab es jetzt unvorhergesehen eine Hauptzeugin, die aber in die Streitigkeiten nicht verwikkelt war.«

Maria verzog den Mund: »Eine Frau. Und noch dazu mit einem Heiden verheiratet.«

Leonidas mußte auch lachen, sagte aber: »Jawohl. Aber du hast den besten Ruf. Du bist für seine Pläne durchaus geeignet.«

»Ich mag ihn. Aber mit Petrus habe ich manchmal Schwierigkeiten. Er ist so dominant und weiß alles besser. Trotzdem, Leonidas, besitzt er eine Helligkeit und eine Kraft ... die ich wiedererkenne.«

»Ich auch.«

Leonidas gähnte, es war Zeit, zu Bett zu gehen.

»Darf ich bei dir schlafen?«

Er freute sich. Er war zu Hause angekommen. Sie kuschelte sich in seine Arme, er zog die Decke über sie beide. Er schlief sofort ein, sie lag wach und dachte daran, daß sie ihm das Wichtigste vielleicht nicht erzählt hatte. Daß die Erinnerung zurückgekommen war, daß sie in deutlichen Bildern sehen konnte, was sich während der Wanderungen mit Jesus ereignet hatte.

Maria war, wie so oft in dieser Zeit, lange vor Tagesanbruch aufgewacht und mit Jesus dem Jordan zugewandert. Der Sommer in der kargen Landschaft war heiß, Staub wirbelte auf, und der Weg unter ihren Füßen war steinig und hart. Trotzdem fiel das Gehen leicht.

Alle Jünger mit Ausnahme von Simon und Andreas folgten ihnen. Als sie sich kurz umdrehte, wunderte sie sich, daß die beiden fehlten. Warum? Sie konnte es sich nicht erklären.

Die Gruppe mußte in den Mittagsstunden im spärlichen Schatten eine Ruhepause einlegen. Aber überall, wo sie Rast hielten, versammelten sich Menschen, tauchten aus dem Nichts auf, standen unversehens vor ihnen, die Hinkenden und die Lahmen, die von Schmerzen gebeugten Alten und die kranken Kinder mit ihren besorgten Müttern. Und Jesus handelte wie immer, ging von einem zum anderen, legte jedem die Hand auf und schenkte allen Gesundheit und neuen Mut.

Am Fluß mußten sie lange auf den Fährmann mit seinem Boot warten. Maria, die von Staub und Schweiß ganz klebrig war, schlug vor: »Wir schwimmen.«

Die Begleiter Jesu schüttelten die Köpfe, aber Maria, die in Tiberias schwimmen gelernt hatte, sah Jesus erwartungsvoll an und sagte: »Komm.«

Er lachte und folgte ihr hinunter zum Fluß. Sie schwammen trotz der Strömung mühelos wie im Tanz. Naß und erfrischt erreichten sie das andere Ufer, wo die Erde samten von grünen Kräutern war und wo hohe Zypressen wuchsen. Sie setzten sich eine Weile in die Sonne und ließen ihre Kleider trocknen, ehe sie den Schatten unter den Bäumen aufsuchten.

Sie hatten nur selten Gelegenheit, allein zu sein.

Nicht lange, und das überlastete Fährboot kam. An Bord wimmelte es von Menschen, die Jesus sehen und hören wollten. Maria fragte sich wie schon so oft: Wie verbreitet sich die Nachricht, wie erfahren es die Menschen, wie können sie uns immerzu einholen?

»Mit Gottes Hilfe«, sagte Jesus, und Maria nickte. Aber sie sah, daß er müde war.

In der Synagoge von Betsaida sprach er, und sie hörte ihn sagen, daß der Mensch sich keine Sorge um den nächsten Tag machen solle: »Seht die Lilien auf dem Feld ...« Und Maria dachte, das ist der Kern seiner Botschaft: Vertrauen haben. Und sie erinnerte sich an die erste Begegnung mit ihm und an das, was sie erlebt hatte, als sie allein am Bach saß. Einen Zustand von größter Selbstverständlichkeit, und doch so schwer zu begreifen.

Sie schliefen in einem freundlichen Haus auf bequemen Kissen. Am Morgen bat Maria, mit dem Boot zurück über den See fahren zu dürfen, und Jesus nickte, er fühlte seine Müdigkeit. Es war ein windstiller Tag. Die Jünger saßen schweigend im Boot, das von Ruderschlägen langsam vorwärts getrieben wurde. Auf Kafarnaum zu, wo neue Menschenmengen warteten. Am Ufer stand Simon, Maria stieg rasch aus dem Boot und sagte: »Simon, kannst du die Leute wegschicken? Jesus braucht Ruhe.«

Er nickte: »Betretet das Haus von der Rückseite.«

In dieser Nacht schlief Jesus zehn Stunden.

Warum erinnerte sie sich gerade an diese Wanderung? Sie war nicht besonders lang oder anstrengend gewesen, nicht zu vergleichen mit den späteren weiten Wegen nach Lydda an der Küste oder über Jericho nach Jerusalem. War es, weil sie sich da zum ersten Mal Sorgen um Jesus gemacht hatte? Er hatte geklagt, und das sah ihm nicht ähnlich: »Die Füchse haben ihre Höhlen und die Vögel ihre Nester, der Menschensohn aber hat keinen Ort, wo er sein Haupt hinlegen kann.«

Doch es gab noch einen weiteren Grund, warum sie sich so genau an die Reise nach Betsaida erinnerte. Als Jesus nach langem Schlaf erwachte, sah er Maria lächelnd an und sagte: »Heute erwartet dich eine große Freude. Ein Mann, den du liebst, ist auf dem Weg hierher.«

Sie dachte lange nach, schüttelte dann den Kopf und sagte schließlich: »Ich habe, bevor ich dir begegnet bin, nur einen einzigen Mann geliebt. Und der ist seit vielen Jahren tot.«

Jesus gab keine Antwort, aber das warme Lächeln blieb auf seinem Gesicht.

Als sie beim Morgenmahl saßen, kam Simon und berichtete, daß eine ganze Schar von Schriftgelehrten zu Besuch nach Kafarnaum gekommen sei. Seiner Meinung nach hatte Herodes Agrippa sie gesandt, um zu spionieren.

Jesus lachte.

Im Hof standen Männer mit einer Bahre, auf der ein gelähmter Mann lag. Jesus trat sofort zu dem Lahmen hin und sprach ihm Mut zu. »Deine Sünden sind dir vergeben«, sagte er.

Die Schriftgelehrten, die darauf warteten, den galiläischen Propheten kennenzulernen, verzogen entsetzt die Gesichter und dachten bei sich: Er lästert Gott.

Und Jesus fragte sie, warum sie in ihrem Herzen böse Gedanken hegten.

Unter den versammelten Menschen entstand ein langes Schweigen. Doch dann ertönte die Stimme Jesu: »Um euch zu zeigen, daß der Menschensohn hier auf Erden die Macht hat, Sünden zu vergeben ...«, und an den Lahmen gewandt: »Steh auf, nimm dein Bett und gehe nach Hause.«

Der Mann stand auf und ging, und die Menschen priesen Gott. Nur die Schriftgelehrten schwiegen. Sie verstummten, als wagten sie es nicht, ihren Augen zu trauen.

Danach ging Jesus am See entlang, und die Menschen scharten sich um ihn. Es waren jetzt nicht nur Galiläer aus Kafarnaum, viele stammten aus Judäa, Idumäa und vom anderen Ufer des Jordan, ja, sogar aus Thyros und Sidon kamen die Menschen zu ihm. In der riesigen Menge befanden sich auch Heiden, Syrer, Griechen.

Jesus wurde so bedrängt, daß er in ein Boot stieg und vom See aus zu den Wartenden sprach. Seine Stimme war nie schrill, er sprach nicht überlaut. Nein, seine Stimme war hell und weithin hörbar.

Um die Mittagszeit löste sich die Menge endlich auf. Jesus wollte mit seinen Jüngern hinauf in die Berge gehen. Zu Maria sagte er: »Bleibe du hier.«

Als er ihre Enttäuschung sah, fragte er lachend: »Hast du schon vergessen, was ich dir heute morgen gesagt habe? Bleibe und warte.«

Während Jesus und seine Jünger einen Umweg um das Haus machten, ging Maria in ihr Zimmer, um ein wenig zu ruhen. An der Tür hörte sie eine Stimme, die ihr bekannt vorkam, weit weg, wie aus einem Traum in fernen Kinderjahren.

»Maria.«

Vor ihr stand ein stattlicher Grieche, aber ihre Augen verweigerten den Dienst. Salome, die neben Maria stand und sah, wie blaß sie war, legte den Arm um sie. Aber der Mann sagte: »Du hast die schlechte Angewohnheit, ohnmächtig zu werden, wenn du mich siehst.«

Es waren die Stimme und das Lachen, die sie in die Wirklichkeit zurückholten, aber sie hielt sich an Salome fest, als sie flüsterte: »Du bist seit acht Jahren tot.«

»Ich wurde nicht getötet, ich wurde gefangengenommen. Können wir uns nicht setzen, ehe wir weitersprechen.«

Maria sah Salome an und wußte, daß sie ihr eine Erklärung schuldig war: »Salome, das ist mein Ziehvater Leonidas. Er ist im weit entfernten Partherreich gestorben, und ich habe viele Jahre um ihn getrauert.«

»Ich verstehe«, sagte Salome. »Ich schlage vor, daß ihr zu der Klippe am Ufer geht, wo ihr allein sein könnt.«

Als sie sich zurückzog, konnten die beiden hören, wie sie den anderen Frauen zurief, daß Maria Magdalenas Ziehvater zu ihr zurückgekehrt sei.

Marias Knie zitterten, es waren keine leichten Schritte hinunter zum Genezarethsee, aber sie kamen voran.

»Ich bin auch erschüttert«, sagte Leonidas. »Ich sah den lahmen Mann weggehen und hörte die Worte, die Jesus zu den Schriftgelehrten sprach. Und auch das, was er vom Boot aus verkündete.«

»Mir ist das alles so selbstverständlich, daß ich gar nicht mehr staunen kann«, erwiderte Maria. »Am bemerkenswertesten sind immer noch seine Worte. Nie hat ein Mensch bisher so gesprochen.«

Nach einigem Schweigen sagte sie: »Nein, das Bemerkenswerteste ist er selbst, ist die Begegnung mit ihm.«

Leonidas berichtete kurz von seiner Gefangenschaft bei den Beduinen und von dem Lösegeld, das seine Schwester hatte bezahlen müssen, um ihn freizukaufen. Die Erklärung war einleuchtend, Maria verstand, sagte aber: »Es ist trotzdem ein Wunder, Leonidas.«

»Ja.«

Sie wurden von Salome unterbrochen, die Wein, Wasser, Brot und Käse brachte. Leonidas bedankte sich, sie aßen schweigend. Schon bald hörten sie Jesus und seine Jünger zurückkommen, Leonidas erhob sich, fuhr sich mit den Fingern durchs Haar und klopfte sich die Brotkrümel vom Gewand. »Wir müssen sie begrüßen gehen.«

»Nein«, sagte Maria. »Er kommt hierher. Ich glaube, er will allein mit dir sprechen.«

Sie hatte recht. Schon bald stand Jesus vor ihnen, lachte Maria an und sagte: »Du Kleingläubige.«

Vom oberen Rand der Uferböschung aus konnten die erstaunten Jünger sehen, wie Jesus den großgewachsenen Heiden umarmte und auf beide Wangen küsste.

»Deine Treue wird ihren Lohn im Himmel finden«, sagte er.

»Daran ist nichts Besonderes«, antwortete Leonidas. »Ich habe dieses Kind vom ersten Augenblick unseres Zusammentreffens an geliebt.« Dann schwieg er, verwirrt von der Erkenntnis, daß der andere schon alles von ihm wußte, jeden Gedanken spürte und alles kannte, was er durchgemacht hatte.

Leonidas war von Frieden und großem Glück erfüllt. Zum ersten Mal hatte er erfahren, welche Befreiung es bedeutete, ganz durchschaut zu sein.

Am selben Nachmittag gingen Jesus und seine Jünger durch die Stadt.

Sie machten vor dem Zollhaus halt.

»Wie durch Zufall«, sagte Simon, als er Maria später davon erzählte. Sie aber wußte zu diesem Zeitpunkt schon, daß es Zufälle gar nicht gab.

Vor dem Haus saß der Steuereintreiber Levi, der auch Matthäus genannt wurde.

Und Jesus sagte zu dem Steuereintreiber: »Folge mir.«

Nicht lange danach lud Levi den Meister und seine Jünger in sein Haus ein, um sie zu bewirten, und es lagen viele Zöllner und andere Sünder mit Jesus zu Tische. Natürlich stieß das auf heftigen Widerspruch.

Maria hatte Levi vom ersten Augenblick an gern. Er war ein kleiner Mann von sehr sanfter Wesensart, sein Gesicht war knochig, sein Blick aber voll Wärme und Klugheit. Sie spürten unmittelbar gegenseitige Sympathie. Sie und er, zwei Sünder.

Leonidas hatte sich aus dem großen Gefolge zurückgezogen. Aber er stand ganz vorne, als Jesus gegen Abend am Berghang oberhalb von Kafarnaum sprach. Er betete: »Ich preise dich, Vater des Himmels und der Erde, weil du all das den Weisen und Klugen verborgen, den Unmündigen aber offenbart hast.«

Es war eine Herausforderung, Leonidas beobachtete die Schriftgelehrten, die sich in einer großen Gruppe um Jesus versammelt hatten, von der Seite. Ihre Gesichter waren verschlossen, wenn sie doch eine Spur von Gefühl zeigten, war es Erstaunen.

Die einfachen Worte waren leicht zu verstehen: »Kommt alle zu mir, die ihr euch plagt und schwere Lasten zu tragen habt. Ich werde euch Ruhe verschaffen ... Mein Joch drückt nicht, und meine Last ist leicht.«

Aber es gab auch Sätze, die über Leonidas' Verstand hinausgingen: »Niemand füllt neuen Wein in alte Schläuche. Sonst zerreißt der Wein die Schläuche und der Wein ist verloren. Neuer Wein gehört in neue Schläuche.«

Leonidas hatte in dieser Nacht Schwierigkeiten mit dem Schlaf. Nicht, weil er zusammen mit anderen Männern in einem Zelt schlief – an derlei war er gewöhnt. Nein. Es waren die vielen Ereignisse dieses Tages, die ihn wach hielten.

Der nächste Tag brachte noch ein weiteres überwältigendes Ereignis.

Nur für jeweils kurze Augenblicke hatte Leonidas Gelegenheit, mit Maria zu sprechen. Er war voller Fragen, sie strich ihm tröstend übers Gesicht und sagte: »Frage nicht. Es gibt keine Antworten, die wir in Worte kleiden könnten.«

»Nur eins, Maria. Was hat Jesus gemeint, als er sagte, der Lohn für meine Treue sei groß im Himmel?«

»Er sagt immer wieder, daß wir das Himmelreich in uns tragen.«

Als Leonidas nach zehn Tagen aufbrechen mußte, um nach Antiochia zurückzukehren, war er ein neuer Mensch ohne Bitterkeit und auf wunderbare Weise von Widersprüchen frei. »Ich komme wieder zurück.«

Maria lächelte, Jesus sagte: »Natürlich kommst du zurück.«

Er ritt nach Caesarea und fand ein Schiff, das nach Seleukia unterwegs war. Auch in dieser Nacht hatte er Schlafschwierigkeiten, er stand an Deck, schaute aufs Meer hinaus und hinauf in die Sterne. Da, plötzlich, verstand er, was Jesus mit der Rede vom jungen Wein gemeint hatte, der in neue Schläuche gefüllt werden mußte.

Schon um die vierte Stunde, also früher als vereinbart, klopfte Paulus am Sonntag an Marias Tor. Er entschuldigte sich, weil er so früh störte, und sagte, er sei gekommen, um seine Teilnahme an der nachmittäglichen Besprechung abzusagen. Einer seiner engsten Mitarbeiter sei soeben aus Zypern eingetroffen. Er hieß Barnabas und war ein kluger und einsatzbereiter Mann. »Er soll uns helfen, die Christengemeinde von Antiochia zu organisieren. Gerade jetzt liest er die Aufzeichnungen durch, die Markus bei unseren Gesprächen mit dir niedergeschrieben hat.«

»Wollen sich hier viele Menschen taufen lassen?«

»Ja, Antiochia hat schon jetzt die größte Gemeinde außerhalb Jerusalems«, antwortete Paulus und lächelte dabei ein so seltenes Mal.

Dann wollte er noch eine Frage vorbringen, mit der er sich seit dem letzten Treffen herumquälte.

»Es ist ein wenig persönlich«, sagte er.

Maria wunderte sich, zeigte es aber nicht, bat ihn in die Pergola und ging erfrischende Getränke holen.

Es war ein heißer Tag.

»Ich hatte ein schwieriges und widerspruchsvolles Verhältnis zu meinem Vater«, begann Paulus. »Jetzt sagst du, Jesus habe uns aufgefordert, uns gegen unsere Eltern aufzulehnen.«

»Nicht uns aufzulehnen, sondern uns von ihnen freizumachen.«

»Ist das nicht dasselbe?«

Maria hörte die Verbitterung heraus und sagte schließlich: »Ich weiß nicht, ob freimachen unbedingt einen Bruch und damit verbundene Verzweiflung bedeuten muß. Aber ich bin vermutlich nicht die richtige Person, um zu verstehen, wie schwierig das sein kann.«

Sie ließ ihren Blick ins Nichts schweifen, als versuche sie, entfliehende Erinnerungen einzufangen. Dann sagte sie: »Ich habe mich immer nach meiner Mutter gesehnt. Aber sie war tot. Also wurde meine Sehnsucht zu einem Traum, in dem sie eine starke und vollkommene Frau war. Nichts Böses hätte mir geschehen können, wäre sie noch am Leben gewesen.«

Sie lächelte ein wenig, als sie fortfuhr: »Es dauerte lange, bis ich erkannte, daß fast alle Menschen diesen Traum haben. Auch Menschen mit aufgeschlossenen Eltern haben kindliche Phantasien von Vater oder Mutter, die immer allmächtig sind. Wie Gott selbst. Wenn Jesus uns ermahnte, uns frei zu machen, um wachsen zu können, dachte ich immer wieder, daß es mir vielleicht sogar nützlich gewesen ist, als Waise aufzuwachsen.«

Paulus wirkte fast eingeschüchtert als er sagte: »Aber jene, die ausbrechen, müssen einen hohen Preis bezahlen.«

»Schuldgefühle?«

»Ja.«

»Ich glaube, Jesus hat gemeint, daß wir uns von der Schuld nicht lähmen lassen dürfen, sondern daß wir uns mit ihr aussöhnen, uns selbst und damit unseren Mitmenschen vergeben sollen.«

Plötzlich ereiferte sich Maria: »Du kennst die Seligpreisungen aus der Bergpredigt. ›Selig sind die Armen im Geiste, denn ihnen gehört das Himmelreich.‹ Diese Aussage habe ich so verstanden, daß jeder, der seine Schuld erkennt, sich dem Himmelreich öffnen kann.« Sie blickte Paulus in die Augen, aus denen Zweifel sprach.

»Ich brauche Zeit, um das zu überdenken, was du gesagt hast«, meinte er und verabschiedete sich. Morgen würden sie zu einem weiteren Gespräch herkommen, und er wollte Barnabas gern mitbringen.

Maria begleitete ihn bis zum Tor. Bevor sie sich trennten, sagte Paulus: »Das, was du lehrst, ist schwer zu begreifen. Eine solche Lehre können wir nicht unter die Leute bringen.«

Maria meinte lächelnd: »Das verstehe sogar ich.«

Sie sah der gebeugten Gestalt eine Weile nach, wie sie die Straße hinunter verschwand. Und sie dachte wie bei ihrer ersten Begegnung, daß Paulus wohl an einer quälenden Krankheit litt.

Maria machte einen Umweg durch den Garten, bevor sie in ihr Haus zurückkehrte. Auf den oberen Terrassen sah sie Terentius mit der großen Gießkanne von Beet zu Beet gehen.

Das war gut, sie winkte ihm dankbar zu, er aber tat, als bemerkte er es nicht. Und seufzend dachte sie wie so oft, daß sie das richtige Verhalten gegenüber einem Diener nie lernen werde.

Schließlich ging sie in ihr Schreibzimmer, um einige Notizen von dem Gespräch mit Paulus zu machen. Aber dort in dem schattigen Raum kamen ihr Bilder von der ersten Begegnung mit Jesu Mutter.

Morgendämmerung in Kafarnaum. Leichte Nebel stiegen aus dem See auf und tauchten Häuser und Hafen in ein mildes graues Licht. Trotz der frühen Stunde sammelten sich schon Menschenscharen.

Jesus schlief noch, auf leisen Sohlen ging Maria in die Küche hinunter, um sein Frühstück zu bereiten. Sie hörte erwartungsvolles Murmeln im Hof. Bald würde das Volk beginnen nach ihm zu rufen. Aber sie hatte im Lauf der Zeit gelernt, entschlossen dagegen aufzutreten. Auch dem Meister gegenüber.

Als sie mit dem Essen zu ihm hinauf kam, wusch er sich gerade.

Er sagte: »Es wird ein langer Tag.«

»Ja. Und du gehst erst zu ihnen hinaus, wenn du die Eier, das Brot und den Käse gegessen hast.«

Er lächelte sie an: »Bekomme ich nichts zu trinken?«

»O doch. Salome hat Aprikosensaft zubereitet.«

Aber er aß nicht alles auf, sein Appetit war zu dieser Zeit schlecht. Maria redete ihm gut zu, und er trank wenigstens den Saft gehorsam aus.

Als sie seine Kleider am Brunnen wusch, hörte sie ihn zum Volk sprechen. Sie entdeckte einen Riß in seinem Gewand und wollte gerade zu Susanna gehen, die unter den Frauen am behendesten mit der Nadel umgehen konnte, als sie Rufe hörte: »Deine Mutter und deine Brüder sind hier und suchen dich.«

Und sie hörte ihn antworten: »Wer ist meine Mutter und wer sind meine Brüder? ... Jeder, der den Willen Gottes tut, ist mein Bruder und meine Schwester und meine Mutter.«

Maria Magdalenas Blut erstarrte, das waren schreckliche Worte.

Sie ging mit dem zerrissenen Mantel im Arm hinüber zu den

Frauen und suchte Susanna mit den Augen. Die Frauen, die die schrecklichen Worte auch gehört hatten, saßen wie versteinert da. Maria, die Frau von Klopas, ging Maria von Nazareth suchen, sie waren verwandt, und jeder konnte sich wohl denken, wie Jesu Mutter empfand. Magdalena zeigte Susanna den Riß, und die nahm den Mantel schnell an sich, froh, etwas zu tun zu bekommen.

Es dauerte ziemlich lange, bis Klopas' Frau Maria von Nazareth am Rand der großen Menschenmenge fand. Sie war schwer zum Bleiben zu überreden, hatte sich schon entschlossen, wieder nach Hause zurückzukehren.

»Du mußt nach der Nachtwanderung über die Berge doch müde und hungrig sein. Geh jetzt mit mir, du kannst dich bei uns ausruhen und etwas essen.«

Maria von Nazareth ließ sich überreden, ging mit den Frauen ans Ufer hinunter, wusch sich Füße und Gesicht und bürstete sich das lockige, graubraune Haar. Es geschah eher aus Gewohnheit, sie war keine Frau, die ihrem Aussehen besonderes Interesse widmete. Trotzdem war sie schön, nicht so, wie man es gern von älteren Frauen sagte, daß man die Spuren entschwundener Schönheit erkennen könne. Nein, sie war jetzt schöner denn je, dachte Maria Magdalena.

Maria von Nazareth ließ die Augen von einer Frau zur nächsten schweifen, so als suche sie jemanden. Ihr Blick verweilte bei Maria Magdalena, der auffiel, daß Mutter und Sohn einander sehr ähnlich waren, dieselben durchsichtig grauen Augen und die gleiche Körperhaltung.

»Bist du die Hure, mit der mein Sohn in Sünde lebt?«

»Ja. Aber ich bin keine Hure.«

Trotz ihrer Müdigkeit konnte Maria von Nazareth das Unbehagen der Frauen spüren, die sich jetzt um Magdalena scharten.

Sie besann sich und sagte: »Ich möchte gern allein mit dir sprechen.«

»Wir haben im Obergeschoß des Hauses ein Zimmer. Du bist, wenn du dich gesättigt hast, dort willkommen.«

Maria Magdalena hatte Herzklopfen, ging aber mit ruhigen Schritten zum Brunnen, um die dort gewaschenen Kleider zum Trocknen aufzuhängen. Dann ging sie ebenso gelassen in das Zimmer hinauf, räumte das Geschirr weg und rollte die Schlafmatte auf dem Fußboden zusammen. Einer plötzlichen Eingebung folgend nahm sie das Kopftuch ab und kämmte ihr herausfordernd blondes Haar. Als sie die Schritte der anderen Frau auf der Treppe hörte, dachte sie an Jesu Worte: Liebe deine Feinde, halte auch die andere Wange hin.

Jetzt, dachte sie. Jetzt kann ich ausprobieren, ob das, was er lehrt, bei mir seine Wirkung getan hat.

Sie war wütend, von glühendem Zorn erfüllt.

Maria legte Sitzkissen auf den Fußboden und bat die andere Frau, sich zu setzen. Sie saßen einander gegenüber, und Magdalenas Blick wich nicht vom Gesicht ihres Gegenübers.

»Ich weiß einiges von dir. Du warst die Konkubine des römischen Tribunen in Tiberias, bevor du meinen Sohn kennengelernt und verführt hast. Willst du das etwa abstreiten?«

Maria Magdalena war mit einemmal ganz ruhig, fast kalt. Sie überlegte sich ihre Worte genau, bevor sie begann. »Der Tribun war über achtzig Jahre alt, und seine eine Körperhälfte war gelähmt. Er hatte gehört, daß ich klassisches Latein spreche. Und so saß ich täglich an seinem Bett und las ihm die langen Gedichte aus der Aeneis vor. Ich wusch ihm die Stirn und wechselte seine Kissen. Und hielt seine Hand, wenn die Schmerzen unerträglich wurden. Dann verbreiteten sich sehr zur Verzweiflung meiner Stiefmutter bösartige Gerüchte in der Stadt.«

Maria von Nazareth hatte eine höhnische Antwort auf der Zunge, verbiß sie sich aber. Etwas in den Augen der jungen Frau ließ klar und deutlich erkennen, daß sie die Wahrheit sprach. Trotzdem mußte sie sagen: »Aber du hast einem Heiden und noch dazu einem Feind geholfen.«

»Ich habe einem alten Menschen, der es schwer hatte, Trost gespendet.«

»Du meinst, du hast es aus Barmherzigkeit getan?«

Die Stimme troff vor Hohn, aber Magdalena fuhr in aller Ruhe fort: »So einfach war das nicht. Du weißt selbst, daß fast niemand hier im Land es wagt, nein zu einem römischen Offizier zu sagen. Anfangs hatte ich Angst, aber nach einiger Zeit empfand ich nur noch … Mitleid.«

Schweigen lag zwischen ihnen. Nach einer Weile ergriff Maria Magdalena wieder das Wort: »Wenn du behauptest, daß ich deinen Sohn verführt habe, wird mir bewußt, daß du ihn schlecht kennst. Jesus läßt sich nicht verführen, überreden oder hinters Licht führen. Das eine so wenig wie das andere.«

Maria von Nazareth verbarg das Gesicht in den Falten ihres Mantels und Magdalena erkannte, daß sie Tränen schluckte.

Schließlich sagte sie: »Du hast recht, ich habe ihn nie gekannt, nicht einmal als er ein Kind war. Es war immer wieder erschreckend unbegreiflich, daß ich mein eigenes Kind nicht verstand.«

Maria Magdalena schwieg, ließ die Zeit verrinnen. Und überraschend sagte die andere: »Verstehst du ihn?«

»Nein. Das kann niemand. Er ist zu groß für uns. Und ich respektiere das.«

»So zu denken fällt einem als Mutter schwer.«

»Das verstehe ich.«

»Kinder sind doch ein Teil ihrer Mutter, ihres Körpers, ihrer Träume und … ihres Denkens. Aber ich habe einen Fremden geboren.«

Magdalena neigte sich vor, nahm die Hände der Mutter in ihre und sagte unerwartet feierlich: »Du wurdest in ein bedeutungsvolles Schicksal hineingeboren, Maria von Nazareth. Du mußt eine Auserwählte sein.«

Marias Gesicht veränderte sich, ihr Blick suchte sich weit zurück durch die Zeit. Sie erinnert sich, dachte Magdalena. Aber Marias Augen schlossen sich, sie würde nichts erzählen. Sie sagte nur: »Ich war fünfzehn Jahre alt.«

Jetzt hörten sie Jesus draußen im Hof still werden. Magdalena sagte: »Komm! Komm mit und sieh dir an, was er für die Kranken und Elenden tut.«

Sie standen beide ganz nahe bei Jesus, als er einen Blinden sehend machte, einen Lahmen gehend, und wie er eine hautkranke Frau heilte. Maria von Nazareth sah es geschehen, sie war weiß im Gesicht, ihre Lippen waren fest geschlossen. Wie um einen Schrei zurückzuhalten, dachte Maria Magdalena.

Der Tag wurde heiß, er näherte sich der sechsten Stunde, als die Menge sich endlich verlief. Seine beiden Brüder, erschüttert von dem Erlebten, lösten sich aus der Schar.

Doch Jesus ging zuerst, um seine Mutter zu begrüßen.

»Ich sehe, daß ihr Freunde geworden seid«, sagte er zu den beiden Frauen. Und seine Mutter erwiderte: »Wir verstehen einander jetzt. Und ich habe viel gelernt.«

Die Mutter, ihre Söhne und Maria Magdalena nahmen gemeinsam eine leichte Mahlzeit zu sich. Sie sprachen bei Tisch nur wenig, als wären sie alle in eigene Gedanken über das, was am Vormittag geschehen war, versunken. Schließlich brach Maria Magdalena mit den Worten auf: »Die Sonne steht schon hoch am Himmel, es ist für uns alle an der Zeit, zur Mittagsruhe zu gehen.«

Die Mutter wandte den Blick ihrem ältesten Sohn zu und sah, was Magdalena gesehen hatte: daß er müde war.

Am Nachmittag fand noch ein Gespräch statt, und diesmal waren Maria, die Frau von Klopas, Salome und Johanna, die Frau des Verwalters Kusa, mit dabei.

Maria von Nazareth erzählte, daß in ihrer Heimatstadt immer üblere Gerüchte über Jesus aufkämen. Eines Tages habe der alte Rabbiner des Ortes sie aufgesucht. Sie hatten sich in die Werkstatt gesetzt und die Söhne ihre Arbeit unterbrochen, um zuzuhören.

Jetzt erfuhren sie, daß der Sanhedrin, der jüdische Rat in Jerusalem, Schriftgelehrte nach Galiläa gesandt hatte, um Jesus auf die Probe zu stellen.

Der Rabbiner hatte gesagt, daß dies im persönlichen Auftrag des Königs Herodes Agrippa geschehen sei, der dafür verantwortlich war, jeden Verdacht eines Aufstandes gegen die Römer aufzudecken.

Klopas' Frau rief laut: »Jedes Kind kann doch sehen, daß Jesus kein Aufwiegler ist.«

»Der König hat, wie ihr wißt, Johannes den Täufer hinrichten lassen. Es heißt, daß er zusammen mit meinem Sohn die Aufrührer im Jordan getauft hat. Und daß etliche Jünger des Johannes sich Jesus in Galiläa angeschlossen haben.«

Die Frauen seufzten, sie konnten es bestätigen. Mit den Jüngern des Johannes hatten sie ihre Schwierigkeiten, es waren hartgesottene Männer mit stechendem Blick. Es stimmte auch, daß sich ihnen immer mehr Schriftgelehrte anschlossen und daß es oft zu Streitgesprächen mit Jesus kam.

»Wußte dein Rabbi, was die Abgesandten Agrippa und den Priestern in Jerusalem zu berichten hatten?« Magdalena flüsterte die Frage nur.

Maria von Nazareth schloß die Augen, als wollte sie die Angst in ihrem Blick verbergen. »Ja«, sagte sie. »Sie behaupten, daß mein Sohn verrückt ist, von Dämonen besessen. Daß er seine Wundertaten durch die Kraft des Teufels vollbringt. Daß er den Sohn gegen den Vater aufhetzt, die Tochter gegen ihre Mutter. Daß er gegen das Gesetz verstößt, den Sabbat nicht heiligt und immer von dem neuen Reich spricht, das kommen wird. Sein Sündenregister scheint endlos.«

»Was glaubst du selbst?« fragte Salome.

»Ich weiß es nicht, ich habe immer um seinen Verstand gefürchtet. Aber ich sehe immer wieder, daß das, was er tut, gut ist. Ich bin von zu Hause aufgebrochen und hierher gekommen, um ihn zu warnen. Heute ist mir bewußt geworden, daß ich keinen Einfluß auf ihn habe, ja, nie gehabt habe. Meine Hoffnung ruht auf Magdalena.«

Maria Magdalena nickte, verschwieg aber, daß Jesus längst alles wußte, daß es keinen einzigen Menschen gab, dessen Gedanken und Absichten er nicht kannte. Er ging offenen Auges dem Schicksal entgegen, das ihm bestimmt war.

Salome kam ihr zu Hilfe: »Niemand kann ihn beeinflussen.«

»Ich werde es trotzdem versuchen.«

Jetzt kam Jesus zurück, er war mit einigen seiner Jünger durch die Berge gewandert. Die Frauen gingen das Abendessen vorbereiten, Magdalena trat auf Jesus zu, der sie in die Arme schloß und küßte. »Hast du eine Weile Zeit für mich?«

Es waren ungewöhnliche Worte aus ihrem Mund, er lächelte verwundert und meinte, für sie habe er immer Zeit. Sie gingen zusammen in ihr Zimmer hinauf, und sie erzählte ihm, was seine Mutter gesagt hatte.

Wie erwartet, wunderte ihn nichts. Als er aber die Angst in Magdalenas Augen sah, fragte er: »Was soll ich denn machen? Ich muß den Willen Gottes tun.«

Nach langem Schweigen fügte er hinzu: »Ich habe auch Angst, Maria.«

Maria faßte sofort Zuneigung zu Barnabas. Er hatte etwas Spöttisches im Blick, das sie an Leonidas erinnerte.

Er hat Humor, dachte sie.

Lang und schlaksig war er auch. Sein schönes Gesicht war sehr jüdisch: edel gebogene Nase und braune Augen.

Er stellte sich als Levit vor, war in Zypern geboren und aufgewachsen und hieß eigentlich Josef.

»Dann wurdest du zum Tröster und bekamst den Namen Barnabas«, sagte Maria.

Seine Augen funkelten, als er erwiderte, Barnabas könne auch Ermahner heißen.

Maria lachte, als sie jetzt sagte: »Dann fange an mit deinen Ermahnungen. Du hast ja gelesen, was Markus von dem, was ich gesagt habe, aufgezeichnet hat, und ich nehme an, daß du Einwände hast.«

Er sagte wie Paulus: »Deine Deutungen der Lehre Jesu sind sehr interessant, aber schwer zu verstehen. Die Menschen brauchen einfache Regeln und Zusagen, die jeder verstehen kann.«

»Neue Gesetze, meinst du?«

Maria wurde rot, wie immer, wenn sie erregt war, und ihre Stimme wurde lauter, als sie, jedes Wort betonend, fortfuhr: »Weh euch Gesetzeslehrern! Ihr ladet den Menschen Lasten auf, die sie kaum tragen können … Weh euch Gesetzeslehrern! Ihr habt den Schlüssel zur Tür der Erkenntnis weggenommen. Ihr selbst seid nicht hineingegangen, und die, die hineingehen wollten, habt ihr daran gehindert.«

Auch Barnabas bekam einen roten Kopf, als er schrie: »Was, um Himmels willen, sagst du da?«

»Ich zitiere wortwörtlich, was Jesus einmal zu den Schriftgelehrten gesagt hat. Simon, du warst dabei und kannst es nicht vergessen haben.«

»Ich habe kein so gutes Gedächtnis wie du. Aber im wesentlichen sind es wohl seine Worte. Ich erinnere mich daran, weil ich erschrocken war.«

»Verständlich, daß du erschrocken warst«, meinte Paulus.

Barnabas, der Verkünder, seufzte tief. Nur Rabbi Amasja schien fröhlich: »Ich könnte mir vorstellen, daß ich allein um dieser Worte willen Christ werde«, sagte er.

Lange Zeit herrschte Stille, bis Maria in ruhigerem Ton sagte: »Ich verstehe, daß die neue Lehre Beständigkeit und Struktur haben muß. Aber sie darf nicht eine weitere von diesen bereits vorhandenen Religionen werden, die zur Aufgabe haben, Ordnung unter den Menschen zu schaffen. Ich nehme an, ihr habt alle seine Gleichnisse so aufgezeichnet, wie Simon Petrus und die anderen sie im Gedächtnis haben.« Alle nickten.

»Meiner Meinung nach laufen sie alle auf ein und dieselbe Sache hinaus, daß nämlich der Mensch ein selbständiges Wesen ist und Verantwortung trägt. Und daß es keine Garantie dafür gibt, daß zu Gott eingeht, wer alle Gesetze und Vorschriften befolgt. Sondern, daß es auch umgekehrt sein kann. Denkt an den verlorenen Sohn, an die Arbeiter, die alle gleich viel bezahlt bekamen, obwohl manche nur wenige Stunden gearbeitet hatten, andere aber den ganzen Tag.«

Barnabas beugte sich zu ihr hin und sagte aufgeregt: »Könntest du dir vorstellen, seine Gleichnisse so aufzuschreiben, wie du sie in Erinnerung hast?«

»Ich will es versuchen.«

Sie mischten Wasser in ihren Wein, ehe sie tranken. Es war trotz des Schattens in der Pergola heiß.

Dann sagte Paulus: »Was ist deiner Meinung nach das Wichtigste an seiner Lehre?«

»Versöhnen und vergeben, wie wir gestern schon festgestellt haben. Du mußt bei dir selbst anfangen, mußt dir deine Angst und deine Selbstsucht eingestehen. Geschehenes bereuen und dir selbst verzeihen. Wenn du das kannst, brauchst du anderen die Schuld nicht zuzuschieben.«

»Davon hast du schon früher gesprochen, und ich glaube, du hast recht«, sagte Paulus. »Aber es ist schwierig, fast unmöglich. Wie können wir uns je mit dem Bösen, das wir getan haben, aussöhnen?«

»Mit Gottes Hilfe«, sagte Barnabas.

»Ja. Und indem jeder an sich selbst glaubt und an das Himmelreich, das er in sich trägt«, sagte Maria.

Simon Petrus schüttelte den Kopf.

»Das Himmelreich ist in euch. Er hat es oft gesagt, aber ich habe es nie verstanden.«

Maria neigte sich ihm voll Eifer zu: »Erinnerst du dich daran, als einer von euch, ich glaube es war Andreas, Jesus fragte, wo dieses neue Reich zu finden sei und wann es kommen werde. Und er antwortete, es sei bereits unter uns. Es war doch die Wahrheit, Simon, ich habe so oft daran gedacht, an die Liebe, die zwischen uns, die wir ihm folgten, war.«

Das Gespräch wurde durch Leonidas unterbrochen, der von seiner Arbeit im Handelshaus heimkam. »Störe ich?«

»Nein, keineswegs«, sagte Paulus. »Im Gegenteil. Vielleicht kannst du uns sogar helfen, Begriffe zu klären.«

Leonidas begrüßte Barnabas, der das Besprochene kurz zusammenfaßte: »Wie Maria darüber denkt, wirst du wohl wissen. Aber man kann eine Kirche sicher nicht ohne eindeutige Regeln und unumstößliche Gebote aufbauen.«

Leonidas schüttelte den Kopf. »Das ist schwierig«, meinte er. »Ich bin Jesus ja in verschiedenen Perioden gefolgt und habe allem, was er zu sagen hatte, mit meinem ganzen Wesen gelauscht.

Es war erstaunlich, es stellte die ganze bisherige Welt auf den Kopf. Auf meinen Heimreisen zurück nach Antiochia versuchte ich, ihn auf die Erde zurückzuholen. Ich erinnere mich, daß ich dachte, es sei seine Autorität, die mein klares griechisches Denken verdunkelte.«

Lachend fuhr er fort: »Das ist natürlich nicht gelungen. Seine Worte schlugen Wurzeln in mir, wuchsen wie der Senfbaum, von dem er sprach. Es war ein langer Prozeß. Ich glaube nicht, daß man sich die Aussagen Jesu durch Unterweisung aneignen kann.«

»Was also sollen wir tun?« fragte Barnabas, und sein spöttischer Blick war von einem ironischen Lächeln begleitet.

»Ihr werdet eben tun, was ihr tun müßt«, sagte Leonidas ebenfalls lächelnd.

Er dachte eine Weile nach und fuhr dann fort: »Ihr habt eine fast unmögliche Aufgabe übernommen. Mit uns Menschen verhält es sich doch so, daß wir uns ohne Modell, ohne vorgegebenes Muster nichts vorstellen können. Wir verfallen unweigerlich wieder in die alten Vorstellungen und fühlen uns erleichtert, weil wir glauben begriffen zu haben.«

»Meinst du, man kann auch über Althergebrachtes in neuer Weise denken?« fragte Barnabas.

»Jesus hat es getan. Er hat die Welt erneuert, und daher war er in den Augen der Allgemeinheit ein Umstürzler. Ich kann das Entsetzen der Priesterschaft von Jerusalem verstehen. Jesus war für die jüdische Religionsgemeinschaft gefährlich. Das Gleichgewicht zwischen dem Sanhedrin und den Römern war gestört, und das konnte man so nicht auf sich beruhen lassen.«

Die jüdischen Männer am Tisch der Pergola hielten den Atem an, aber Leonidas sprach unverdrossen weiter.

»Dann wäre da noch der Zeitgeist, der für uns alle ein schwerwiegendes Erbe ist. Ihr Juden mit all euren Gesetzen, wir Griechen mit unserm naiven Glauben an Logik und Vernunft. Und nicht zuletzt die Römer, die im blinden Vertrauen auf römische Ordnung und Disziplin leben.«

Er dachte eine Weile nach, bevor er sagte: »In dieser Welt von Regeln, Vernunft und Disziplin nimmt die Sehnsucht nach Wundern zu. Es ist nur natürlich, daß immer mehr Menschen sich zu den Mysterien der östlichen Religionen hingezogen fühlen.«

Sie saßen schweigend beisammen, bis Leonidas schließlich die Arme in einer hilflosen Geste hob: »Manchmal habe ich gedacht, Jesus ist zu früh in die Welt gekommen, weil sie noch lange nicht reif ist, ihn zu verstehen. Die Götter, die wir verehren, haben sich zurückgezogen, sind erkaltet. Aber Jesus wohnt in jedem Herzen, er ist, obwohl meist unerkannt, in unserem Leben vorhanden.«

Da huschte Paulus ein so seltenes Lächeln übers Gesicht: »Jetzt hast du vergessen, was du selbst vom Senfbaum gesagt hast.«

Wie immer brachte Maria ihre Gäste durch den Garten zum Tor. Unter dem großen Feigenbaum blieb Paulus einen Augenblick stehen und sagte zu ihr: »Die Worte, die er über seine Mutter und seine Brüder gesagt hat, müssen auch dich verletzt haben, wo du doch seine … Auserwählte warst.«

»Ja, es tat weh. Lange Zeit. Erst als der Regen kam, lernte ich verstehen und achten, daß Er keine ›Auserwählten‹ haben konnte.«

Maria schlief in dieser Nacht tief, die ersehnte Abkühlung war in Antiochia endlich spürbar. Aber wie gewöhnlich erwachte sie vor dem Morgengrauen und öffnete sich ihren Erinnerungen.

Der Herbst senkte sich auf Kafarnaum herab und schon bald wusch der Winterregen die Häuser sauber und peitschte die Wasser des Sees Genezareth.

Leonidas war gekommen und führte lange Gespräche mit Maria. Und auch mit Simon Petrus, der wegen der Drohung gegen den Meister, wegen dessen düsteren Worten über bevorstehende Leiden und seiner sichtlichen Erschöpfung beunruhigt war.

Leonidas hatte einen Freund, der unweit Betsaida ein Haus am Fluß besaß. Der Mann war Syrer und tat noch immer Dienst bei der römischen Kohorte in Caesarea. Leonidas schickte einen Boten zu ihm und erhielt die Erlaubnis, dieses Haus zu nutzen.

So kam es, daß Jesus und Maria einige Zeit allein miteinander verbringen konnten.

Sie schliefen viel und lachten viel in dem römischen Bett, in dem die schwellenden Kissen das Einanderfinden nicht gerade erleichterten.

Maria erzählte von ihren Träumen. »Ich träume oft vom Meer«, sagte sie. »Ich stehe am Strand, blicke über das weite Wasser hin und fühle mich gereinigt.«

»Das ist wie in der Wüste«, sagte Jesus. »Auch dort kommt der Mensch zu sich selbst.«

Er lächelte sie an, und sie wußte, daß die Stille in dem einsam gelegenen Haus eine Wohltat für ihn war.

Es regnete. Das Wasser trieb in Schauern über Haus und Garten hin, trommelte aufs Dach. Manchmal gab es eine Unterbrechung, eine blasse Sonne ließ den regenschweren Garten glitzern. Jesus saß an der offenen Tür, sah die durstige Erde trinken und den Regenbogen eine Brücke über den Himmel spannen.

Und dann kam die Nacht, in der Maria von einem ersten Alptraum heimgesucht wurde, sie sah Ihn verlassen, mißhandelt und gedemütigt an den Stamm eines hohen Baumes genagelt. Sie erwachte, in kalten Schweiß gebadet, in unerträglicher Angst.

Er schlief, Gott sei Dank.

Doch in der nächsten Nacht schrie sie im Schlaf laut auf, Er erwachte, nahm sie in die Arme und sagte: »Erzähle, was du siehst.«

»Dunkelheit, eine eigenartige Düsternis über einer großen Stadt. Sie wird von einem Erdbeben erschüttert. Du ... du hast endlich, befreit von Quälgeistern und Folter, sterben dürfen.«

Behutsam weckte er sie bei strahlendem Morgenlicht in dem von Ruhe erfüllten Haus.

Weinend erzählte sie von den Träumen, von den Demütigungen, seinen unerträglichen Leiden und seiner Verzweiflung.

Er muß mich trösten, er muß mir sagen, daß Träume keine Bedeutung haben, dachte sie.

Er aber sagte: »Deine Träume wissen schon mehr als du.«

Sie schwieg, fror, er legte ihr eine Decke um die Schultern und nahm sie in die Arme. Nach einer Weile sagte er: »Es ist für mich schwer zu verstehen. Warum verdrängen die Menschen ihr wahres Wesen?« Sie konnte kaum sprechen, nur flüstern: »Wie sollten wir es sonst aushalten?«

Etwas später, beim Morgenmahl, sprach er von seiner Mutter, daß ihr Einfluß auf sein Wesen sich für ihn als große Versuchung dargestellt hatte. Einfach, nur allzu einfach wäre es gewesen, ein guter Sohn und, wie vorgesehen, Zimmermann zu werden, sie froh zu machen und von aller Sorge zu befreien. »Die Macht der Mütter über ihre Kinder ist groß«, sagte er.

Es wurde still am Tisch, Maria konnte hören, wie der Regen schließlich nur noch tropfenweise aufs Dach fiel. Und wie die Winde in den nassen Baumkronen rauschten.

Jesus öffnete ein Fenster, lächelte in die Sonne. »Maria, komm und sieh.«

Sie gingen Hand in Hand durch den Garten. Für wenige kurze Augenblicke konnte sie ganz eins mit ihm sein. Aber es war nur ein Hoffnungsschimmer, dann überkam sie die Angst vor der Zukunft wieder.

Erst als sie nach dem Mittagsmahl das Geschirr spülte, verstand sie, warum er von seiner Mutter als der großen Versuchung gesprochen hatte. Es war nicht nur die alles vereinnahmende Mutter, die ihn bedrohte. Sie war auch die Frau, die ihn liebte.

In der nächsten Woche schlief Maria ohne böse Träume.

Als sie es am Morgen erzählte, sagte Jesus lächelnd, es bedürfe der Träume nun nicht mehr. Sie hatte die Botschaft angenommen.

Maria wagte zu fragen: »Was hast du gemeint, als du sagtest, der Mensch verdränge sein eigenes Wesen?«

»Aber das weißt du doch. Das wahre Wesen des Menschen, sein innerster Kern, kommt von Gott. Dort waltet das, was ich die Stimme Gottes nenne.«

»In jedem Menschen?«

»Ja. Aber der Mensch hat sich abgesondert, er hört nicht mehr hin.«

»Er wagt es nicht. Er findet seine Sicherheit in der Überzeugung, daß er das Leben unter Kontrolle hat«, sagte Maria.

»Ich weiß.«

Fast verzweifelt fügte er hinzu: »Maria, ich hätte nie gedacht, daß die Menschen so schlecht sind.«

Von Tag zu Tag wurde es wärmer, die Felder grünten, im jungen Gras öffneten die ersten Anemonen ihre roten Kelche. Es war an der Zeit aufzubrechen.

Die Jünger sammelten sich um Jesus.

Sie machten sich auf den Weg nach Tyros. Vielleicht hatte Marias Sehnsucht nach dem Meer die Entscheidung herbeigeführt. Irgendwo schritt ein Sämann über sein Feld. Mit einem Blick auf Maria sagte Jesus: »Sieh. Wenn das Weizenkorn nicht in den Boden fällt und stirbt, bleibt es allein. Wenn es aber stirbt, bringt es reiche Frucht.«

Sie verstand, aber die Worte trösteten sie nicht. Jesus sah es und sagte: »Auch meine Seele ist voller Unruhe.«

Es trat eine lange Stille ein, ehe er fortfuhr: »Jeder von euch muß sein Kreuz auf sich nehmen und mir nachfolgen.«

In diesem Augenblick erkannte Maria, warum der Traum ihr Jesus an einen Baumstamm genagelt gezeigt hatte. Er hatte den schrecklichsten aller Tode gewählt, die Kreuzigung.

Levi sah Maria an: »Du bist blaß und müde. Laß uns eine Rast einlegen.«

Am Fuß der Böschung floß ein Bach. Salome, die allezeit Barmherzige, gab Maria zu trinken und massierte ihr die Arme. Maria fror und war kreidebleich. Jesus sah sie aus vor Sorge dunklen Augen an.

Das Gerücht, Jesus sei wieder unterwegs, hatte sich verbreitet, überall sammelten sich Menschen um ihn. Wieder kamen die Unglücklichen, die Kranken, die Verzweifelten in Scharen zum Meister. Wie immer ging er sofort auf die Mühseligen zu, enthob sie ihrer Schuld und heilte sie von Krankheit. Maria beobachtete seine Wundertaten, als sähe sie alles zum ersten Mal.

Es ist seine unmittelbare Nähe, die diese Wunder bewirkt, dachte sie.

Er ist für jeden einzelnen Menschen da, erkennt dessen Leiden, weiß um seine Frage: »Warum tut das Leben mir weh?« Im Augenblick, wo er dem Kranken die Hand reicht, begegnen sie einander in uneingeschränkter Gemeinsamkeit.

Hingabe ist wohl das Herzstück der Liebe.

Als die Menge immer größer wurde, begann Jesus zu reden. Die Zuhörenden öffnen sich seinen Worten, die tief in das Wesen der Menschen eindringen, dachte Maria, die endlich verstand, warum Jesus immer Geschichten erzählte. Gottes Wort kann nicht in Formulierungen festgehalten werden, es ist vieldeutig und muß in Bildern seinen Weg finden. Jesus malte manchmal fröhliche, manchmal traurige, doch immer bemerkenswerte Bilder aus. Und jede Darstellung nahm in den Gedanken der Zuhörer die Gestalt an, die dem eigenen Leben entsprach.

Er umgeht den Kopf des Zuhörers und wendet sich direkt an das Herz, dachte Maria. Wir lernen dabei, daß das scheinbar Sinnlose den wahren Sinn ergibt.

Sie übernachteten auf ihren Wanderungen oft in von Anhängern des neuen Propheten zur Verfügung gestellten Häusern. Auf dem Weg nach Tyros erhielten sie in der ersten Nacht in zwei großen Sälen eines Hauses Herberge, das einem von Levis Freunden gehörte.

Die Männer breiteten ihre Schlafmatten in dem größeren Saal aus, die Frauen im kleineren.

Das bedeutete, daß Jesus und Maria Magdalena nicht im selben Raum schlafen konnten. Wie immer – unter diesen Umständen – wachten sie beide früh auf und unternahmen in der Umgebung einen gemeinsamen Spaziergang.

An diesem Morgen sagte Maria: »Mir ist heute nacht viel durch den Kopf gegangen. Könnte es nicht sein, daß der Gott, von dem du sprichst, in unseren Herzen noch nicht geboren ist. Daß du uns allen weit voraus bist ...?«

Jesus schüttelte den Kopf: »Im Kern eines jeden Mannes, einer jeden Frau, in die ich hineinblicke, ist Gott vorhanden. Am offenbarsten bei den Mühseligen und Kranken.«

»Wenn wir aber nicht wissen, wo Gott ist, wird es schwieriger, ihn zu finden.«

»Das ist traurig, Maria. Er wächst in jedem Menschen sehr langsam heran. Und eines Tages ist Er zur Geburt bereit.«

»Die schwer sein wird?«

»Ja, alles Veraltete muß abgeworfen werden.«

Maria setzte sich in ihrem Bett in Antiochia auf und mit einemmal verflüchtigten sich die Erinnerungen. Waren sie damals mit Jesus bis nach Tyros gekommen? Sie wußte es nicht mehr. Hatte sie das Meer gesehen? Sie erinnerte sich nicht.

Alle Bilder von dieser Wanderung waren in der tiefen Verzweiflung, die ihren Sinn verdüstert hatte, untergegangen.

Als Maria ihre Erinnerungen an den Winter in Betsaida und den Gang nach Tyros niederschrieb, überlegte sie gut, was davon sie den drei Aposteln weitergeben würde. Und was sie aussparen wollte.

Nicht ein Wort von dem Haus des Syrers, nur, daß Jesus sich während des Winterregens Erholung gönnen durfte. Und daß sie für ihn gesorgt, sein Essen gekocht und seine Kleider gewaschen und in Ordnung gehalten hatte.

Sie lächelte bei der Erinnerung daran, welche Mühe ihr das Flicken seines Mantels gemacht hatte, der immer wieder von den Menschen zerrissen wurde, die ihn anfassen wollten, um seiner Kraft teilhaftig zu werden. Nun ja, sie hatte die Risse notdürftig zusammengeflickt. Als sie dann aber nach Kafarnaum zurückkamen, hatte Susanna sich des Mantels kopfschüttelnd angenommen und alles noch einmal mit Sorgfalt ausgebessert.

Sie saßen wie üblich in der Pergola, es war ein kühler Tag, und es war fast ein Genuß, ein wenig zu frieren.

Paulus sagte: »Allen von uns gesammelten Zeugnissen zufolge warst du oft mit ihm alleine. Er muß Worte zu dir gesprochen haben, die andere nicht kennen.«

Maria berichtete von den Alpträumen, die sie in diesem Winter gehabt hatte, und von ihrer entsetzlichen Angst. »Morgens erzählte ich ihm den Traum in der Hoffnung, er werde sagen, daß Träume wie Seifenblasen sind, die im hellen Tageslicht platzen. Aber das tat er nicht. Er sagte, der Traum sei eine Botschaft aus dem Innersten meines Wesens, das weit mehr wisse als ich. Daß ich mich aber wie die meisten Menschen von jenem inneren Kern getrennt hätte, in dem Gott zu Hause sei.«

Paulus gab Markus ein Zeichen, es aufzuschreiben. Das war wichtig.

»Später, auf dem Weg nach Tyros, fragte ich Ihn, ob das Wesen, von dem er sprach, beim gewöhnlichen Menschen möglicherweise noch nicht geboren sei. Daß er vielleicht der Erste auf Erden sei, der mit Gewißheit um die Anwesenheit Gottes im eigenen Herzen wußte. Er antwortete mir, er könne Ihn in jedem Menschen sehen. Am deutlichsten bei den Kranken und Schuldbeladenen.«

Langes Schweigen, während Markus schrieb. Dann fuhr Paulus fort: »Du hast Ihn nicht gefragt, warum er meinte, der Mühselige und Beladene habe bessere Kenntnis von seinem … wahren Wesen.«

»Nein, ich bin nicht dazu gekommen.«

Petrus kam Maria zu Hilfe. »Es ist schwer zu erklären, warum wir Ihm nicht viel mehr Fragen stellten. Es war nicht, weil wir uns fürchteten, es war eher, weil jede Antwort uns so sehr überraschte, daß wir Zeit brauchten, sie zu verdauen.«

»So war es«, sagte Maria. Dann wandte sie sich an Paulus.

»Ich glaube, ich kann deine Frage, warum Jesus das Licht Gottes bei den Kranken und Geplagten besonders deutlich sah, doch beantworten. Es bezieht sich auf etwas anderes, das er ausgesprochen hat.«

Maria legte eine Pause ein, dachte nach. »Er sagte, um sich der Nähe Gottes in unseren Herzen bewußt zu werden, müßte der Mensch vieles verwerfen. Alle Vorstellungen, alle Dogmen, auf die wir unser Leben aufbauen. All unseren kläglichen Stolz und, was vielleicht das Schwierigste von allem ist, unsere Schuld und unsere Schwächen. Die Geburt Gottes in unseren Herzen geschehe unter großen Schmerzen, sagte er.«

Sie schwieg eine Weile und wandte sich dann wieder an Paulus: »Das ist es ja, was der Elende, der Kranke und der Ausgestoßene schon zwangsläufig hat tun müssen.«

Paulus nickte, Markus schrieb. Barnabas fragte: »Wo sollen wir dazu die Kraft hernehmen?«

»Nun, das hat Jesus uns doch selbst gesagt: Ich bin bei euch alle Tage ...«

»Du hast recht«, sagte Paulus tief berührt. »Jetzt lebe nicht mehr ich mein Leben, sondern Christus in mir.«

Maria dachte eine Zeitlang nach und wandte sich dann an Simon Petrus. »Du, Simon Petrus, müßtest wissen, ob das Aramäische nur einen einzigen Ausdruck für Glauben hat oder zwei.«

»Nur einen.«

»Das Griechische hat zwei, Glaube und Vertrauen. Vielleicht hat Jesus von Vertrauen gesprochen, als er sagte ›Dein Glaube hat dir geholfen‹.«

Paulus schien nachdenklich.

»Wo ist da der Unterschied?«

Maria lachte kurz auf, ehe sie antwortete: »Es ist nur so ein Einfall von mir.«

Eine lange Pause entstand, bis Maria weitersprach.

»Ich habe nicht viele Erinnerungen an die Wanderung zur Küste, ich war vor Sorge wie versteinert. Aber ich erlangte neue Klarheit über das, was ich mit angesehen hatte. Ich glaubte sogar verstanden zu haben, wie die Wunder zustande kamen. Jesus konnte die Zeit stillstehen lassen.«

»Aber liebe Maria«, unterbrach Barnabas. »Niemand kann die Zeit zum Stillstand bringen.«

Maria lächelte: »Doch, Barnabas, Er konnte es. Er begegnete einem gequälten Menschen, erkannte dessen innerstes Wesen, das von Ewigkeit ist. Dort trafen die beiden einander in vollkommenem Einssein. Nur so konnte das Wunder geschehen. Versteht ihr?«

Es war wieder lange Zeit still. Maria ergriff erneut das Wort: »Ich erinnere mich daran, daß ich dachte, diese Hingabe für einander, das ist Liebe.«

»Du meinst, das, was ihn von allen anderen Menschen unterschied, war seine Fähigkeit, die Zeit anzuhalten?«

»O Barnabas, warum nimmst du nur alles so wörtlich. Was Ihn von uns unterschied, war sein Wissen, daß er in Gott war und Gott in ihm. Petrus, du erinnerst dich sicher, wie er vom Licht sprach: daß nämlich der, der das Licht besitzt, es nicht verstecken darf. Er wollte damit ausdrücken, daß wir so unsere Erkenntnis verhehlen, selbst wenn wir sie erlangt haben, und ihr somit keine Möglichkeit geben, sichtbar zu werden.«

»Du sagtest, er habe die Stimme Gottes vernommen. Jetzt sprichst du vom Licht.«

»Er hat doch immer neue Bilder gesucht, um uns die Dinge begreiflich zu machen. Ich glaube nicht, daß er es wörtlich meinte, wenn er von einer Stimme sprach, die mit gewöhnlichen Worten auskam. Ich erinnere mich, daß ich ihn ganz zu Anfang einmal fragte, wie er sich so sicher sein könnte, daß seine innere Stimme die Stimme Gottes sei. Er antwortete einfach: ›Ich weiß es.‹«

Terentius und Kipa waren zu einer Versammlung der gnostischen Gemeinde gegangen, daher nahmen Leonidas und Maria ihre einfache Abendmahlzeit gleich in der Küche zu sich.

Maria hatte wenig Appetit, Leonidas sah sie besorgt an. Sie war blaß vor Erschöpfung. »Ich fühle mich angeschlagen«, gab sie zu.

Es beunruhigte ihn. Maria klagte eigentlich nie. Wie alle Leute in Antiochia befürchtete er, daß die Pest nach diesem langen und heißen Sommer in der Stadt ausbrechen könnte.

»Hast du Fieber?«

»Nein. Ich bin nur müde.«

Sie ging früh zu Bett, Leonidas blieb bei ihr sitzen, bis er sicher sein konnte, daß sie eingeschlafen war.

Es ist zuviel für sie, dachte er besorgt, und beschloß zu Hause zu bleiben, wenn die Apostel am nächsten Tag kämen.

Maria freute sich über seinen Entschluß, sie blieb morgens lange liegen und machte nur einen kurzen Spaziergang durch den Garten. »Heute habe ich einen klaren Kopf«, sagte sie. »Es ist einer von den köstlichen Tagen, wo dumme Einfälle und merkwürdige Gedanken ausbleiben.«

Doch in der Stunde vor dem Eintreffen der Apostel holte die Unruhe sie wieder ein. Als sie sich in die Pergola setzten, mußte Maria sich zurückhalten, Leonidas nicht bei der Hand zu fassen.

Die Stimmung war anders als sonst, die Anwesenheit des Griechen veranlaßte die Apostel, sich hinter einer Maske aus Stolz und Würde zu verschanzen. Sie sprachen von ihren Schwierigkeiten, all das Neue an Jesu Lehre zusammenzufassen und klar zu formulieren.

Leonidas lächelte Maria an: »Wie ich sehe, möchten deine Brüder, daß du konkreter wirst. Sie brauchen Tatsachen.«

»Aber du weißt doch selbst, daß die Botschaft Jesu nicht in Fakten verpackt werden kann.«

»Was nicht verhindert, daß die Apostel das brauchen.«

Maria meinte Jesus lachen zu hören. Jetzt befand sie sich selbst in seiner Situation. Aber sie besaß die Fähigkeit nicht, widersprüchliche, aufregende und wichtige Bilder in Worte zu fassen.

Doch Paulus bestand auf Fakten: »Es wird erzählt, daß Jesus auf seinen Wanderungen in der Gegend von Tyros mit einer Frau aus Kanaa zusammentraf, die Heilung für ihre Tochter suchte. Er soll entgegnet haben, daß er nur zu den verirrten Schafen des Volkes Israel ausgesandt sei. Und daß er den Kindern das Brot nicht wegnehmen könne, um es den Hunden vorzuwerfen.«

Marias Wangen färbten sich rot vor Zorn, als sie ausrief: »Das ist nicht wahr! Ich war selbst dabei, ich muß es wissen! Es war die Frau, die diese Worte sprach. Sie war verzweifelt und dachte wohl, wenn sie sich selbst mit den Worten von den Hunden demütige, die sich die Brosamen vom Tisch des reichen Mannes erbetteln, werde sie Jesus rühren. Doch Er wurde von Mitleid erfüllt und sprach wie so oft: ›Dein Glaube hat dir geholfen‹.«

Maria schaute die Männer an, ihr Blick blieb bei Petrus hängen. »Du weißt, daß er so etwas nie hätte sagen können. Er sprach am Brunnen lange und sehr aufmerksam mit der Frau aus Samaria. Er nahm den Griechen Leonidas wie einen Bruder auf. Er zögerte keinen Augenblick, das Haus des römischen Offiziers in Kafarnaum zu betreten, um einen kranken Diener zu heilen. Es war der Römer, der ihn daran hindern wollte. ›Sprich nur ein Wort und der Knabe wird gesund‹.«

Simon Petrus schwieg. Maria sprach weiter und schlug mit der Hand auf den Tisch: »Du weißt ganz genau, daß er nie einen Unterschied zwischen Frauen und Männern, Heiden und Juden machte.« Barnabas kam Simon zu Hilfe: »Maria. Du kannst trotz allem nicht leugnen, daß Israel dazu bestimmt war, die Wiege Christi zu werden.«

»Und auch sein Henker zu werden, wie man jetzt immer öfter zu hören bekommt.« Das war Rabbi Amasja, und seine Stimme war eiskalt.

»Ich habe auch gehört, daß Pilatus sich von einer jüdischen Volksmenge beeinflussen ließ«, sagte Leonidas. »Aber das ist so töricht, daß niemand es glauben wird. Könnt ihr euch vorstellen, daß ein römischer Gouverneur sich vom aufsässigen Mob beeinflussen ließe? Jesus ist nach römischem Recht als Volksverhetzer zur Kreuzigung verurteilt worden, einer Todesstrafe, deren nur die Römer sich bedienen.«

Simon Petrus übernahm das Wort: »Es wird gesagt, daß Pilatus sich die Hände wusch.«

»Bei den Göttern!« rief Leonidas aus. »Ich kenne Pontius Pilatus als grausam, kalt und rücksichtslos. Ein Römer der schlimmsten Art. Er verabscheut die Juden. Hätte es da einer jüdischen Volksmenge bedurft, um das Leben eines übergeschnappten Juden zu schonen? Das ist purer Blödsinn«, fuhr er fort und schlug mit der Faust auf den Tisch. »Könnt ihr euch einen römischen Konsul vorstellen, der sich die Hände wäscht, weil er einen Juden zum Tod verurteilt hat? Ihr wißt ebenso gut wie ich, daß er Tausende Juden hat kreuzigen lassen. Außerdem ist die Handwaschung eine jüdische Sitte, von der Pilatus kaum Kenntnis gehabt haben dürfte.«

Das Schweigen lastete schwer und undurchdringlich auf der Pergola.

Es dauerte lange, bis Leonidas wieder das Wort ergriff: »Ich kann verstehen, daß sich um Jesus ein lebhafter Mythos gerankt hat. Aber manches kommt mir dabei fast geschmacklos vor. Wie beispielsweise die Sache mit der Jungfrauengeburt.«

»Die erwähne ich nie«, sagte Paulus. »Aber ich weiß, daß die Legende in vielen Kreisen Blüten treibt.«

Jetzt sprach Barnabas weiter: »Maria, hast du Ihn je über seine Herkunft sprechen hören?«

»Nein. Einmal hat er gesagt, daß sein Vater ein guter und gerechter Mann war. Aber er sagte auch, daß er ihn nicht wirklich gekannt hat.«

Sie dachte eine Weile nach, ehe sie weitersprach. Es klang unsicher: »Aber ich habe etwas anderes erlebt, etwas, das ... Es war, als mir seine Mutter erzählte, daß sie erst fünfzehn Jahre alt war, als Jesus geboren wurde ... Plötzlich wandte sie sich schnell ab, weil eine Erinnerung sie überkam, dessen bin ich mir sicher. Aber sie verschloß sich wieder und beklagte nur, daß sie ihren Sohn nie verstanden habe.«

»Ein Mann ist an ihrem Haus vorübergegangen«, sagte Leonidas.

Die Apostel schienen erschrocken.

»Wie würdest du Seine moralische Botschaft zusammenfassen?« Es war Barnabas, der diese Frage an Leonidas richtete.

»Im großen ganzen gründet sich die Lehre Jesu auf uralte Weisheit. Aber er vermittelte seine Botschaft in bemerkenswerter Art und machte damit den Weg in eine neue Wirklichkeit frei.«

»Was meinst du mit uralter Weisheit?«

»Die Gebote Mose, die große Ähnlichkeiten mit den Gesetzen des Hamurabi aufweisen. Ganz zu schweigen von den alten Ägyptern. Wißt ihr, welche Worte ein Verstorbener zu Osiris zu sagen hatte, wenn er seinem Gott im Totenreich gegenüberstand? Maria! Du mit deinem guten Gedächtnis kannst es zitieren.«

Sie zögerte eine Weile, sagte dann aber: »In großen Zügen kann ich mich wohl erinnern: ›Herr der Wahrheit, dir biete ich die Wahrheit dar ... Ich habe das Böse in mir vernichtet ... ich habe nie getötet, niemandem Tränen verursacht. Ich habe keinen hungern lassen, keinem Angst eingejagt, nicht in hochmütigen Worten gesprochen, um meinen Namen hervorzuheben. Und nie habe ich Gott in seiner Offenbarung zurückgewiesen.‹«

»Maria«, sagte Barnabas. »Bist du Jüdin oder Heidin?«

Maria begegnete seinem Blick in aller Ruhe: »Ich bin Christin. Durch den Meister selbst zur Christin geworden.«

Rabbi Amasja und Leonidas lächelten. Maria wandte sich an Petrus: »Warum bedurfte es eines Traumes, in dem Gott selbst dir offenbarte, daß es in seiner Schöpfung keine unreinen Tiere gibt, damit du dich überwinden konntest, den Römer Cornelius aufzusuchen, der von Jesus hören wollte?«

Petrus verstand die Frage nicht.

»Du hattest von Jesus doch den Auftrag bekommen: ›Geht hin und verkündet allen Völkern ...‹«

Petrus zögerte, bis er schließlich sagte: »Das ist für einen Juden ein schwieriger Schritt. Aber jetzt gehorche ich, reise durch die Welt und bringe den Heiden Sein Wort.«

»Denkt ihr Juden nie daran, daß ihr das einzige Volk auf der Welt seid, das die Menschen in Rechtgläubige und Heiden unterteilt?« fragte Leonidas.

Lange herrschte Stille, bis Leonidas unverdrossen fortfuhr: »Alle Menschen sind natürlich wie Münzen von der Denkart geprägt, mit der sie aufgewachsen sind. Ihr aber besteht als einzige darauf, allein in der Wahrheit zu leben. Das ist mir unbegreiflich.«

»Wir haben Gottes Wort darauf. Und wir sind von Ihm auserwählt«, sagte Barnabas.

Leonidas seufzte.

Paulus hatte Markus, dem Schreiber, während des Gesprächs immer wieder Zeichen gegeben. Jedes Wort war festgehalten worden. Jetzt aber versteifte er sich und wandte sich an Maria. »Schon bei unserer ersten Begegnung hast du Petrus gerügt, weil er jene ausgeschlossen hat, die du als die Jüngerinnen Jesu bezeichnest. Aber die Aufgabe des Simon Petrus wäre zur Unmöglichkeit geworden, hätte er Frauen ausgesandt, um die Botschaft Jesu zu verkünden.«

»Warum das?« fragte Maria.

»Du weißt sehr wohl, daß das Gesetz sagt, die Frau darf Unterweisung nur in Zurückgezogenheit erfahren und hat sich dem Mann immer unterzuordnen. Nie werde ich einer Frau erlauben, unsere Lehre zu vermitteln.«

»Und weshalb?«

»Weil Gott zuerst den Adam erschuf. Und weil es die Frau war, die sich von der Schlange verleiten ließ und den Mann verführte.«

Leonidas und Maria schauten einander schweigend an.

Jetzt übernahm Rabbi Amasja das Wort. In großer Erregung sagte er: »An einer anderen Stelle der Schrift steht, daß Gott den Menschen nach seinem Ebenbild schuf. ›Als Mann und Frau schuf er sie‹.« Und an Leonidas gewandt: »Es gibt eine jüdische Weisheitstheologie, in der die Weisheit ein weibliches Wesen ist. Im Buch der Sprüche wird von Sophia, der Tochter Gottes, berichtet, die lange vor dem Menschen erschaffen wurde. Und die die Erde besucht, um das Hören und Lernen zu lehren.«

Er holte tief Luft, ehe er fortfuhr: »Es hat mich oftmals verblüfft, daß ihre Botschaft große Ähnlichkeit mit dem hat, was Jesus sagte.«

Paulus war kurz angebunden: »Du zitierst Stellen aus der Heiligen Schrift, die mir so gut wie unbekannt sind.«

»Aber du bist doch Schriftgelehrter, bist ein Pharisäer«, sagte Leonidas erstaunt. »Im übrigen habt ihr euch doch entschlossen, der Forderung des Meisters Folge zu leisten und hinaus zu allen Völkern zu gehen.«

Leonidas fuhr fort: »Ich weiß viel von deinen Taten, Paulus, mehr als du denkst. Wenn ich es richtig verstanden habe, baust du deine erfolgreichen Gemeinden nicht selten mit Hilfe freier und selbständiger Frauen auf. Wir haben Lydia in Philippi, Damaris in Athen, Priscilla als Stütze der Gemeinde von Korinth. Wir haben eine zweite Priscilla in Rom und eine weitere Lydia in Thyatira. Und das sind längst nicht alle.«

»Man muß, wo man hinkommt, die herkömmlichen Sitten beachten«, sagte Paulus, wirkte aber betroffen.

Leonidas sprach weiter: »Ich weiß auch, daß du Schwierigkeiten mit der Gemeinde von Korinth hast. Dort gibt es Frauen, die sich für Abgesandte der Weisheit halten und von denen das Leben und die Taten Jesu als Fortsetzung der Lehre Sophias betrachtet werden.«

Paulus' Gesicht hatte sich verhärtet, offensichtlich war er nicht gewillt, eine Antwort zu geben. Also fuhr Leonidas fort:

»Weit wichtiger sollten wir nehmen, daß Jesus die Frauen nicht als Wesen zweiter Ordnung betrachtete. Petrus, erinnerst du dich, was er euch einmal lehrte?«

»Du meinst, als er sagte, die Männer sollten wie Frauen werden und die Frauen wie Männer?« sagte Petrus widerstrebend.

Er schwieg eine ganze Weile, als denke er nach. Dann seufzte er auf und fuhr fort: »Ich habe diese Worte damals nicht verstanden und verstehe sie bis heute nicht.«

»Trotzdem sind sie nicht schwer zu begreifen«, sagte Leonidas sarkastisch. »Aber ich sollte lieber still sein. Man kann nicht mit Vorurteilen argumentieren.« Barnabas war blaß vor Zorn, als er mit einer Frage antwortete: »Und welche Vorurteile hast du, Anhänger des Zeus und seiner entsetzlichen Götter?«

Leonidas lachte: »Ich habe mich mit dem Zeuskult nie anfreunden können. Im übrigen hast du die griechische Götterwelt völlig mißverstanden, die ja weitaus symbolhafter ist, als ihr denkt. Inzwischen bin ich, wie Maria, ein Christ. Und äußerst kritisch dort, wo ihr euch von alten Dogmen nicht frei machen könnt.«

Maria füllte die Becher der Gäste, sie tranken und brachen dann trotz des Disputs in freundlicher Stimmung auf. Leonidas mußte daran denken, wie sehr Juden Diskussionen und Haarspaltereien liebten. Das ist eine ihrer großartigsten Seiten, dachte er gegen seinen Willen.

Am Tor verabschiedete sich Paulus von Maria mit den Worten: »Irgendwann mußt du uns erzählen, was du am Tag der Auferstehung gesehen hast. Und bei seinem Tod.«

Maria schloß die Augen.

»Du trauerst noch immer? Nach so vielen Jahren.«

»Ja.«

Auf dem Rückweg zur Synagoge meinte Barnabas: »Sie verlangt, daß wir uns von unserem Erbe lossagen.«

Da erwiderte Rabbi Amasja: »Wenn ich mich nicht irre, ist es genau das, was euer Meister gefordert hat.«

Paulus beteiligte sich nicht an dem Gespräch, er schwieg weiterhin. Ihn beschäftigte die Frage, woher Leonidas so viel von seinen Gemeinden in der griechisch-römischen Welt wissen konnte.

Und vor allem: wie konnte der Grieche Kenntnis von den internen Unstimmigkeiten in Korinth haben?

Irgendwann werde ich ihn fragen. Er wird mir Antwort geben.

Laß uns vor dem Essen noch einen Spaziergang durch den Garten machen.« Der Vorschlag kam von Leonidas, als Maria in die Pergola zurückkehrte. Sie nickte lächelnd: »Du meinst, wir sollten uns ein wenig beruhigen?«

Leonidas lachte. »Nein. Ich bin weder erstaunt noch erzürnt.«

Sie gingen den gewundenen Pfad hinauf zur obersten Terrasse, blickten aufs Meer hinaus, wo die Sonne bald untergehen würde.

»Ich möchte dich jetzt, wo wir allein sind, auf etwas ganz anderes aufmerksam machen«, fuhr Leonidas fort. »Ist dir aufgefallen, daß Terentius während unserer Gespräche mit den Aposteln immer wieder auftaucht? Er ist schweigsam und höflich wie immer, aber seine Ohren sind rot vor Neugier.«

Maria machte ein so erstauntes Gesicht, daß Leonidas über sie lachen mußte. Aber er wurde schnell wieder ernst. Er sah sie rot werden und sagte schnell: »Du brauchst dich nicht zu ängstigen. Er ist loyal und niemals indiskret, das ist ihm in Fleisch und Blut übergegangen.«

»Ich habe keine Angst«, antwortete sie. »Sondern ich schäme mich. Mir wird mit einemmal bewußt, daß Terentius und seine Frau in meinem Haus ebenso zur Selbstverständlichkeit geworden sind wie die Möbel. Keine Menschen mehr, und das ist schrecklich.«

Leonidas war verwundert. »Es ist doch er selbst, der Abstand wahrt.«

Maria schwieg und gab Leonidas innerlich recht. Aber Jesus hätte das nie gutgeheißen, er hätte eine Annäherung erzwungen.

Leonidas fuhr fort: »Als ich die beiden von Livia kaufte, sagte sie ganz nebenbei, das einzige, was sie an Terentius auszusetzen habe, sei, daß er und seine Frau einer geheimen christlichen Sekte angehörten.«

Maria verschlug es die Rede, und Leonidas sprach weiter: »Du wirst verstehen, daß es großen Eindruck auf ihn machen mußte, als er erkannte, daß du Maria von Magdala bist. Es gibt in Antiochia Sekten, für die du fast so heilig bist wie Jesus selbst.«

Maria blieb unbeweglich stehen, schaute auf die Stadt hinunter, erinnerte sich, wie sie durch die breiten Straßen gegangen und den buddhistischen Mönchen in ihren safrangelben Gewändern gelauscht und die weisen Männer Zarathustras ihre Lehre hatte verkünden hören. In Antiochia trafen persisches Gedankengut von der Himmelfahrt der Seele, die jüdische Weisheitslehre, babylonische Astrologie und griechische Philosophie aufeinander. Immer öfter war sie bei den indischen Weisheitslehrern stehengeblieben, hatte sie vom Kern des Menschen als mit Gott identisch sprechen hören. Hatte vieles wiedererkannt, hatte gedacht, das hätte Jesus gesagt haben können, auch wenn seine Worte anders geklungen hatten.

Von geheimen christlichen Gemeinschaften hatte sie nie etwas gehört. Aber es gab sie also.

Als Leonidas am nächsten Morgen in sein Kontor gegangen war, hatte Maria ihren Entschluß gefaßt. Sie schnitt Terentius, der zum Markt gehen wollte, den Weg ab und sagte sehr bestimmt: »Ich will mit dir reden.« Er verzog keine Miene, bis sie ihn aufforderte, sich in der Bibliothek auf den Stuhl gegenüber dem Schreibtisch zu setzen. Sein schönes olivfarbenes Gesicht verdüsterte sich, und Maria nahm so etwas wie Gesprächsbereitschaft wahr.

»Mir ist klar geworden, daß wir beide, du und ich, denselben Meister haben. Vor Jesus sind alle Menschen gleich. Wenn du darauf beharrst stehenzubleiben, stehe ich auch.« Und sie stand, aufrecht wie eine Statue, die Arme über der Brust gekreuzt. Plötzlich sah sie Terentius' Mundwinkel zucken und dachte erstaunt, daß er einem Lächeln nahe war.

Er setzte sich, sie setzte sich und sagte: »Sprich von deinem Glauben, Terentius.«

Es war ein Befehl. Sie staunte selbst über den Ton. Aber sie erzielte die beabsichtigte Wirkung, der Nubier begann in knappen Worten die gnostische Gemeinde in Antiochia zu schildern. Er berichtete von dem Weg zum Wissen um das Innerste des Menschen, das nicht gelernt werden konnte.

Maria, die aufmerksam zuhörte, sagte schließlich: »Glaubst du, daß du mich zu einem dieser Gottesdienste mitnehmen kannst?«

»Ja.«

»Wie du schon weißt, bin ich sehr um meine Anonymität besorgt.«

»Ich weiß es. Du riskierst nichts. Du gehst in deinem schwarzen Mantel und mit verschleiertem Gesicht. Sollte jemand fragen, bürge ich für dich, daß du eine … Freundin und eine Suchende bist. Heute abend nach Einbruch der Dunkelheit.«

»Gut«, sagte Maria. »Und danke, daß du mit mir gesprochen hast.«

Er ging rückwärts zur Tür.

Es war ein großer Raum in einem reichen Haus, sie saßen auf Kissen auf dem Fußboden, und sie waren sehr zahlreich. Sklaven und Freie, Frauen und Männer durcheinander. Viele begrüßten Terentius und seine Frau herzlich, niemand fragte, wer die verschleierte Frau in seiner Gesellschaft sei. Es herrschte feierliche Stimmung, obwohl der Gottesdienst damit begann, daß das Los gezogen wurde. Mit Staunen erkannte Maria, daß ausgelost wurde, wer den Gottesdienst leiten, wer Priester sein und predigen sollte, wer das Sakrament austeilen und wer vorbeten sollte.

»Es darf keine feste Rangordnung geben«, flüsterte Terentius, der Marias Verwunderung sah. »Hier sind alle gleich.«

Die Rolle des Priesters fiel einer Frau zu. Sie war nicht jung, Jahre und Erfahrung hatten ihrem Gesicht durch Falten ihren Stempel aufgedrückt. Aber sie war schlank und hochgewachsen und leuchtend rot gekleidet. »Wir, die wir uns von dem Demiurgen losgesagt haben, wissen, daß die Macht, die von naiven Menschen als Schöpfer und Allmächtiger angebetet wird, nur ein Sinnbild ist«, begann sie. »Der wahre Gott ist nicht König und Herr, nicht er macht die Gesetze, fordert Rache und führt uns hinaus in blutige Kriege.«

Sie bewegte sich während der Predigt ununterbrochen, weit ausholende Gesten unterstrichen das Gesprochene, die Beine bewegten sich wie im Tanz. Dann blieb sie einen Augenblick still stehen. »Gnosis bedeutet, zum Wissen um die wahre Quelle zu gelangen, nämlich zur Tiefe alles dessen, was ist. Jeder, der diese Quelle kennengelernt hat, hat sich selbst kennengelernt.«

Marias Herz schlug schneller. Die Frau fuhr fort: »Die Apostel verbreiten nun die Lehre von Jesu leiblicher Auferstehung. Aber wir wissen, daß er Geist und als solcher in all unserem Handeln mit uns ist. Wir wissen auch, daß wir schon während unseres irdischen Lebens von den Toten auferstehen müssen. Jene, die sagen, daß wir erst sterben und dann im vergänglichen Fleisch wieder auferstehen werden, sind Irrlehrer.«

Maria zögerte, sie konnte die Worte vom Weizenkorn hören: Was nicht in die Erde fällt und stirbt …

»Wir wissen, daß Jesus sich nach der Kreuzigung einigen seiner Jünger in Visionen offenbarte. Zuerst Maria Magdalena. Sie hat bei einer hitzigen Zusammenkunft in Jerusalem sogar berichtet, was er zu ihr gesagt hat.«

Maria konnte nur bruchstückhaft erfassen, wie die Frau dort vorn auf dem Podium Wort für Wort wiederholte, was sie selbst einmal gesagt hatte. Es ist nicht verlorengegangen, jemand erinnert sich … Tränen nahmen ihr die Sicht, der Schleier, der sie bedeckte, machte ihr das Atmen schwer, und sie schwitzte in dem schweren Mantel.

Am übrigen Gottesdienst nahm sie nicht teil. Als Terentius und seine Frau nach vorn gingen, um Brot und Wein zu empfangen, schritt Maria langsam die Treppe hinunter und auf die Straße hinaus, wo sie die kühle Nachtluft tief einatmete.

Zu dritt gingen sie schweigend nach Hause, Maria in der Hoffnung, Leonidas dort anzutreffen. Sie mußte mit ihm über alles sprechen. Aber er war nicht zu Hause, und sie ging wie in Trance in ihr Zimmer, zog die Kleider aus, legte sich aufs Bett und dachte: Ich werde nie einschlafen können.

Im nächsten Augenblick war sie eingeschlafen.

Sie wachte mit schweren Gliedern in der Morgendämmerung auf und ging zu Leonidas ins Zimmer. Rücksichtslos rüttelte sie ihn wach: »Ich muß unbedingt mit dir reden.«

Und sie erzählte. Er hörte zu und sagte schließlich: »Du bist in ein Spiel hineingezogen worden, das viel größer ist, als wir ermessen können.«

»Was für ein Spiel?«

»Es geht darin um Macht, um die Macht, auf der die neue Kirche erbaut werden soll.«

Nachdenklich und ernst saß er in seinem Bett. Schließlich sagte er: »Laß dich von niemandem ausnützen. Ich bitte dich, Maria. Halte dich allen Sekten fern, und auch Petrus und Paulus.«

Als Leonidas an diesem Morgen nach dem Frühstück in das Handelshaus gegangen war, machte Maria sich auf die Suche nach Terentius. Er kehrte den Hof.

»Können wir ein paar Worte sprechen?«

Er klopfte sich den Staub von den Kleidern und folgte ihr zur Pergola.

»Setz dich.«

»Ich stehe lieber.«

Maria seufzte und fuhr fort: »Du wirst sicher verstehen, daß die Teilnahme an diesem Gottesdienst ein großes ... Erlebnis für mich war. Weißt du, wo die Hinweise auf ... den Disput in Jerusalem herstammen?«

»Nein.«

»Glaubst du, daß ich die Frau, die gepredigt hat, treffen kann?«

Er machte ein bekümmertes Gesicht.

»Es ließe sich natürlich einrichten«, sagte er. »Aber wäre das klug? Sie ist sehr scharfsinnig und hätte schnell durchschaut, wer du bist.«

Maria mußte einsehen, daß er recht hatte.

»Wenn du möchtest, kann ich dich über das, was bei den Gnostikern vorgeht, auf dem laufenden halten«, schlug Terentius vor.

»Dafür wäre ich dankbar. Wer ist der Demiurg?«

»Der Gott, an den die Juden glauben«, sagte er. »Wir sind der Ansicht, daß er ein gefallener Engel ist, der sich in ständiger Auseinandersetzung mit Gott befindet.«

»Das ist eine seltsame Lehre.«

Terentius gab keine Antwort, verbeugte sich, um zu gehen. Aber Maria hielt ihn auf: »Warum spricht deine Frau nie ein Wort?«

Ob er rot wurde, konnte sie in dem dunkelhäutigen Gesicht

nicht erkennen, und sie verstand plötzlich, was Leonidas gemeint hatte, als er von Terentius' roten Ohren sprach. Der Diener zögerte, sagte schließlich aber: »Kipa wurde im Alter von sieben Jahren an ein Bordell in Theben verkauft. Sie wurde monatelang vergewaltigt und gefoltert. Da sie ununterbrochen schrie, wurde man ihrer überdrüssig, schnitt ihr die Zunge ab und warf sie auf die Straße. Dort habe ich sie gefunden.«

Maria erhob sich hastig und ging an Terentius vorbei in die Küche, wo Kipa Gemüse putzte. Sie ging sofort auf die junge Frau zu und schloß sie in die Arme.

Lange blieben sie so stehen. Und bald weinten sie beide.

Danach war Maria so erschöpft, daß sie etwas sehr Ungewöhnliches tat. Sie ging mitten am Tag in ihr Schlafzimmer und legte sich aufs Bett.

Die Gedanken schossen ihr unzusammenhängend und ergebnislos durch den Kopf. Einmal versuchte sie zu beten, aber auch das war ihr nicht möglich.

Sie schlief sehr schnell ein, Augenblicke später träumte sie. Ein dunkler Raum im Obergeschoß eines großen Hauses in Jerusalem, Jesus an ihrer Seite. Er schlief, sie erwachte von einem Klopfen an der Tür. Schon im Schlaf spürte sie den Widerstand, sie wollte nicht nach Jerusalem zurück, jetzt nicht, noch nicht.

Aber der Traum war noch nicht zu Ende.

Sie hörte Andreas sprechen, der Nachtwache hielt. Aber die Stimme, die sich der seinen entgegenstellte, war gewöhnt zu befehlen, war unnachgiebig und zwingend. Jesus wachte davon auf und rief nach unten: »Sage ihm, daß ich komme.«

Während er den Mantel über das Leibgewand zog, sagte er zu Maria: »Es ist Nikodemus, einer der Ratsherren des Sanhedrin.«

Maria wollte sagen: Geh nicht. Aber sie hatte gelernt, ihre Angst nicht zu zeigen.

Auch sie zog den Mantel über, ging leise die lange Treppe ein

Stück hinunter, setzte sich. Sie wußte, daß Jesus sie ebenso beobachtete wie Andreas, der an der Tür Wache hielt.

Die Stimme des Mannes klang jetzt demütiger: »Wir wissen, daß du von Gott kommst. Niemand kann solche Zeichen setzen wie du, wenn Gott nicht mit ihm ist.«

Jesu Antwort wunderte sogar Maria: »Wer nicht aufs neue geboren wird, kann Gottes Reich nicht schauen.«

Nikodemus verlieh seiner Verwunderung Ausdruck: »Wie kann jemand geboren werden, der schon alt ist? Er kann doch nicht in den Mutterleib zurückkehren und noch einmal geboren werden.«

»Ich sage dir, wer nicht aus Wasser und Geist geboren wird, kann nicht in das Reich Gottes gelangen. Sei nicht erstaunt über die Worte, daß ihr neu geboren werden müßt. Der Wind weht, wo er will, und du hörst ihn wehen, ohne zu wissen, woher er kommt und wohin er geht. Ebenso ist es mit jedem, der aus dem Geist geboren wurde.«

Gleich darauf sah sie den stattlichen Mann mit den langen Quasten am Gewand verschwinden.

Als das Tor zuschlug, erwachte Maria auf ihrem Bett in Antiochia voll klarer Gedanken und mit großer Zuversicht. Sie nahm ein Bad, wusch sich die Haare und zog reine Kleider an. Dann setzte sie sich in den Garten und ließ das offene Haar in der Sonne trocknen. Es war heiß, aber vom Meer kam ein erfrischender Wind.

Der Wind, der weht, wo er will, dachte Maria, schloß die Augen und gab sich der Erinnerung hin.

TEIL III

Sie fuhren in einem Boot über den See und machten sich dann nach Jericho auf. Maria war fröhlich, spürte unerwartete Freude. Die große Unruhe hatte sich vorläufig gelegt.

Ihr Blick war ungetrübt wie der eines Kindes, sie sah Dinge, die sie früher nicht beachtet hatte. Die knospenden Bäume, die Anemonen im sprießenden Gras. Die Lilien auf dem Feld, die nicht säen und nicht ernten, nur zur eigenen Freude und zur Freude Gottes und der Menschen in all ihrer Pracht blühen.

»Die Stimme der Turteltaube ist zu hören in unserem Land ...«

Sie wanderten durch das Jordantal, manchmal konnten sie den Fluß sehen, da und dort hielten sie Rast, um ihre staubigen Füße im fließenden Wasser zu waschen. Aber je weiter sie nach Süden kamen, desto schwieriger wurde es, ans Ufer zu gelangen. Dichtes Grün, Unmengen von Akazien, spitze Dornen und der undurchdringliche Schilfgürtel hinderten sie daran. Duftende Binsen und Papyrus bedeckten die Ufer bis weit hinaus ins Wasser.

Eine gute Stunde später war die Luft von Düften erfüllt, Maria blieb tief einatmend stehen. Levi, der ihre Verwunderung sah, sagte: »Das ist Balsam, einer von den Bäumen, auf die sich Jerichos Ruhm gründet.«

Bald darauf kam fast überraschend und grüner als irgendein Ort, den Maria je geschen hatte, aber auch rosa von blühenden Mandelbäumen, rot von Rosen, golden vom Ginster, die Oase wie eine fern schimmernde Fata Morgana ins Blickfeld. Maria war voller Bewunderung.

Hohe blattlose Stämme säumten den Weg, erst weit oben im Blau entfalteten sie ihre gewaltigen Kronen.

»Das sind Dattelpalmen«, erklärte Levi.

Jetzt nahmen sie die Menschenscharen wahr, die sich in Erwartung Jesu entlang des Weges angesammelt hatten. Maria war nicht erstaunt, sie hatte gelernt, daß Ihm nicht nur sein Ruf vorauseilte. Nein, Simon schickte rechtzeitig Boten aus, in Jericho gab es nicht ein Kind, nicht eine Frau und nicht einen Mann, die nicht davon wußten, daß Jesus von Nazareth auf dem Weg zum Paschafest in Jerusalem die Oase besuchen würde. Viele kannten ihn, er war hier schon früher auf seinem Weg zu den Städten Judäas, wo er Kranke geheilt und vom Reich Gottes gepredigt hatte, zu Gast gewesen. Auch aus Jerusalem waren Menschen gekommen, Lahme, Blinde.

Und eine Schar Schriftgelehrte.

Maria seufzte, sie fürchtete sich vor den Wortgefechten. Ihr wäre lieber gewesen, wenn Er sich nach dem Fußmarsch eine Weile hätte ausruhen können. Aber er machte es wie immer, blieb bei den Mühseligen stehen, nahm ihre Hände in seine, heilte sie und gab ihnen neue Hoffnung.

Ein Blinder rief: »Jesus, Sohn Davids, erbarme dich meiner.«

Die Leute versuchten ihn zum Schweigen zu bringen, aber Jesus schritt durch die Menge und fragte den Blinden: »Was soll ich für dich tun?«

»Mache mich wieder sehend.«

»Du kannst sehen. Dein Glaube hat dir geholfen.«

Die Jünger waren müde und hungrig, mußten aber viele Stunden ausharren, ehe sie zur Oase weitergehen konnten. Dort saß in einem Maulbeerfeigenbaum ein Mann, ein kleiner Mann mit langen Armen und kurzen Beinen, einer großen Nase, aber ohne ein einziges Haar auf dem Kopf.

Ein reicher Mann, aber von den Bewohnern der Stadt verachtet.

Maria schien sofort zu wissen, warum er auf den Baum geklettert war. Er war einen Kopf kleiner als alle anderen, hatte aber den innigen Wunsch, den Meister zu sehen.

Sie unterdrückte ein Lächeln.

Und Jesus schaute hinauf in den Baum und sagte: »Schnell, komm herunter, Sackaios, heute will ich Gast in deinem Haus sein.«

Während der kleine Mann vom Baum rutschte, konnte Maria hören, wie in der Menge gemurmelt wurde: »Er besucht Sünder und Steuereintreiber.«

Als der Zöllner wieder Boden unter den Füßen hatte, streckte er sich und wandte sich an Jesus: »Die Hälfte meines Besitzes werde ich den Armen geben. Wenn ich von jemandem Geld erzwungen habe, werde ich es vierfach zurückgeben.«

Dann eilte er heim, um das Mahl vorzubereiten.

Als sie zum Haus von Sackaios gingen, wurde Jesus durch einen Schriftgelehrten aufgehalten, der von ihm wissen wollte, wann das Reich Gottes kommen werde. Jesus antwortete wie immer, daß das Reich Gottes nicht in einer für die Augen sichtbaren Weise kommen werde. »Niemand kann sagen: Hier ist es, das ist es. Nein, das Reich Gottes ist in euren Herzen.«

Er sagt es anschaulich und immer wieder, dachte Maria. Trotzdem versteht es niemand.

Als sie im Haus des Zöllners zu Tische lagen, befiel die Schwermut Maria wieder mit aller Macht, und ihr Blick trübte sich vor Sorge. Nach der Mittagsruhe hörte sie Jesus mit einigen Pharisäern sprechen. Sie wollten ihn warnen: »Entferne dich möglichst schnell von hier. Herodes will dich töten.«

Aber seine Antwort war eindeutig: »Grüßt diesen Fuchs von mir und sagt ihm, daß ich heute und morgen Dämonen austreiben und Kranke gesund machen werde, und am dritten Tag bin ich am Ziel. Heute und morgen und übermorgen muß ich weiterziehen, denn ein Prophet darf sein Leben nirgendwo anders als in Jerusalem verlieren.«

Als die Nacht kam, rollten sie ihre Schlafmatten im Haus des Sakkaios aus, die Männer für sich in dem großen Saal, die Frauen in einem kleineren Raum. Maria legte sich neben Lydia, eine Frau, die unter den Jüngern neu war und zu der Maria sich hingezogen fühlte, weil sie von unendlicher Geduld war. Jesus war ihr in einer Synagoge in Galiläa begegnet. Einer Rückenverletzung wegen ging sie tief gebeugt. Seit Jahren hatte sie sich nicht mehr aufrichten können. Sie war Jesus aufgefallen, er hatte sie zu sich gerufen, hatte ihr die Hände aufgelegt und gesagt, sie sei nun von ihrer Krankheit befreit.

Maria erinnerte sich vieler Heilungen. Diese aber war eine der schönsten. Nie würde sie Lydias Gesicht vergessen, als diese sich aufrichtete, nun in voller Größe vor ihnen stand und, von Schmerzen befreit, tief aufatmete.

Lydia blieb bei ihnen, legte ihre Ersparnisse in die gemeinsame Kasse und ließ alle an ihrer Klugheit und ihrer Freude teilhaben.

Jetzt legte sie die Arme um Maria und zog sie an sich. Sie sagte kein Wort, aber Maria konnte endlich weinen.

Am nächsten Tag zogen sie weiter, große Menschenscharen folgten ihnen. Die Landschaft veränderte sich, der Boden wurde karg und die kahlen Berge wuchsen immer höher in die Wolken. Obwohl sie noch einen langen Weg vor sich hatten, konnten sie die Stadt sehen, die sich stolz und selbstbewußt auf dem Felsen Zions ausdehnte.

Maria verabscheute diese von dicken Mauern umschlossene, hochmütig wirkende Stadt vom ersten Augenblick an. Ihr kam ein seltsamer Gedanke: Eine Welt ohne Risse kann es hinter solchen Mauern niemals geben.

Der riesige Tempel dominierte die Stadt, fing die Sonnenstrahlen ein, die sich als vergoldete Strahlen in den Tälern widerspiegelten.

Viele Begleiter warfen sich bei diesem Anblick auf die Knie: »Mächtig und groß ist der Gott Israels.« Aber Maria blieb aufrecht stehen und dachte, daß dieser Gott ein anderer war als der Gott Jesu, der mit dem vertraulichen Abba, Vater, angesprochen wurde.

Sie sah den Meister an, seine Augen waren weit geöffnet, und der Schweiß lief ihm von der Stirn. Angstschweiß?

Jesus und seine Jünger bogen, bevor sie die Stadtmauer erreichten, ins Kidrontal ab, gingen den steilen Weg über den Ölberg hinauf und weiter nach Bethanien, zum Haus von Martha und Maria.

Maria Magdalena hatte davon gehört, daß Jesus ihren toten Bruder Lazarus ins Leben zurückgerufen hatte. Jetzt lernte sie ihn kennen, sein eigenartiger Blick war weit in die Ferne gerichtet. Sie hätte gern mit ihm gesprochen, ihn gern gefragt ... Schließlich war er ein Mensch, der mehr über den Tod wissen mußte.

Aber Lazarus war ein scheuer und verschlossener Mensch, wich nicht nur ihr, sondern auch allen anderen aus.

Martha, die Marias Unsicherheit bemerkte, sagte: »Es ist, als fände mein Bruder sich immer noch nicht im Leben zurecht.«

Maria Magdalena nickte, sie konnte es verstehen.

Martha gefiel ihr als eine Hausfrau, die dafür sorgte, daß für die vielen Menschen Essen auf den Tisch kam, daß genügend Schlafplätze zur Verfügung standen und jeder seinen Bedürfnissen entsprechend versorgt wurde. Sie erinnerte in ihrem zielstrebigen Handeln an Euphrosyne. Ihre Schwester Maria war schwieriger einzuschätzen, sie stand über den Dingen des Alltags und schwärmte Jesus an. Magdalena war irritiert. Und erst am späten Nachmittag konnte sie sich eingestehen, daß sie eifersüchtig war.

Maria von Betsaida war schön, anmutig und scheu, wie die jüdische Sitte es gebot, und verkörperte somit all das, was Magdalena nie gewesen war.

Aber als Martha sie beide an den Dorfbrunnen schickte, um für das Abendessen Wasser zu holen, begegnete Magdalena zufällig dem Blick der viel jüngeren Maria und erkannte sofort, daß auch sie wußte und daß sie verzweifelt war und sich ängstigte. Die beiden Marias standen am Brunnen und erkannten einander.

»Warum begreifen die Jünger nicht, was geschehen wird?«

»Sie wollen nicht, sie sperren sich dagegen.«

Das Angstgefühl war so in Maria verwurzelt, daß sie sich ihren Erinnerungen jetzt nach so vielen Jahren in Antiochia verschließen mußte.

Als Maria sich eben an ihren Arbeitstisch gesetzt hatte, um die Erinnerungen an Jericho und an ihre erste Begegnung mit Jerusalem niederzuschreiben, hörte sie, wie das Tor geöffnet wurde und Leonidas nach ihr rief. Er war an diesem Tag schon früh zu Hause.

»Komm mit«, sagte er. »Wir machen einen Spaziergang und sehen uns an, wie Simon Petrus den Grundstein für die erste Kirche legt.«

Maria wußte, daß der neuen Christengemeinde an der Stadtmauer, dort wo die alte Synagoge gestanden hatte, ein Grundstück überlassen worden war. Die Synagoge war vor vielen Jahren abgebrannt und die Ruine während des Sommers abgetragen worden.

Jetzt war die Zeit gekommen, den Grundstein zu legen.

Maria zog den Schleier vors Gesicht und legte sich den schwarzen Mantel um die Schultern.

Es waren viele Menschen zum Bauplatz gekommen, wo Petrus das einfache Gebet sprach, das Jesus sie gelehrt hatte. Er segnete den Ort und bat den Meister um seinen Schutz für den neuen Kirchenbau. Paulus stand ganz nahe bei Simon, auch er ins Gebet versunken.

Am Rand der Menschenmenge stand der jüdische Rabbiner. Leonidas zog Maria hinter sich her zu Amasja. »Ich glaube, wir müssen mit dir sprechen«, sagte Leonidas.

Maria freute sich, genau das war auch ihr Wunsch. Und Rabbi Amasja versprach, nach dem Abendessen in ihr Haus zu kommen.

Sie erwarteten den Rabbiner in der Bibliothek, Maria zündete die beiden großen Öllampen an und stellte Früchte und Wein auf den

Tisch. Jetzt befielen sie starke Zweifel, sie wollte mit niemand mehr über die Ereignisse der letzten Tage sprechen. Als der Rabbiner sich im Gästestuhl niederließ, war ihr innerer Widerstand so groß, daß sie die Zähne zusammenbiß und den Mund zu einem schmalen Strich verkniff.

Rabbi Amasja ließ sich nicht abschrecken, er war besorgt.

»Es war unvorsichtig von dir, zu diesem gnostischen Gottesdienst zu gehen«, begann er. »Jetzt brodelt es in der Gerüchteküche. Wer könnte die geheimnisvolle Frau gewesen sein? Was wollte sie bei ihnen? Die Phantasiebegabten behaupten, es sei ein Engel der Finsternis gewesen, ausgesandt, um zu spionieren. Hie und da wird aber von dem Apostel getuschelt, der alle anderen in den Schatten stellte, der Frau, die gemäß den Gnostikern ›Kenntnis vom All erhielt‹. Heute kam ein Mann zu mir, er war einer von ihnen, und fragte mich gerade heraus, ob der Kaufmann Leonidas mit Maria Magdalena verheiratet sei.«

»Ich weiß, daß es unvorsichtig war«, sagte Maria, aber sie fuhr in knappen, sehr bestimmten Worten fort: »Ich bereue es nicht. Es war großartig, sie zu hören und ihre Gottesdienstordnung kennenzulernen. Eine Frau hat in ihrer Predigt erklärt, daß Gnosis heißt, sich der wahren Quelle bewußt zu werden, also der Tiefe, die allem innewohnt. Jeder, der zu dieser Quelle vorgedrungen ist, hat sich selbst kennengelernt. Das kam mir bekannt vor, es waren nicht die Worte Jesu, aber sinngemäß ...«

Rabbi Amasja schüttelte den Kopf: »Ich spreche nicht von ihrer Lehre, sie enthält viel Gutes. Wovor ich dich zu warnen versuche, ist, was geschehen könnte, wenn du dich zu erkennen gibst. Du wirst von Schwärmern umgeben sein und als der Apostel verehrt werden, der im Besitz der einzigen Wahrheit ist. Das ist eine schwierige Rolle. Und sie steht dir schlecht an, Maria. Du gehst immer wieder auf Abstand zur Autorität, kannst also nicht selbst zu einer solchen werden.«

Es war jetzt so still in der Bibliothek, daß sie den Wind in den Kronen der hohen Bäume im Hof rauschen hörten.

Schließlich sagte Leonidas: »Du hast recht, Rabbi. Maria hätte keine ruhige Minute mehr, wenn bekannt würde, wer sie ist. Sie leistet ihren Einsatz hier in der Bibliothek. Und ihre Niederschrift wird es noch geben, wenn das Hadern unter den verschiedenen christlichen Sekten längst vergessen ist.«

Das stimmt alles, dachte Maria, lehnte sich jedoch innerlich dagegen auf. Nicht einmal Leonidas verstand ihr Gefühl, manchmal im luftleeren Raum zu schweben.

Ich war trotz allem eine Auserwählte, dachte sie.

Aber sie schwieg.

Amasja und Leonidas setzten ihr Gespräch über die Gnostiker fort. Der Rabbiner meinte, die Vielfalt im gnostischen Glauben sei so groß, daß es weder Sicherheit noch Grundsätzliches gab, an das man sich halten konnte.

»Dem Einzelnen werden auf seinem Weg zu Gott viele Fallen gestellt«, fuhr er fort. »Gnostiker können zum Beispiel nicht zwischen Visionen und Wirklichkeit unterscheiden. Jeder kann der Lehre eine persönliche Offenbarung beigeben. Nach eigenem Gutdünken kann hinzugefügt oder weggenommen werden.

Petrus fordert mit Recht für das Christentum, daß es gleich dem Judentum seinen festen Glauben mit bestimmten Lehrsätzen untermauern muß, damit die Völker der ganzen Welt sich auf ein und dieselbe Wahrheit stützen können.«

Maria saß schweigend dabei, Vielfalt wäre also von Übel, dachte sie. Jesus aber hatte zu ihr gesagt: ›Schreibt keine Gesetze …‹

Aber das galt ja nur als Vision.

Die beiden Männer sprachen weiter, Maria hörte nicht mehr zu. Erst als Rabbi Amasja sich erhob, um zu gehen, stellte sie eine Frage: »Warum trittst du nicht zum Christentum über?«

Er wurde rot, und sie merkte, daß sie ihm zu nahegetreten war. Aber er war ein rechtschaffener Mann, also nahm er noch einmal Platz und versuchte eine ehrliche Antwort. »Es ist, weil ich im jüdischen Glauben so fest verankert bin. Wie alle rechtgläubigen Juden warte ich auf den Messias, den König, der in Macht und Herrlichkeit kommen wird, um das jüdische Volk zu befreien.«

Er wandte sich an Leonidas, obwohl Maria die Frage gestellt hatte. Der Grieche wirkte erstaunt und enttäuscht, Rabbi Amasja gestikulierte mit den Armen und wurde plötzlich redselig: »Du wirst verstehen, daß ich diesen Traum nicht mit einem Barfußprediger aus Galiläa in Einklang bringen kann, der sich noch dazu wie ein Verbrecher hinrichten ließ.«

Maria hätte am liebsten aufgeschrien, Jesus habe Sandalen getragen, sagte aber statt dessen: »Wie sollte er denn kommen? Aus den Heerscharen des jüdischen Gottes auf Wolken zur Erde herab, um alle anderen Völker zu vernichten?«

Rabbi Amasja verfiel in grüblerisches Schweigen. Schließlich sagte er: »Dieser Jesus hatte Macht, das geht aus euren Berichten hervor. Aber wozu hat er sie verwendet? Um einige hundert leidende Menschen von Krankheit und Schmerzen zu heilen. Ein paar Hundert von den vielen Millionen Leidenden in der Welt. Wozu sollte das gut sein? Verringerte es das Leiden, änderte es etwas an den Grundvoraussetzungen? Ist das Böse nicht groß geblieben wie eh und je? Und die Ungerechtigkeit und das Leid? Daß er schöne Worte sprach, ist nichts Neues. Israel hat eine Menge Prediger hervorgebracht, die sich zu Sprechern der im wesentlichen gleichen Botschaft gemacht haben.«

Nach kurzem Schweigen rief der Rabbiner aus: »Warum waren seine Taten so gering? Er hatte doch die Macht. Er hätte nicht Stunden nur auf einige wenige leidende Menschen verwenden dürfen.«

»Aber gerade darin lag seine Größe. Erkennst du nicht, daß gerade in diesen Begegnungen von Mensch zu Mensch das Neue geboren wurde? Eine neue Vision, ein neuer Weg. Ich habe dich sagen hören, daß es nur einen einzigen Weg gibt, Gott zu dienen, und das bedeutet, Ihn in jedem Bettler zu sehen.«

Rabbi Amasja stöhnte auf, wollte etwas entgegnen, aber Maria hinderte ihn daran: »Hör mich an«, sagte sie. »Was würde der Messias mit seinen mächtigen Taten erreichen? Neue Voraussetzungen für manche Menschen und neue Leiden für andere. Und neuen Aufruhr, neues Elend, neue Kriege.«

Sie beugte sich vor und betonte jedes Wort, als sie fortfuhr: »Was Jesus uns gelehrt hat, heißt, sich auf jeden einzelnen Menschen einzulassen, ihn wahrzunehmen und zu lieben. Das ist das Neue.«

Rabbi Amasja wollte noch einmal eine Erklärung versuchen, wurde aber von Leonidas unterbrochen: »Ich verstehe dich nicht. Was Maria sagt, stimmt doch. Was würde geschehen, wenn euer Messias käme, um auf Erden eine neue jüdische Herrschaft ins Werk zu setzen? Ein blutiges Abschlachten derer, die ihr Heiden nennt. Und nach einiger Zeit würden die besiegten Völker sich erheben und Rache üben.«

»Ich spreche von einem Gottesreich«, erwiderte Rabbi Amasja, aber seine Stimme hatte ihren Klang verloren.

»Und was ist das?«

»Ein Reich, das nicht von dieser Welt ist.«

»Weißt du, wer diese Worte gesprochen hat?«

»Nein.«

»Es war Jesus.«

»Das habe ich nicht gewußt«, sagte Rabbi Amasja.

Als Maria an diesem Abend zu Bett ging, dachte sie, daß sie nun endlich verstand, warum Petrus und alle anderen nicht zugehört hatten, wenn Jesus von seiner Erniedrigung und seinem Tod sprach. Das Bild des jüdischen Messias war unvereinbar mit dem

Schicksal, dem Jesus offenen Auges und in großer Angst entgegengegangen war.

Als sie schon im Einschlafen war, hatte sie den Lärm von Golgotha in den Ohren: »Anderen hat er geholfen, sich selbst kann er nicht helfen.«

Und dann das höhnische Gelächter.

Sie setzte sich auf, und ein Gedanke durchzuckte sie. Wollte Jesus mit der Kreuzigung vielleicht gerade das zeigen? Daß nämlich der, der im Besitz der Macht ist, darauf verzichten kann, sich ihrer zu bedienen?

Ein anderes Wort kam ihr in den Sinn: »Nimm dein Kreuz auf und folge mir.«

Am nächsten Morgen befand sie sich in Gedanken wieder in Bethanien vor den Mauern Jerusalems.

In dem Haus in Bethanien bekamen sie ein üppiges Abendbrot. Martha tischte auf und hieß sie zugreifen. Jesus, der mit Maria Magdalena an seiner Seite zu Tische lag, lächelte ihr zu.

Lazarus nahm an der Mahlzeit teil, aber sein Blick schien in weiter Ferne, und er aß kaum etwas. Maria sah, daß es Jesus beunruhigte.

Ihre Aufmerksamkeit galt aber Marthas Schwester, der jungen Maria, deren Hände so zitterten, daß sie unfähig war, von den Speisen etwas zu sich zu nehmen. Blicklos starrte sie über den Tisch hin, und ihre Augen waren schwarz und unnatürlich groß. Plötzlich sprang sie auf, lief in ihr Zimmer im inneren Teil des Hauses und kam mit einer wertvollen Glasflasche zurück. Als sie diese öffnete, erfüllte Nardenduft den Raum, die junge Frau kniete nieder und begann Jesus die Füße mit dem kostbaren Öl zu salben.

Schließlich rieb sie Jesu Füße mit ihrem Haar trocken.

Sie hörten, daß sich im Hof Menschen versammelten, Leute aus Jerusalem, die Jesus sehen und hören wollten. Er aber schüttelte den Kopf, er war zu müde. Nachdem er das Dankgebet gesprochen hatte, nahm er Magdalena bei der Hand und ging mit ihr in den Garten an der Rückseite des Hauses.

Dort waren alle Blumen verwelkt, Disteln und Dornen hatten die Vorherrschaft übernommen, und Maria dachte, daß keiner im Haus die Kraft gehabt hatte, zu jäten oder zu gießen, als Lazarus erkrankt war.

Sie setzten sich auf eine Bank an der Hauswand. Ein scharfer Wind fegte an der Mauer entlang, drang bis auf die Haut durch die Kleider. Maria hatte von diesem Wüstenwind schon reden hören, der durch Mark und Bein ging und alle Hoffnung aus den Seelen der Menschen vertrieb.

Jesus hielt Marias Hand immer noch in seiner. Aber seine Hand war kalt und der Griff ohne Kraft. »Wir werden jetzt voneinander Abschied nehmen«, sagte er.

Sie wollte nein schreien, ausrufen, daß sie ihm den ganzen weiten Weg bis in den Tod folgen wolle. Aber sie hatte die Stimme verloren. Er lächelte, es war ein Lächeln voll Zärtlichkeit und Verzweiflung. Dann sprach er den Wunsch aus, sie möge in diesen seinen letzten Tagen mit den anderen Frauen in seiner Nähe bleiben.

»Was die Soldaten mit den Frauen machen, ist schlimmer als der Tod«, sagte er.

Er erzählte von dem Mann mit dem Wasserkrug, der in Jerusalem ein Haus besaß. Dieser werde sich der Jüngerinnen annehmen, sie verstecken und beschützen.

»Wenn es mir möglich ist, werde ich euch dort aufsuchen.«

Und er fügte hinzu: »Ihr seid nicht einmal hier in Bethanien sicher. Der auferweckte Lazarus ist ein gefährlicher Zeuge.«

Maria begriff den Zusammenhang nicht, aber sie konnte immerhin flüstern: »Wir könnten dir doch in einiger Entfernung folgen?«

»Ja, mischt euch unter die Menschenmenge, die um mich sein wird. Aber gebt euch nicht zu erkennen.«

Sein Blick verlor sich im Dornengestrüpp des vernachlässigten Gartens. Als er zu Marias Gesicht zurückkehrte, sah sie, daß er weinte: »Du weißt, daß ich alle Tage bei dir bin.«

Als Maria sich von ihrem Stuhl in der Pergola in Antiochia erhob, mußte sie ihre ganze Kraft aufbieten, um die Erinnerung an den ungepflegten Garten und den eisigen Wind zu verdrängen. Jetzt konnte sie wieder sprechen, aber ihre Stimme zitterte vor Zorn: »Bei mir – alle Tage! In Wahrheit folgst du mir nur wie ein Flüstern im Wind, der weht, wo er will. Und wie ein Ahnen in der Luft, wenn es am schwersten für mich ist. Aber das reicht nicht, das reicht nicht!«

Sie hatte rasende Kopfschmerzen und beschloß, eine Weile zu ruhen. Als sie sich im Bett auf den Rücken legte und den Kopf in die Kissen drückte, dachte sie: Gott im Himmel, warum ist mir das nicht genug?

Sie versuchte zu schlafen, aber sobald sie die Augen schloß, kamen die Bilder der Erinnerung mit aller Eindringlichkeit zurück.

In Bethanien schien die Sonne, als sie sich am nächsten Tag zum Morgengebet versammelten. Der kalte Wind hatte sich fast ganz gelegt. Jesus betete für sie alle: »Himmlischer Vater, behüte die Menschen, die du der Welt entzogen und mir in deinem Namen geschenkt hast. Ich habe sie beschützt, und keiner von ihnen, nur der Mann des Untergangs, ging verloren. Sie gehören der Welt nicht an, so wie auch ich der Welt nicht angehöre. Heilige sie durch die Wahrheit. So wie du mich in die Welt gesandt hast, habe ich sie ausgesandt.«

Als er weitersprach, schien er sich unmittelbar an die Frauen zu wenden: »Ihr werdet trauern, aber eure Trauer wird sich in Freude verwandeln. Wenn eine Frau gebären soll, hat sie es schwer. Doch wenn sie ihr Kind geboren hat, erinnert sie sich in der Freude darüber, daß ein neuer Mensch zur Welt gekommen ist, ihrer Schmerzen nicht mehr. Jetzt habt auch ihr es schwer. Aber ich werde euch wiedersehen, und dann werdet ihr frohlocken, und niemand wird euch die Freude streitig machen.«

Die Männer bereiteten sich auf den Weg in die Stadt vor. Jesus ritt auf einem Esel, und in weiter Ferne konnten die Frauen das Volk sehen, das auf ihn wartete. Tausende Menschen rissen Laub von den Bäumen und streuten es ihm auf den Weg, andere breiteten ihre Mäntel vor ihm aus. Als die Frauen näher kamen, konnten sie die Rufe derer hören, die vorausgingen, und auch jener, die nachkamen: »Hosanna! Gelobt sei, der da kommt im Namen des Herrn.«

Aus allen Stimmen konnten sie Simon Petrus heraushören, der laut rief: »Gelobt sei das Reich unseres Vaters David.«

Maria Magdalena hielt sich den Mund zu, um nicht schreien zu können: Schweig still! Auch die anderen Frauen bekamen Angst, dies war eine Herausforderung, die nicht verziehen werden würde.

Als die Frauen im Olivenhain am Hang des Ölberges angekommen waren, ließen sie sich im Schatten der alten Bäume zur Rast nieder und sahen den jubilierenden Zug der Tausenden auf dem Weg zum Tempel durch das Stadttor entschwinden.

Maria berichtete den Frauen, was Jesus von den ihnen drohenden Gefahren gesagt hatte, von der Notwendigkeit, sich von ihm fern zu halten, und von allem, was ihm jetzt bevorstand.

Manche Frauen wirkten erleichtert, sie waren sich des Risikos bewußt. Aber jene Maria, die die Mutter Jakobs und Josefs war, bebte in einem Schwächeanfall am ganzen Leib. Lydia setzte sich zu ihr, hatte aber keine Worte des Trostes.

Schließlich brachen sie auf, schleppten sich zur Stadtmauer hinauf und gingen mit schweren Schritten durch das Tor. Niemand hinderte sie daran, sie waren nur eine kleine Schar im Strom jüdischer Frauen und Männer, die aus der ganzen Welt gekommen waren, um in der heiligen Stadt ein Paschalamm zu opfern.

In den Gassen wimmelte es von Menschen. Und von Soldaten. Susanna bemerkte leise, daß der römische Prokonsul zum Osterfest eine ganze Armee nach Jerusalem gebracht zu haben schien.

»Warum nur?« fragte Salome, der die vielen Menschen und auch die Römer unheimlich waren.

»Sie haben Angst vor Tumulten«, flüsterte Susanna.

Dann geschah alles, wie Jesus es gesagt hatte. Ein Mann mit einem Wasserkrug auf der Schulter gab den Frauen heimlich ein Zeichen und ging langsam vor ihnen her.

Sein Haus lag nahe der Mauer, es war groß und gut eingerichtet und zur Straße hin durch schwere Tore verschlossen. Er wies sie die Treppe zum oberen Stockwerk hinauf, wo zwei Zimmer vorbereitet waren. Eine ältere Dienerin, eine Griechin mit Namen Helena, nahm sie herzlich auf. Sie war im Gegensatz zum Hausherrn, der den Mund bis jetzt nicht aufgemacht hatte, sehr gesprächig. Als er dann doch ein Wort sagte, ermahnte er sie nur. Sie durften sich nicht wie bisher alle gleichzeitig auf der Straße zeigen. Wenn sie das Haus verlassen wollten, mußten sie jeweils zu zweit gehen und so schnell wie möglich in der Menge untertauchen.

Sie nickten, ihnen war bewußt, daß sie sich auf feindlichem Boden befanden.

An diesem Nachmittag ging in der Stadt das Gerücht um, Jesus habe die Geldwechsler aus dem Tempel gejagt. Er hatte Tische umgeworfen, mit einer Geißel um sich geschlagen und jene verdammt, die das Haus Gottes zum Haus des Mammons machten.

Helena berichtete atemlos: »Es kann ja was dran sein«, sagte sie. »Draußen standen nämlich lange Schlangen von Pilgern, die ihre Münzen wechseln wollten. Aber was sollten sie denn tun, wenn sie sich anders kein Opferlamm kaufen konnten.«

Die Frauen jammerten verzweifelt, manche weinten. Nur Maria Magdalena stand starr und stumm dabei und wußte, daß es jetzt kein Zurück mehr gab.

Gegen Abend kam Helena mit neuen erschreckenden Gerüchten: Die Römer hatten im Tempel einen Aufruhr niedergeschlagen, fünf Eiferer waren festgenommen und dem Pontius Pilatus vorgeführt worden.

»Eiferer?« Maria war erstaunt.

»Ja, so nennen die Zeloten sich doch. Andere bezeichnen sie als Dolchmänner, weil sie lange Dolche in ihren Mänteln verbergen.«

Maria fiel einer der Jünger ein, Simon der Eiferer. Er hatte sich, als Johannes der Täufer getötet worden war, Jesus angeschlossen.

Am nächsten Morgen gingen sie zwei und zwei, wie der Mann mit dem Wasserkrug sie geheißen hatte, durch die Gassen zum Tempel. Sie achteten aus Angst, nicht zurückzufinden, genau auf den

Weg: An einer Ecke befand sich ein dicker Gemüsehändler, an einer anderen eine plumpe Steinsäule. Sie fanden auch Jesus ohne Schwierigkeiten, in seiner Umgebung war es schwarz von Menschen. Bis zu ihm konnten sie aber nicht vordringen, die Menschenmauer öffnete sich nicht. Zuspätkommende wurden nicht durchgelassen.

Marias Blick war von Tränen getrübt, sie hatte Ihn sehen wollen. Doch dann hörte sie die Stimme, seine junge, helle Stimme, die jeden erreichte. Jemand rief: »Steht es dem Kaiser zu, daß wir ihm Steuern bezahlen?«

Maria wurde unruhig, dies war eine gefährliche Frage.

Aber Jesus antwortete ganz ruhig, fast lachend: »Zeige mir einen Denar. Wessen Bild und wessen Namen siehst du darauf?«

»Das des Kaisers«, riefen die Leute, und Jesus fuhr fort: »Dann gebt dem Kaiser, was des Kaisers ist, und Gott, was Gottes ist.«

Die Leute lachten, Maria und Lydia lächelten einander zu.

Es muß viel mehr Erinnerungen an die Tage im Tempel geben, dachte Maria, die in Antiochia in ihrem Garten saß. Aber es war, als hätte sich damals in Jerusalem schwarzer Ruß auf ihre Sinne gelegt, sie konnte keine deutlichen Erinnerungen hervorrufen.

Doch. Eine.

An einem dieser endlosen Tage ging sie mit Susanna durch Zufall genau auf Ihn zu, als er, auf einem Stein sitzend, die Menschen unterwies. Es war früh am Morgen, und trotzdem hatte das Volk sich schon versammelt. Maria hörte nicht zu, sah nur sein Gesicht, sah, daß er verzweifelt und erschöpft war, und erkannte endlich, daß einzig der Tod ihn befreien konnte.

Er zeichnete mit einem Stock in den Sand.

Plötzlich drang ein Haufen aufgebracht lärmender Männer zu ihm vor. Sie schleppten eine Frau herbei, die beim Ehebruch ertappt worden war.

Laut schrien sie: »Das Gesetz schreibt vor, solche Frauen zu steinigen. Was sagst du dazu?«

Jesus hörte nicht auf, in den Sand zu zeichnen. Nach langem Schweigen hob er den Kopf: »Wer von euch ohne Sünde ist, werfe den ersten Stein.«

Die erzürnten Männer ließen die Arme sinken und gingen einer nach dem anderen fort, und die Menge zerstreute sich schweigend. Nur die Ehebrecherin war geblieben, und auch Maria und Susanna, die sich hinter einer Säule versteckt hatten, traten hinzu. Sie hörten, wie Jesus die Frau fragte: »Wohin sind sie gegangen? Hat keiner dich verurteilt?«

Sie flüsterte zur Antwort: »Nein, Herr, keiner.«

»Auch ich verurteile dich nicht. Sündige von jetzt an nicht mehr.«

Kurz darauf erhob sich Jesus, um den Platz zu verlassen, und erblickte Maria. Als er an den beiden Frauen vorbeiging, sagte er: »Ich besuche euch heute nacht.«

Für einen Augenblick wollte die Freude Maria fast sprengen. Ihr Gesicht glühte, das Herz klopfte, die Füße eilten die Tempelstufen hinunter. Zwei und zwei gingen sie, wie ihnen geraten worden war, zu dem Haus zurück. Auch die anderen Frauen strahlten, als sie die Botschaft vernahmen.

Dann dieses lange Warten auf die Nacht, auf die Dunkelheit. Zum ersten Mal fiel ihnen auf, daß die Nacht in der großen Stadt nie ganz finster war. Und nie ganz still. Menschen zogen eifrig schwatzend durch die Straßen, römische Soldaten marschierten, und lange hörten sie zwei Frauen streiten.

Aber in der dunkelsten Stunde stand Er dann doch in der großen Halle. Die Frauen weinten still und verzweifelt vor sich hin, alle sahen, wie erschöpft er war. Sie hatten ihm ein Bad und ein eigenes Zimmer mit bequemen Kissen vorbereitet.

Nun lagen sie beide dort. Marias Hände fühlten seinen Körper, jeder Muskel war angespannt, und plötzlich erinnerten sich ihre Hände einer Kunst, die sie vor langer Zeit erlernt hatte. In sanften Bewegungen massierte sie Ihm Rücken, Schultern, Arme, Beine.

Sie sprachen nicht, es gab nichts mehr zu besprechen.

Dann schlief er tief und ruhig. Auch sie mußte eingeschlafen sein, und als Nikodemus klopfte, war ihr Kissen beim Erwachen naß.

Nachdem der Ratsherr gegangen war, konnten sie über den Bergen im Osten schon die Dämmerung ahnen. Jesus küßte sie, und sie wußten beide, daß es zum letzten Mal war. Dann verschwand er ebenso unmerklich, wie er gekommen war. Maria versuchte noch einmal einzuschlafen, aber es gelang ihr nicht.

Beim Frühstück, das die Frauen in ihrem Schlafraum einnahmen, begannen sie über die Männer zu sprechen, die sich Jünger nannten. Wo waren sie geblieben? Susanna hatte gehört, daß sie nach Galiläa zurückgekehrt, Salome, daß sie in die Berge geflohen waren. Nur Johannes und Andreas, die in der Nacht mit Jesus zusammen hergekommen waren, befanden sich noch im Haus.

»Wie können sie nur so feige sein«, rief Maria Magdalena aus. Aber Maria, die Mutter von Jakob und Josef, sagte: »Es wird behauptet, daß es jetzt sogar gefährlich ist, ihn auch nur gekannt zu haben.«

Während des Gesprächs kam die Griechin herein: »Eine Frau sucht euch, sie sagt, sie gehöre zu euch. Mein Herr ist nicht zu Hause, und ich weiß nicht, was ich tun soll.«

Alle schauten einander an: Eine Frau? Wer konnte das sein? Wer wußte von dem Haus, was wollte sie von ihnen? Die Angst machte das Atmen schwer. Schließlich erhob sich Maria Magdalena: »Ich gehe nachsehen, wer es ist.«

Und dort stand sie, die Mutter Jesu.

»Es muß vollbracht werden, ist es nicht so?«

»Ja.«

Ihre Blicke begegneten sich in tiefster Verzweiflung.

Wie bei Frauen nicht selten, machten die täglich notwendigen Handgriffe die Besorgnis erträglicher. Maria von Nazareth hatte in der Nacht einen weiten Weg hinter sich gebracht, sie mußte sich waschen, brauchte etwas zu essen, mußte schlafen. Sie erholte sich schnell, sagte nur, ich muß euch so vieles fragen.

Aber eine nach der anderen erwiderten sie: »Wir haben keine Antworten.«

Am Nachmittag gingen die Mutter Jesu und Maria Magdalena in den Tempel. Die Menschenmenge, die Jesus umgab, war so zahlreich, daß die beiden Frauen ihn nur von weitem sehen konnten. Es war ein buntgemischtes Volk, und es befanden sich in der Menge auch Ratsherren des Sanhedrin, Tempelwächter und römische Soldaten.

Früh am nächsten Morgen klopfte es wieder ans Tor. Jetzt war der Mann mit dem Wasserkrug zu Hause und ging selbst öffnen. Draußen stand Johannes, der jüngste der Jünger.

Sein Blick suchte Magdalena, als er sagte: »Im Morgengrauen haben sie ihn gefaßt.«

Es war, als hätte sie es gar nicht gehört, sie stand nachdenklich da, dachte, daß sie nie Sympathie für Johannes empfunden hatte, dachte, daß man ihn den Lieblingsjünger Jesu genannt hatte und daß er schön anzusehen war. Und eine angenehme Art hatte.

Im nächsten Augenblick wurden ihre Gedankengänge vom Weinen der Frauen unterbrochen. Langsam ging ihr auf, was Johannes' Botschaft bedeutete. Sie schwankte, als sie auf Maria von Nazareth zutrat und sich ihr in die Arme warf. Fest umschlungen standen sie da, keine von beiden hatte Tränen in den Augen.

Es war Maria von Nazareth, die das Schweigen schließlich brach: »Wo ist er?«

»Ein Hauptmann der Tempelwache war dabei, als die römischen Soldaten ihn ergriffen. Der Tempelwächter schlug vor, den Gefangenen zuerst dem Großen Rat vorzuführen. Also brachten sie ihn dorthin, und Kaifas verhörte ihn. Was drinnen gesprochen wurde, darf niemand wissen. Dann wurde Er gefesselt zu Pontius Pilatus gebracht.«

»Was wird mit ihm geschehen?«

Johannes schüttelte den Kopf, er wagte es nicht einmal zu ahnen. Das Schweigen lastete lange und schwer.

Endlich sagte Maria Magdalena: »Sie werden ihn kreuzigen.«

In den nächsten Stunden beschäftigte Maria Magdalena sich mit Unwesentlichem. Warum trug Jesu Mutter einen himmelblauen Mantel? Und Johannes? Warum fiel es diesem Jungen so schwer, einen Fuß vor den anderen zu setzen. Mußte er unbedingt auch noch stolpern?

Sie selbst hatte ihre ausgetretensten Schuhe angezogen.

Als sie das Haus gerade verlassen wollten, merkte Maria, daß sie Hunger hatte, und bat die Griechin um ein Stück Brot, das sie in Stücke brach und im Gehen – jeweils zu zweit die Gassen zur Mauer hinunter, durch das Tor und hinaus zur Schädelstätte pilgernd – kaute.

Die Sonne stand über dem Berg Zion.

Es würde ein warmer Tag werden.

Das macht nichts, ich friere.

Maria von Nazareth wankte vor ihr her, Magdalena holte sie ein und reichte ihr die Hand. Aber sie war seltsam kraftlos, und so sagte sie befehlend zu Johannes, daß er die Mutter Jesu stützen solle.

Er gehorchte, stolperte im Gehen aber immer wieder.

Als Magdalena die Hinrichtungsstätte erblickte, hörten auch die sinnlosen Gedanken auf. Ihre Gefühle waren erloschen. Sie war innerlich leer, der Zeit entrückt.

Trotzdem gab es Augenblicke der Vernunft. Ein älterer Mann kam zu ihnen und sagte, er sei Josef von Arimatäa und ein Freund.

Er sah sie alle lange an und sagte dann leise, es sei gefährlich, nahe beim Kreuz zu stehen, denn es sei bei den Römern Brauch, auch jene zu kreuzigen, die um einen Hingerichteten trauerten.

Maria Magdalena lachte ihm ins Gesicht. Nahm sich dann aber zusammen und sagte: »Begreifst du denn nicht, daß ich gerne mit ihm sterben würde?«

Er strich ihr über die Wange.

Dann sagte er, er habe in der Nähe einen Garten mit einem Felsengrab, das schon bereit stünde. Er wolle die Römer um Erlaubnis bitten, den Leichnam dorthin bringen zu dürfen. Und Magdalena blieb vernünftig und dachte, er werde seinen Willen bestimmt durchsetzen, denn er war ein reicher Mann von großem Einfluß.

Doch bald überkam sie wieder das Gefühl der Leere, die Hitze flimmerte über dem kahlen Berg, Magdalena fror und ihr fiel jetzt auf, daß sie am ganzen Körper zitterte. Aber es war ihr gleichgültig, und ohne Erstaunen erkannte sie, daß sie ihres Leibes enthoben war.

Dann war das Gröhlen einer lärmenden Menge zu hören. Dort stand Er mit seinem Kreuz auf den Schultern, ausgepeitscht, gefoltert, eine Dornenkrone in die Stirn gedrückt. Das Blut rann ihm in Strömen übers Gesicht, und die Haut hing in Fetzen vom Rücken. Die Augen waren blaugeschlagen, konnte er überhaupt noch etwas sehen?

Jetzt wurde Maria Magdalena aus ihrer Stumpfheit gerissen, Schmerz durchbohrte sie wie mit Messern, sie schrie, schrie wie eine Irre.

Josef von Arimatäa legte ihr die Hand auf den Mund.

Er nahm seine Hand nicht weg, als die Soldaten Jesus Nägel durch die Hände trieben, Maria schloß die Augen und betete darum, daß ihnen vergeben werden möge. Als sie die Augen kurz öffnete, sah sie, daß die anderen Frauen sich bei dem qualvoll knirschenden Geräusch die Ohren zuhielten.

Als das Kreuz aufgerichtet wurde, schloß sie die Augen wieder, aber es half ihr nichts, die Messer drehten sich immer und immer wieder in ihrem Körper. Am schlimmsten spürte sie es in ihrem Herzen. Das Messer, das dort steckte, brannte wie Feuer.

Im nächsten Augenblick kehrte die wohltuende Leere zurück, Maria war nicht sie selbst und sie war nicht an diesem Ort.

Überall höhnisches Geschrei: »Vielen hat er geholfen, sich selbst kann er nicht helfen.« Die Volksmenge, die ihm zugejubelt hatte, nahm seine Qualen wollüstig auf und genoß sie. Eine Erinnerung durchzuckte in Sekundenschnelle ihren Kopf: »Maria, ich habe nie geahnt, daß die Menschen so schlecht sind.«

Sie warf einen Blick auf Jesu Mutter, sah, daß Johannes den Arm um sie gelegt hatte. Dann wurden die anderen Kreuze aufgestellt, zwei weitere Männer sollten hingerichtet werden. Maria schaute zu dem einen hinauf, er war nicht so schlimm zugerichtet wie Jesus, und er erwiderte ihren Blick voller Trotz. Sie erkannte ihn, kannte ihn.

Aber wann, wo, war sie ihm begegnet?

Er sprach mit Jesus, Jesus gab Antwort, aber unten konnte niemand hören, was sie sprachen.

Die Stunden krochen dahin, die Zeit war ohne Ende. Dann in der sechsten Stunde verdunkelte sich der Himmel, ein heftiger Wüstensturm fegte über die Stadt hinweg, schonte die Lungen der Menschen nicht, bereitete ihnen Schmerz. Maria hoffte, der Wüstenstaub werde in Seine Atemwege eindringen und das Leiden verkürzen.

Aber erst in der neunten Stunde hörte Er auf zu atmen.

Zu diesem Zeitpunkt überkam Maria eine große Ruhe, die Messer in ihrem Körper verschwanden und mit ihnen auch die unerträglichen Gefühle.

Und sie verlor den Verstand.

Wie eine Puppe folgte sie, von Salome geleitet, dem Diener Josefs, als der Leichnam zu dem Felsengrab im Garten getragen wurde. Josef von Arimatäa hüllte den Toten selbst in das Leichentuch aus feinstem Leinen. Soldaten überwachten die Grablegung, sorgten dafür, daß der große Stein vor den Eingang gerollt wurde. Maria sah sich um, es war ein schöner, von Ruhe erfüllter Garten. Beim Verlassen achtete sie genau auf den Weg und flüsterte Salome zu: »Wir gehen in der Morgendämmerung wieder her, um Ihn zu salben.«

»Und was ist mit dem Stein?«

Maria erwiderte mit ihrer neuen, kalten Stimme: »Irgendwie wird Gott uns helfen.«

Das Haus des Wasserträgers war erstaunlich unverändert. Die Frauen gingen still in ihr Zimmer, und endlich konnten sie weinen. Nur Magdalena nicht, die ihre Schlafmatte auf dem Fußboden ausrollte und sofort einschlief.

Das leise Weinen der Frauen rundum vertiefte den Schlaf, der nachtschwarz und ohne Bilder war.

Und es kam der Sabbatmorgen, die Frauen bereiteten das Paschamahl, aber jede von ihnen aß nur wenige Bissen von den feinen Speisen. Sie gingen zeitig zu Bett und fanden jetzt alle Schlaf. Maria Magdalena schlief wie bewußtlos.

Bis sie von dem Wasserträger geweckt wurde, der im Türrahmen stand: »Ein Erdbeben! Unter dem Fußboden im unteren Stockwerk gibt es einen geschützten Raum, nehmt eure Schlafmatten mit dorthin.«

In diesem Moment erbebte das Haus, und der Boden schwankte unter ihnen. Manche Frauen schrien vor Angst, andere rafften schnell ihre Sachen zusammen und rannten zur Treppe. Nur Magdalena blieb teilnahmslos, wirkte eher zufrieden. Gut so, Jesus! Erschüttere die ganze Welt, damit sie endlich begreift, was sie dir angetan hat.

Doch der Wasserträger gönnte ihr keine Ruhe, und als letzte von allen ging sie langsam die Treppe hinunter in den engen Raum unter dem Haus. Die Diener befanden sich alle schon dort, und die Griechin hatte Brot, Oliven und Wasser mitgenommen.

Maria Magdalena konnte als einzige etwas essen. Danach legte sie sich auf ihre Matte und schlief sofort ein. Ebenso machten es die Mutter Jesu und Maria, die Frau von Klopas, und auch Salome – alle, die mit Magdalena am Fuß des Kreuzes ausgeharrt hatten.

In der Morgendämmerung wurde Magdalena von Salome geweckt, die Gewürze und Öl eingekauft hatte. Sie sparten nicht mit wohlriechenden Kräutern, um sie dem Olivenöl beizumischen, mit dem sie den Leichnam salben wollten.

Und noch bevor es hell wurde, waren sie unterwegs. Die Erde bebte nicht mehr, aber in den Gassen war das Vorwärtskommen mühsam, weil viele Mauern und Häuser eingestürzt waren und verzweifelte Menschen nach vermißten Angehörigen suchten. Niemand beachtete die zwei Frauen, die mit einem großen Korb über die Trümmer stiegen.

In der Stadt stank es nach geborstenen Abtritten und verwesenden Speiseresten.

Nicht lange, und sie waren draußen vor den Mauern. Die Zerstörung war hier geringer, aber viele Säulen waren umgestürzt, und große Steintrümmer lagen herum. Salome keuchte: »Erinnerst du dich an deine Worte von gestern abend, daß Gott uns bei dem Grabstein zu Hilfe kommen möge? Du wirst schon sehen.«

Und es war, wie Maria gesagt hatte. Als sie in den Garten kamen, sahen sie sofort, daß der große Stein vom Eingang des Grabes weg- und die Böschung hinuntergerollt war. Das beste von allem war aber, daß das Erdbeben die römischen Soldaten in die Flucht geschlagen hatte, die zur Grabwache eingeteilt gewesen waren. Die beiden Frauen befanden sich allein in dem Garten, in dem jetzt die ersten Sonnenstrahlen durch die Baumkronen drangen und die Vögel zu singen begannen. Maria Magdalena atmete tief ein, schaute und horchte.

Und sie dachte, daß sie vielleicht trotz allem auf dem Weg zurück zu sich selbst war.

Die beiden Frauen verschwanden im Inneren des Felsengrabes. Ein paar zaghafte Sonnenstrahlen stahlen sich durch die Öffnung, aber drinnen herrschte trotzdem so tiefe Dunkelheit, daß die Frauen einen Moment stehenbleiben mußten, um ihre Augen daran zu gewöhnen.

Es dauerte, bis sie begriffen, was sie sahen.

Der Felsvorsprung, auf den sie den Toten gelegt hatten, war leer, nur das schöne Leichentuch war noch vorhanden.

»Das ist unmöglich«, flüsterte Salome. »Unmöglich, unmöglich.«

Maria Magdalena konnte nicht einmal flüstern, ihre große, tiefe Trauer holte sie unvermittelt ein.

Sie weinte. Das Weinen entstand im Bauch, schwoll im Hals mit solcher Wucht an, daß es ihr fast den Atem raubte, dann machte sich der Schmerz in einem lauten, unmenschlichen Schluchzen Luft.

Das war kein Weinen, es war eher ein Aufschrei.

»Ruhig, ruhig«, beschwichtigte Salome. »Niemand darf uns hier finden.«

Allmählich gelang es Maria, sich zu beruhigen, schließlich flossen nur noch die Tränen, die wie der Regen im Winter nicht aufzuhalten waren.

»Was tun wir?«

»Hier gibt es nichts zu tun.«

»Wir müssen es den anderen sagen.«

»Ja.«

»Leise! Draußen steht ein Mann.«

Aber Maria fürchtete sich nicht, selbst wenn die ganze römische Kohorte draußen Wache gestanden hätte, würde sie nicht gezögert haben.

Sie bückte sich und trat durch die Graböffnung.

Draußen stand ein Mann. Sie sah ihn nur im Gegenlicht und

war von der Sonne geblendet, die nach dem Grabesdunkel in den Augen fast schmerzte. Es ist einer von Josefs Gärtnern, dachte sie.

In diesem Augenblick sagte er: »Warum weinst du?«

Maria versuchte die Tränen zurückzuhalten: »Wenn du es bist, der meinen Herrn weggetragen hat, dann sage mir, wohin du ihn gelegt hast, damit ich ihn bestatten kann.«

Der Mann sagte: »Maria.«

In diesem Augenblick erkannte sie die Stimme, die helle Stimme, die sie geliebt hatte. Gewißheit durchzuckte sie, verwandelte sie, sie spürte, wie Klarheit und Kraft ihren Körper, ihre Vernunft, ihre Sinne wieder belebten.

Eine Brise kam auf, der Morgenwind wirbelte Staub und Blätter durch den vom Erdbeben verwüsteten Garten. Seine Gestalt blieb verschwommen.

Aber die Stimme war klar und voll Humor, als er sagte: »Eile, Maria, sage meinen Jüngern, sie sollen nach Galiläa gehen. Dort werden sie dem Auferstandenen begegnen.«

Beide Frauen liefen eilig davon, mußten aber an der Stadtmauer verweilen, um wieder zu Atem zu kommen. Salome fragte: »Wo werden wir sie finden? Sie waren während dieser schweren Zeit doch alle verschwunden.«

Maria Magdalena lächelte: »Jesus hat es uns aufgetragen. Gehen wir zum Haus des Wasserträgers.«

Sie hatte recht. Oben in dem großen Saal saßen alle wie versteinert vor Trauer und Hilflosigkeit beisammen. Natürlich wollten sie Maria nicht glauben, doch schließlich erhob sich Petrus, um das leere Grab aufzusuchen.

Maria Magdalena saß in ihrem Haus und faßte ihre Erinnerungen in auf Pergament geschriebene Worte.

Sie war schon zwei Tage ununterbrochen damit beschäftigt, und Leonidas machte sich wegen ihrer Müdigkeit, ihrer Magenbeschwerden und ihrer Blässe Sorgen. Am späten Nachmittag kamen Petrus und Paulus zu Besuch, sie wollten sich vor der langen Reise zu den Gemeinden in Thessaloniki verabschieden.

Es war eine Erleichterung.

»Ich werde dir alles, was ich von der Auferstehung in Erinnerung behalten habe, in einem Brief berichten«, sagte Maria.

Paulus schien zufrieden, Simon Petrus umarmte sie wie ein Bär und bedankte sich bei ihr. Alle waren sich einig, daß sie sich bald wiedersehen wollten.

Leonidas begleitete die beiden Männer zum Tor. Als er zurückkam, sah er, daß Maria wieder Farbe angenommen hatte und den Kopf hoch trug.

Er erzählte ihr, daß er gerade ein Schiff belud, das nach Korinth segeln sollte.

»Dorthin wolltest du doch reisen«, sagte er.

Maria lächelte ihn an, und ihr kräftiges ja klang heiter.

Schon Ende der Woche sollte es losgehen. Also blieb ihr nur wenig Zeit für den Brief an Paulus. Es machte Maria nicht viel aus, sie wollte kurz und sachlich berichten, was sie gesehen und erlebt hatte.

»Du weißt, es wird davon gesprochen, daß du einen Engel im Felsengrab gesehen hast«, sagte Leonidas.

»Nein, das war mir nicht bewußt. Ich werde schreiben, daß es nicht wahr ist. Meine zwiespältigen Gefühle auf Golgotha werde ich ihm ersparen. Und auch meine geistige Umnachtung, als ich Ihn in Galiläa suchte.«

»Gut, nur nicht zu persönlich werden.«

»Nein. Das verspreche ich dir.«

Der Brief wurde nicht kurz, Maria schilderte alles bis ins Kleinste. Und blieb sachlich.

Sie fügte ein P. S. hinzu.

»Du weißt, daß Er mir noch einmal erschienen ist. Was er an diesem Tag zu mir gesagt hat, hast du schon bis zum Überdruß gehört: Macht keine Gesetze …«

Am Freitag morgen legte das Schiff in Seleuka ab, der Wind blähte die Segel, und Maria war von einer ganz neuen Freude erfüllt.

TEIL IV

Der Ostwind war ihnen günstig, und das schwer beladene Schiff tanzte gleichsam über das Wasser, der Wind sang in den Segeln, und die Wellen schlugen gegen den Rumpf. Als sie aber in den Windschatten des Peloponnes kamen und Kurs nach Norden nahmen, wurde es fast feierlich still. Für einen Augenblick.

Als dann die Männer an den Steuerrudern ihre ganze Kraft einsetzten, um den Kurs zu ändern, begann das riesige Segel zu flattern. Andere Männer holten die Schoten dicht, und langsam blähte sich das Segel in der leichten Brise von Steuerbord.

Leonidas blickte über das Wasser hin und sagte zu Maria: »Das Ägäische Meer erinnert mich immer an deine Augen.«

»Ach nein, so blau können Augen gar nicht sein.«

Sie hatte während der Reise viel geruht, wenig nachgedacht und morgens immer lange geschlafen.

Doch eines Tages weckte Leonidas sie schon früh am Morgen: »Auf, auf, du Langschläferin! Die Einfahrt nach Kencherai mußt du miterlebt haben!«

Maria war schnell angezogen, sah in der langgestreckten Bucht hinter dem Pier die Hafenstadt mit den großen Lagerhäusern liegen, und dort, im Getümmel am Kai, wartete Euphrosyne. Bald würden sie beisammen sein, und erst jetzt, als das Schiff in den geschützten Hafen einlief, fühlte Maria, wie sehr sie sich nach ihrer Stiefmutter gesehnt hatte. Endlich entdeckte auch Euphrosyne die Ankömmlinge. Sie wartete im Trubel der Kaianlage mit Pferd und Wagen. Auf dem Kutschbock saß Setonius, und Maria mußte zwinkern, um die Tränen zurückzuhalten.

Es war ein warmer, aber nicht zu heißer Tag, der Wind vom Meer brachte Kühlung.

Euphrosyne kam an Bord, die beiden Frauen hielten sich wie üblich bei den Händen und erforschten jede das Gesicht der anderen mit ernstem Blick.

Endlich fand Euphrosyne Worte: »Du hast dich verändert.«

»Ich habe viel zu erzählen. Aber du siehst aus wie immer, du alterst überhaupt nicht.«

»Stimmt. Als ich feststellte, daß ich genug gealtert war, habe ich einfach damit aufgehört.«

Leonidas tauchte auf. Er war der einzige Mensch, der keinen Respekt vor Euphrosynes distanziertem Wesen hatte, er nahm sie so fest in die Arme, daß nicht nur der Brustkorb, sondern auch die Seele schmerzte.

»Meine Kinder!« sagte sie. Und gleich darauf: »Werden wir nicht sentimental.«

»Nein«, sagte Leonidas. »Ich habe gar keine Zeit dazu. Es gibt viel für mich zu tun.«

Er suchte das Hafenkontor auf und erledigte alle seine Zollangelegenheiten nach Vorschrift. Binnen einer Stunde begann das Löschen der für Korinth bestimmten Seide, die ein Drittel der Ladung ausmachte. Der Rest war für Ostia bestimmt, und das Schiff sollte schon morgen wieder ablegen.

»Aber für ein Mittagessen in meinem Haus wirst du hoffentlich Zeit haben?«

»Ja, natürlich. Und ich werde nicht lange ausbleiben. In wenigen Wochen komme ich zurück, um Maria abzuholen.«

Als er einen Schatten über Marias Gesicht huschen sah, fügte er hinzu: »Natürlich nur, wenn du nicht noch bleiben möchtest.«

Verwirrt schüttelte sie den Kopf.

Am Kai warf Maria sich Setonius bedenkenlos in die Arme. Er war stark gealtert, sah aus wie ein weise gewordener Greis. Wie könnte es anders sein, dachte Maria. Er war immer schon weise gewesen.

Sie fuhren durch die neue Stadt, überquerten die Seitenstraßen, wo sie kurz einen Blick auf die riesigen Tempelruinen des alten Korinth werfen konnten, jene Stadt, die die Römer gebrandschatzt und geplündert hatten.

Dann lag es wie erwartet vor ihnen: Euphrosynes schönes Haus, das sich am Hang ausdehnte, wo die hohen Berge am Golf von Korinth in sanfteres Gelände übergingen. Sie tranken den Begrüßungswein auf der Terrasse, schauten aufs Meer hinaus und hörten die Wellen an die Kaimauern schlagen.

Nach der Mahlzeit mußte Leonidas aufbrechen. Euphrosyne wurde noch einmal fest in die Arme genommen, Maria hingegen hielt er zärtlich und lange umfangen. Er hatte die schweren Lider gesenkt, schaute ihr nicht in die Augen.

»Der Mann verdient sein Geld nicht leicht«, sagte Euphrosyne, als sie dem Wagen nachgewinkt hatten und zum Haus zurückgingen. »Er sieht müde und überarbeitet aus«, stellte sie fest.

Eine Welle der Besorgnis überkam Maria – und der Selbstvorwürfe. Hatte sie Leonidas in den letzten Monaten überhaupt wahrgenommen? Sie hatten zwar viel miteinander gesprochen, aber es war immer nur um sie und ihre Probleme gegangen.

Euphrosyne fuhr fort: »Er hat auch mit seinem hiesigen Schwiegersohn viel Kummer, der sich nur herumtreibt und das Geld des Unternehmens verschwendet. Weißt du etwas über den Fortgang seiner Ehescheidung?«

Maria schüttelte den Kopf, sie hatte Nikomakos völlig vergessen und kaum aufgepaßt, wenn Livia mit Leonidas besprach, wie schwierig es war, sich von einem verschwundenen Ehemann scheiden zu lassen. Sie hatte nicht einmal Mera und das Kind besucht. Wie mochte es ihnen gehen?

Maria schwieg, und Euphrosyne sprach unerbittlich weiter: »Leonidas wird langsam ein alter Mann, er ist schon einiges über sechzig.«

»Daran denke ich nie.« Maria schämte sich.

»Du wirst dich an meine Worte erinnern, daß ich kein Einfühlungsvermögen habe«, sagte sie schließlich.

»Das stimmt nicht mehr, du hast dich verändert.«

Maria konnte die Tränen nicht zurückhalten: »Ich habe viel von dir gelernt. Es war deine Sorge um alle und jeden, und dein Verantwortungsgefühl. Und daß du, als ich nach Kafarnaum ging, nie ein vorwurfsvolles Wort gesagt hast.«

»Da hast du ein Taschentuch«, sagte Euphrosyne.

Maria schneuzte sich, nahm sich zusammen: »Nicht daß ich mich rechtfertigen möchte, aber es ist eine schwierige Zeit gewesen. Wenn es dir nicht zuviel wird, würde ich dir gerne meine Aufzeichnungen von den Gesprächen mit Simon Petrus und Paulus zu lesen geben.«

»Paulus«, sagte Euphrosyne, und Maria konnte hören, daß sie erstaunt war.

Sie ging in das Zimmer, das ihr zur Verfügung stand, um auszupacken. Es war ein schönes, hohes Zimmer mit einem langen Balkon, alles in Weiß, weiß! Tiefblaue Decken auf dem Bett und mit Aussicht auf die Bucht, die groß wie ein Meer war. Sie trug die Tasche mit den Papyrusrollen zu Euphrosyne hinunter, die es sich auf der im wohltuenden Schatten liegenden Terrasse bequem gemacht hatte. »Ich werde lesen«, sagte sie. »Gehe du auspacken und lege dich auch ein wenig hin.«

Maria versuchte sich zu entspannen, aber das Gewissen plagte sie. Sie hatte wohl gewußt, daß Leonidas Schwierigkeiten hatte. Und Sorgen. Er hatte sich eines anderen besonnen und sich von dem selbstsüchtigen jungen Mann, der mehrere Jahre sein Geliebter gewesen war, getrennt. Er hatte es eines Abends erwähnt. Ganz nebenbei. Und Maria war erleichtert gewesen. Der schöne Junge hatte Leonidas mißachtet.

Nicht einen Augenblick hatte sie daran gedacht, wie schwer dieser Schritt gewesen sein mußte.

Und auch nie daran, daß Leonidas zwanzig Jahre älter war als sie.

Vielleicht betrachtete sie ihn immer noch wie einen Vater, von dem sie Trost und Sicherheit erwartete. Sie errötete vor Scham, als sie an das dachte, was sie zu Paulus gesagt hatte, nämlich wie wichtig es sei, sich von seinen Eltern zu lösen. Um selbst erwachsen zu werden.

Dann kam ihr der Gedanke, um wie vieles besser sie Leonidas wahrscheinlich betreut hätte, wäre er wirklich ihr Vater gewesen.

Es ließ ihr keine Ruhe, sie stand auf und ging auf den Balkon hinaus. Unten im Garten erblickte sie Setonius mit seinen Gehilfen und beschloß, sich seine Beete anzuschauen.

Schon bei früheren Besuchen war Maria aufgefallen, daß dieser Garten der ehemaligen Anlage am Ufer des Sees Genezareth sehr ähnlich war. Auch hier gab es die schönen Kontraste zwischen geschlossenen Räumen und weiter Fernsicht.

»Setonius, du bist ein Künstler«, sagte sie.

Er strahlte, und er war stolz und gesprächig, als er mit ihr herumging. Sie sprachen von Rosen, Maria klagte, weil sie in Antiochia wegen der Hitze kein Glück mit Rosenstöcken hatte.

»Schuld ist auch der Wind«, sagte Setonius. »Euer Grundstück ist völlig ungeschützt. Was macht die Iris? Und die Gardenie, die du von mir bekommen hast?«

»Die Iris überlebt mit Mühe und Not. Die Gardenie ist schon vor langer Zeit eingegangen.«

Er seufzte: »Es ist schwierig, gegen den Wind anzukämpfen.«

Dann schaute er sie verlegen an: »Hast du das von Octavianus schon gehört?«

»Ja, Euphrosyne hat es mir geschrieben.«

»Er ist tot. War nur wenige Tage krank … und wir haben es wohl nicht ernst genommen. Du weißt, er hat gern übertrieben.«

Maria mußte lächeln, als sie sich daran erinnerte, wie Octavianus sie unter schlimmsten Drohungen gezwungen hatte zu essen.

»Er war der geborene Schauspieler«, sagte sie.

»Ja, ein richtiger Komödiant. Komm, besuchen wir sein Grab.«

Octavianus war an der Mauer mit Blick aufs Meer beerdigt worden. Auf dem Grab wucherten blühende Kräuter und prächtiges Gemüse. Am Kopfende machte sich ein riesiger Kürbis breit.

»Ich dachte, so würde er es mögen«, erklärte Setonius.

Maria nickte, aber ihre Augen blieben an dem Kreuz hängen, das an der Mauer stand. Setonius folgte ihrem Blick: »Ja, ja«, nickte er. »Octavianus ist ein glühend gläubiger Christ geworden.«

Als sie das Grab verließen, um sich die Gemüsebeete anzusehen, wagte Maria zu fragen: »Aber du bleibst bei deinen alten Göttern?«

»Ja, für mich sind sie gut genug. Sie stehen der Natur näher. Und sie leben auch heute noch und wandeln über unsere Erde. Wer demütig und aufmerksam ist, kann erleben, daß sie kurz verweilen und ihm zuhören.«

Maria nickte, sie verstand ihn. Dann dachte sie, wenn jemand mit echter Hingabe und Liebe zu seinen Mitmenschen begabt war, dann war es Setonius.

»Jesus wäre auch stehengeblieben und hätte dir zugehört.«

»Mir, einem starrköpfigen Heiden!«

Setonius lachte, um dann weiterzusprechen: »Hier bei den Christen von Korinth ist einer wie ich von vornherein zum Feuer der Hölle verurteilt. Was immer darunter zu verstehen ist.«

»Verlogenes Gerede«, sagte Maria kurz.

Als sie zum Haus zurückging, dachte sie, daß die Aufgabe, die sie sich selbst gestellt hatte, nämlich anderen Menschen das, was Jesus gelehrt hatte, zu erklären, sinnlos war. Eine einsame Stimme in der Finsternis. Und als sie zur Terrasse kam und sah, daß Euphrosyne ihre Aufzeichnungen schon gelesen hatte, war ihr das eine Bestätigung.

»Du willst hoch hinaus, Maria. Aber die Menschheit hat im Laufe der Zeit viele große Neudenker hervorgebracht. Und nur eine Handvoll hat verstanden, was sie sagten. Das meiste ist mißverstanden und an die herrschenden Vorurteile angepaßt worden.«

Maria nickte, Euphrosyne lächelte mit hängenden Mundwinkeln: »Hier in der Stadt ist Paulus ein großer Mann und hat viel zu bieten. Wir können jeden Sonntag Christi Fleisch und Blut essen und in feierlichen Ritualen und unbegreiflichen Andachtsübungen Trost für alles Elend finden. Den meisten scheint der Preis angemessen: Unterwerfung und Verlust des eigenen Denkens. Tu, was die neue Kirche sagt, und alles hat seine Ordnung.«

Maria schwieg lange Zeit.

»Du meinst also, es war alles vergebens«, sagte sie schließlich und zeigte auf die Schriftrollen.

»Nein, ich glaube, es ist wichtig, sehr wichtig sogar. Ich schlage vor, wir lassen alles noch einmal abschreiben, und ich bewahre die Kopien in meinem Kellergewölbe auf.«

»Ich dachte, du bist Christin geworden«, sagte Maria.

»Das habe ich auch gedacht. Ziemlich lange sogar. Ich war sogar Mitglied der Paulusgemeinde. Aber der Preis war mir zu hoch, ich habe zuviel nachgedacht und zu viele Fragen gestellt ... Kurz gesagt, ich und auch andere Frauen wurden zu Pfählen im Fleisch des großen Apostels. Um es auf jüdische Art auszudrücken«, lachte sie.

Dann machte sie ein erstauntes Gesicht: »Vielleicht bin ich Christin – im Herzen. Ich habe das heute gedacht, als ich las, was du geschrieben hast. Mich haben seine Gleichnisse, so, wie du sie aufgefaßt hast, beeindruckt.«

Maria freute sich so sehr, daß ihr fast die Tränen kamen.

»Es ist ja unglaublich, wie nahe du jetzt ans Wasser gebaut hast«, sagte Euphrosyne voll Zärtlichkeit.

Als sie zum Essen bei Tische lagen, erzählte Euphrosyne die Geschichte von dem jungen Mann, der sich in seine gleichaltrige Stiefmutter verliebt hatte, ein Mädchen, das rücksichtslos an einen reichen und rechtgläubigen alten Juden verheiratet worden war.

»Sie wurde Nacht für Nacht auf herkömmliche eheliche Art vergewaltigt, sie magerte ab und jammerte, und eines Tages sagte sie zu ihrem Stiefsohn, daß sie ins Wasser gehen werde. Er versuchte sie zu trösten, und während er es tat, wurden die beiden von Liebe für einander ergriffen.

Die Sache sprach sich bald in der Stadt herum, wurde von Mal zu Mal monströser. Das Urteil ihres alten Vaters war ohne Erbarmen: Sie sollte gesteinigt werden. Nun war die Familie aber zum christlichen Glauben übergetreten, und das Merkwürdige geschah, daß mehrere Mitglieder der Gemeinde von Barmherzigkeit sprachen. Der Alte war sehr unbeliebt, und das gab vermutlich den Ausschlag. Vielleicht fand sich in ihren Herzen auch ein Anflug von Jesu Milde, ich weiß es nicht. Im übrigen gibt es in der Gemeinde dauernd Streitigkeiten. Die Apostel zanken sich wie alte Rabbis.«

Sie seufzte und kam dann auf ihre Geschichte zurück: »Nach einiger Zeit war die Gemeinde in zwei Lager gespalten, die einander Zitate aus der Schrift an den Kopf warfen. Dann einigte man sich aber: Die Sache des jungen Paares sollte Paulus unterbreitet werden. Nach endlosen Diskussionen über jede einzelne Formulierung konnte ein Bote mit dem Brief nach Mazedonien gesandt werden, wo sich der Apostel aufhielt.«

Euphrosyne seufzte, trank einen Schluck Wein und erzählte weiter: »Die Antwort kam prompt und war eindeutig. Ich werde sie dir vorlesen.«

Sie verließ den Speisesaal in Richtung Bibliothek und kam mit ihrer Abschrift des Paulusbriefes zurück.

»Hör zu: Übrigens hört man von Unzucht unter euch … Und da macht ihr euch noch wichtig … statt den aus eurer Mitte zu stoßen, der so etwas getan hat. Was mich angeht, so habe ich … mein Urteil über den, der sich so vergangen hat … im Namen Jesu, unseres Herrn, gefällt … diesen Menschen dem Satan zu übergeben zum Verderben seines Fleisches …«

Euphrosyne schlug mit der flachen Hand auf den Tisch und fuhr dann fort: »In derselben Nacht gingen die beiden jungen Menschen ins Wasser. Und am nächsten Tag habe ich die Gemeinde verlassen.«

Im Schein der Öllampe erkannte Maria, wie mitgenommen ihre Stiefmutter aussah.

»Wir brauchen Schlaf«, sagte sie.

»Ja, es war ein langer Tag.«

»Hast du noch mehr Abschriften von Paulusbriefen? Darf ich sie lesen?«

»Natürlich. Lies sie vor dem Einschlafen. Vielleicht bekommst du dann ein anderes Bild von Paulus, als das des guten Zuhörers in Antiochia.«

Bevor sie sich für die Nacht trennten, sagte Euphrosyne: »Hast du schon einmal darüber nachgedacht, warum weder Petrus noch Paulus dich gefragt haben, in welchem Verhältnis du zu Jesus gestanden hast?«

»Wie du merkst, habe ich vermieden, darüber zu sprechen. Simon Petrus hat es gewußt. Und Paulus hat das Thema ebenfalls gemieden.«

»Und warum?«

Maria lachte: »Aber das ist doch selbstverständlich, Euphrosyne. Ihr Gott durfte keiner Frau bedürfen.«

Maria verbrachte die Nacht mit den Briefen. Sie regte sich nicht so darüber auf wie Euphrosyne, weder über die vielen Vorschriften für die Gerechten, noch über die harten Urteile über die Ungerechten. Das alles war ihr aus der Synagoge ihrer Kindheit nur zu bekannt.

Genau wie die Verachtung der Frauen.

Die Frau – Pforte des Teufels.

Leonidas pflegte zu sagen, daß sich die Angst vor der Liebe zwischen Frau und Mann in diesen Geboten widerspiegelte. Maria hielt das für eine freundliche Auslegung und widmete sich wieder den Briefen.

Es sei trotz allem besser zu heiraten als zu brennen, las sie. Frauen, die sich barhaupt sehen ließen, konnten sich ebensogut die Haare ganz abrasieren. Der Mann hingegen brauchte keine Kopfbedeckung, da er ein Abbild Gottes war.

Es galt als Schande für die Frau, vor der versammelten Gemeinde zu sprechen. Wollte sie etwas wissen, sollte sie zu Hause ihren Mann fragen. Maria dachte verbittert an Magdala zurück, wo ihre Brüder in die Schule hatten gehen dürfen, sie selbst aber hatte nicht einmal fragen dürfen, was sie dort lernten.

Dann verzog sie den Mund und stellte sich all die Fragen vor, mit denen Euphrosyne Paulus zugesetzt haben mußte.

Etwas später fand sie einen merkwürdigen Passus. Paulus schrieb, daß er es schwergehabt hatte, daß er Prügel bekommen, Schiffbruch erlitten, gehungert und Durst gelitten hatte. Zum Lohn waren ihm große Offenbarungen zuteil geworden, um aber deswegen nicht überheblich zu werden, hatte er einen Stachel in seinem Fleisch, einen Engel des Satans, der den Hochmut vereitelt.

Maria schloß die Augen und dachte an den mißgestalteten Mann, der sich nach den Besuchen in ihrem Haus den Berg hinuntergemüht hatte. An welcher Krankheit mochte er leiden?

Was sie aber vor allem interessierte, war die Theologie, die er um Jesus aufbaute. Durch einen einzigen Menschen war die Sünde in die Welt gekommen und durch die Sünde der Tod, und der Tod traf alle Menschen, weil sie alle sündigten. So wie der Ungehorsam eines einzigen Menschen alle zu Sündern gemacht hatte, wird der Gehorsam eines einzigen alle gerecht machen. Lohn der Sünde ist der Tod, aber das Geschenk Gottes ist das ewige Leben in Jesus Christus.

Wie großartig, dachte sie ohne Ironie. Aber sie brachte die Vision des Paulus nicht in Übereinstimmung mit ihrem Bild von dem jungen Mann, den sie geliebt hatte.

Zum Schluß las sie noch Worte über die Liebe: »Die Liebe ist langmütig, die Liebe ist gütig ... sie erträgt alles, glaubt alles ... hält allem stand.«

Die letzten Worte lernte sie auswendig: »... Jetzt schauen wir in einen Spiegel und sehen nur rätselhafte Umrisse, dann aber schauen wir von Angesicht zu Angesicht. Jetzt erkenne ich unvollkommen; dann aber werde ich durch und durch erkennen, so wie ich auch durch und durch erkannt worden bin. Für jetzt bleiben Glaube, Hoffnung, Liebe, diese drei, doch am größten unter ihnen ist die Liebe.«

Vor dem Einschlafen betete sie für Leonidas.

Maria und Euphrosyne verplauderten den ganzen nächsten Vormittag.

Sie hatten viel nachzuholen.

Maria erzählte von Terentius und seiner Frau Kipa, der man als Kind die Zunge abgeschnitten hatte. »Sie ist eine geheimnisvolle Frau, und es hat mich immer bedrückt, daß ich nicht mit ihr reden konnte. Doch eines Tages, als sie mein Zimmer aufräumte, beobachtete ich, wie sie heimlich in meinen Aufzeichnungen las. Kipa erschrak, aber für mich war es eine Freude.«

»Du kannst lesen?«

Ein Nicken.

»Aber Kipa, da können wir ja miteinander sprechen. Du schreibst es auf, und ich antworte sprechend.«

»Zwischen uns entstand eine seltsame Freundschaft. Jeden Vormittag kam Kipa mit einer Reihe aufgeschriebener Fragen zu mir, und ich beantwortete eine nach der anderen ausführlich. Es konnte dabei um praktische Dinge gehen oder um Gott, und was er mit ihrer Zunge beabsichtigt hatte. Aber auch ich fragte und erfuhr dadurch mehr über den gnostischen Glauben.

»Das war lehrreich für mich«, sagte Maria zu Euphrosyne. »Ich wurde zu einem neuen Denken gezwungen. Kipa ist ein so unverdorbener Mensch.«

»Ich verstehe.«

»Sie hat auch Humor, ist das nicht erstaunlich? Hinter dem verschlossenen Mund lauert immer ein Lachen. Es ist, als lebte sie in einem versteckten Winkel des Daseins, von dort aus beobachtet und genießt sie die Komödie, die wir spielen.«

Euphrosyne mußte lachen und meinte, sie finde das überhaupt nicht eigenartig.

Sie erzählte von dem neuen Koch, der das genaue Gegenteil von Octavianus war, schweigsam und ernst. Seine Speisen wurden nicht mit Worten darüber gewürzt, wie himmlisch gut sie schmeckten, es war eher umgekehrt. »Leider habe ich alles versalzen«, was nicht stimmte, er kochte ausgezeichnet, wie Maria bestimmt schon bemerkt hatte.

Den einzigen Wortschwall konnte man vernehmen, wenn er mit seiner Frau schimpfte, erzählte Euphrosyne. Das geschah regelmäßig einmal in der Woche, und dann hallten scharfe Worte und das Scheppern von Töpfen und Pfannen durchs Haus.

»Danach ist er besser aufgelegt und etwas gesprächiger«, sagte Euphrosyne und fügte lachend hinzu: »Du wirst verstehen, daß mich das einiges an Tongefäßen kostet.«

Schon beim Frühstück hatte Maria erfahren, daß ihre Stiefmutter eine Überraschung vorbereitet hatte. Und als sie schwatzend auf der Terrasse saßen, hörten sie einen Wagen auf das Haus zukommen. »Maria, gehe hinauf in dein Zimmer und bürste dir die Haare. Zieh dein blaues Kleid an und komme dann wieder herunter. Wir bekommen Besuch.«

Maria gehorchte.

Als sie die Treppe hinunterlief, hörte sie zwei Frauenstimmen im vertrauten Gespräch verschmelzen. Die eine Stimme gehörte Euphrosyne, aber die andere ...? Sie war ihr bekannt, rauh, fröhlich. Aber wem gehörte sie? Eine Erinnerung woran? Maria hatte plötzlich Herzklopfen.

Sie blieb eine Weile stehen und ging dann leise auf die breite Terrassentür zu. Im bequemsten Stuhl des Hauses saß, ein wenig gebeugt, aber gut gekleidet und würdevoll, eine alte Dame.

»Susanna!« schrie Maria so laut, daß die Vögel aus den Bäumen aufflogen. Im nächsten Moment kniete sie vor der alten Frau und vergrub ihr Gesicht in deren Schoß.

»Susanna!« rief sie immer und immer wieder. »Bist du es wirklich, Susanna?«

Die Greisin strich behutsam über das blonde Haar.

»Mein Kind«, sagte sie. »Mein liebes Kind.«

Maria weinte, daß ihr die Tränen über die Wangen rollten, und Euphrosyne mahnte: »Beruhige dich.«

Es half nichts, Maria rief ein ums andere Mal: »Susanna, Susanna!«

Euphrosyne hob die Stimme: »Maria, Susanna ist ein alter Mensch. Die Aufregung könnte ihr schaden.«

Das half.

Maria verstummte, stand aber nicht auf, nahm die Hände der Greisin in ihre, fragte schließlich: »Kannst du immer noch so großartig mit der Nähnadel umgehen?«

»Nein, manches verlernt man mit den Jahren.«

Euphrosyne ging trotz der frühen Stunde Wein holen. Während sie die Gläser füllte, sagte sie: »Zur Beruhigung trinken wir jetzt ein Schlückchen.«

Susanna trank und bekam wieder Farbe. Maria nahm nur einen Schluck und war trotzdem wie trunken.

»Wohin bist du damals verschwunden?« Es klang nicht nach einem Vorwurf, und Maria wußte genau, daß Susannas Frage berechtigt war und beantwortet werden mußte.

»Ich bin verrückt geworden«, sagte sie ohne Umschweife.

Als sie die Verwunderung bei Susanna sah, glaubte Maria, sich falsch ausgedrückt zu haben.

»Geisteskrank«, erläuterte sie.

Bei diesem Wort zuckten die beiden anderen Frauen zusammen, und Maria dachte, vielleicht habe ich es Euphrosyne nie erzählt.

Dann fing sie bei Golgotha an und damit, daß sie sich unter dem Kreuz wie gespalten gefühlt hatte.

Der eine Teil war unendliche Leere, weder fähig zu denken noch zu fühlen, der andere Teil aber empfand einen fast lebensbedrohenden Schmerz.

»Erst am dritten Tag, als ich Jesus vor dem Grab begegnete, wurde ich wieder ein Ganzes. Du wirst dich erinnern, wie Salome und ich in größter Eile mit der Nachricht zum Haus des Wasserträgers kamen. Dort fanden wir euch, sogar die Männer hatten sich aus den Bergen heruntergewagt. Am nächsten Tag erschien Er mir wieder und sprach die Worte: ›Macht keine Gesetze …‹ Daraufhin gab es die Auseinandersetzung mit Petrus und die Entzweiung, als er mich, nein, uns hinauswarf …

Mein Gespaltensein wiederholte sich daraufhin, und irgendwie war das meine Rettung. Ich suchte Zuflucht in der Leere. Es gab für mich nur noch einen Gedanken: Ich wollte Jesus in Galiläa begegnen. Es war ein dummer Gedanke, aber er war mein einziger Halt in dieser Leere. Ich weiß nicht mehr, wie ich aus der Stadt herauskam, weiß nichts von dem weiten Weg zurück. Ihr müßt das verstehen. Ich hatte keine Erinnerungen mehr. Nicht an euch und auch nicht an das, was ich erlebt hatte, nicht an Euphrosyne und Leonidas, alles war mir abhanden gekommen.«

Maria erzählte, wie sie sich durchgebettelt, unter freiem Himmel oder manchmal auch in einem Schafstall geschlafen hatte, sprach von der Asche im Haar, den Wunden, dem Schmutz, der Gleichgültigkeit.

»Nach langer Zeit fand Leonidas mich schlafend am Ufer des Sees Genezareth. Er wusch mich, besorgte einen Arzt und fuhr mit mir ans Meer. Dort sprach er unaufhörlich mit mir, nur um meinen Kopf wieder in Gang zu bringen. Ich gesundete allmählich und gewöhnte mich langsam an den Gedanken, die Frau eines Kaufmanns zu werden.«

Sie schwieg in dem Bemühen, alles so kurz wie möglich zusammenzufassen: »Dann saß ich jahrelang in meinem Haus in Antichoia, las Bücher, übte meine Vernunft und füllte meinen Kopf mit Wissen.

Aber es dauerte lange, bis ich Mut bekam, mich zu erinnern, und auch da mußte ich langsam und vorsichtig vorgehen. Ich hatte so entsetzliche Angst, Susanna.«

»Vor der Verrücktheit?« fragte Euphrosyne.

»Ja. Es ist schrecklich, den Verstand zu verlieren.«

Lange Zeit schauten die drei Frauen nur auf den Garten und das Meer hinaus.

Susannas Stimme war rauh, als sie das Schweigen brach: »Wir Frauen haben dich in Jerusalem tagelang gesucht. Wir gingen alle Straßen und Gassen ab und fragten überall nach dir, wo wir es wagen konnten. Schließlich setzten wir uns am Ölberg in den Olivenhain und kamen zu dem Schluß, daß du tot seist, daß du dem Mann nachgefolgt warst, den du geliebt hattest.

Nach und nach kehrte jede in ihr eigenes Haus zurück. Aber wir schrieben einander, und einmal im Jahr trafen wir uns bei einer aus unserer Gemeinschaft und erinnerten uns an die Worte Jesu und seine Taten während der Wanderjahre. Und Lydia schrieb unsere Erinnerungen auf.«

»Lebt Lydia noch?«

»Ja, sie und Salome leben mit mir zusammen in Ephesos. Fast alle leben noch, Maria.«

Maria Magdalena schloß die Augen und bemühte sich zu begreifen, daß es diese Frauen noch gab und daß sie es so machten wie sie auch, daß sie ihre eigenen Erinnerungen weit abseits der Apostel und ihrer Lehre in Worte kleideten.

Susanna fuhr fort: »Eines Tages besuchten wir in Ephesos die Synagoge, um uns den berühmten Paulus anzuhören. Er war eine Enttäuschung, wir hielten ihn für einen unbedeutenden Mann. Aber es wurde von da an viel über ihn gesprochen, und von einem Juden hörten wir gerüchteweise, Paulus sei in Antiochia Maria Magdalena begegnet. Erst hielten wir das für Unsinn. Aber ich kannte den Mann, der von dir gesprochen hatte, und der Gedanke ließ mich nicht los. Also ging ich noch einmal zu ihm, um ihn zu fragen. Er war seiner Sache sicher. Du lebtest und warst mit einem Seidenhändler in Antiochia verheiratet.

Da fiel mir der Grieche Leonidas ein, und ich erinnerte mich, daß er aus Syrien stammte.

Als ich nach Hause kam, war ich so aufgeregt, daß ich es den anderen nur stockend erzählen konnte.

Lydia erinnerte sich, daß du von deiner Stiefmutter erzählt hattest, daß sie Euphrosyne hieß und in Korinth wohnte. Wir schrieben ihr einen Brief. Und bekamen zur Antwort, wir seien im September als Gäste in ihrem Haus willkommen, da sie um diese Zeit den Besuch ihrer Tochter Maria von Magdala erwarte.«

Lachend fügte Susanna hinzu: »Daß beim Eintreffen dieses Briefes keine von uns vor Freude der Schlag getroffen hat, wundert mich heute noch.«

Erst spät beschloß Euphrosyne, daß es für heute genug sei. Sie nahmen nur noch eine leichte Mahlzeit zu sich, dann brachte Maria Susanna auf ihr Zimmer und half ihr ins Bett.

Noch eins hatte Maria auf dem Herzen: »Warum sind die anderen nicht mitgekommen?« flüsterte sie.

»Wir haben einen Laden, und der muß betreut werden. Mich konnten sie am leichtesten entbehren.«

Die geruhsamen Tage vergingen schnell, Susanna schlief viel, und Maria schrieb an einem langen Brief für Salome und Lydia. Es war nicht einfach, fast zwanghaft wollte sie über alle Geschehnisse der vielen langen Jahre Rechenschaft ablegen. Abschließend bezog sie auch die nächste Zukunft mit ein. Sie wolle Leonidas überreden, auf der Heimreise Ephesos anzulaufen, schrieb sie. Dann wollten sie sich gemeinsam einen Plan für eine mögliche weitere Zusammenarbeit zurechtlegen.

Als der Schreiber kam, der Marias Ausführungen kopieren sollte, bat Maria ihn um eine weitere Abschrift. Die sollte Susanna den beiden anderen Frauen mitbringen.

Maria konnte nachts nur schwer durchschlafen, alles, was geschehen war, und auch die Sorge um Leonidas quälten sie. Und diese

Sorge wurde nicht gemildert, als er zurückkam, er war blaß und müde und drückte sich oft die Faust auf die Brust.

»Es sticht so eigenartig in der Herzgegend«, sagte er.

Am nächsten Tag schon ließ Euphrosyne einen Arzt kommen, einen gewissenhaften Mann, einen Griechen. Leonidas' Herz gefiel ihm nicht, aber er meinte, eine ausgiebige Ruhepause werde helfen. Das Wichtigste war jetzt, bald nach Hause zu kommen, damit sein eigener Arzt sich um ihn kümmern konnte.

Leonidas schlief ein, noch ehe der Arzt gegangen war.

Maria mußte einsehen, daß an einen Abstecher nach Ephesos nicht zu denken war. Sie nahm lange von Susanna Abschied und gab ihr den Brief und einen gut gefüllten Geldbeutel mit.

»Ein Geschenk von mir für euch«, sagte sie. »Ich lasse so bald wie möglich von mir hören.«

Susanna würde noch einige Wochen in dem Haus in Korinth bleiben.

»Mach dir ihretwegen keine Gedanken«, sagte Euphrosyne. »Ich werde sie nach Ephesos begleiten und dafür sorgen, daß sie gut heimkommt.«

»Ich schreibe dir.«

»Ich werde dir auch schreiben.«

Auf der Heimreise wirkte Leonidas frischer. Nachts schlief er Hand in Hand mit Maria. Seine Hautfarbe besserte sich, und Maria verleitete ihn zu essen. Sie konnten wieder miteinander reden.

Sie sagte, das sei der Seeluft zu verdanken. Er sagte, nein, ihr.

Aber eines Morgens, als sie die Mündung des Orentes schon in der Ferne erkennen konnten, bekam Leonidas Atemnot und rasende Herzschmerzen. Maria war ratlos, sie konnte überhaupt nichts für ihn tun. »Versuche langsam und tief zu atmen.«

Aber er schaffte es nicht und verlor das Bewußtsein. Und ebenso plötzlich wie die Schmerzen in der Brust gekommen waren, vergingen sie wieder, und er schlief ein.

Aber, Gott im Himmel, wie blaß war er nur.

Livia, Mera und der kleine Junge warteten im Hafen von Seleuka, Livia energiegeladen und neugierig auf das Ergebnis der Reise. Maria ging allein an Land, sie hatte Leonidas gezwungen, in seiner Koje liegenzubleiben: »Niemand kann dich jetzt zu irgend etwas zwingen«, hatte sie gesagt und Proteste erwartet. Aber er lächelte dankbar, und ihre Besorgnis wuchs.

Livia bekam von Maria nur eine sehr kurze Erklärung, daß Leonidas krank sei, daß sie sofort einen Arzt rufen müsse, der sie zu Hause erwarten solle.

»Krank?«

»Das Herz.«

Livia flüsterte: »Wie unser Vater.«

In dem kühlen Schlafzimmer zogen sich Tage und Nächte hin.

Der Arzt sagte ungefähr das gleiche wie der Kollege in Korinth, nur eine Spur unverblümter. »Das Herz ist verbraucht.«

Sie bekamen Medikamente, die nicht halfen.

Leonidas aß gern Suppen, Kipa kochte Fleisch und siebte die kräftige Brühe durch, Maria würzte und fügte Gemüse hinzu. Sie versuchten es mit Fisch, aber der Geruch verursachte Leonidas Übelkeit. Vielleicht hat er Fisch nie recht vertragen, sondern ihn nur meinetwegen gegessen, dachte Maria.

Mera sagte: »Ich werde mit den Schwestern im Isistempel sprechen.«

Maria nickte.

Und einen Tag später hielt ein Tragsessel vor dem Tor, und Maria lächelte der uralten Priesterin erleichtert und voll Hoffnung zu. Die Greisin wollte mit Leonidas allein sein. Sie saß lange in seinem Zimmer, strich über seinen Körper, während Maria mit klopfendem Herzen draußen wartete.

Als die Priesterin herauskam, sagte sie: »Er wird bald gehen. Mit Freude und ohne Zaudern. Ich kann nichts mehr tun, er ist entschlossen. Aber ich kann seine Qual lindern, damit die Tage erträglicher werden.«

Und sie zeigte Maria eine große Flasche mit einer dunklen Flüssigkeit.

»Was ist das?«

»Digitalis«, sagte die Greisin. »In angemessener Dosierung. Gib ihm täglich drei Löffel voll, es heilt nicht, aber es lindert.«

Maria dankte, die alte Priesterin verabschiedete sich.

»Es geschieht, was geschehen muß«, sagte sie. »Wenn es vorüber ist, bist du mir zu einem Besuch willkommen.«

Maria mußte durch die Küche gehen, um sich das tränennasse Gesicht zu waschen, bevor sie wieder zu Leonidas ging, der sie anlächelte und meinte, da hast du aber eine komische Hexe aufgetrieben.

»Ja, und sie hat ein komisches Hexengebräu mitgebracht. Probieren wir's doch gleich aus.«

Er zwinkerte vergnügt mit den schweren Augenlidern und machte brav den Mund auf, als Maria ihm den ersten Löffelvoll Digitalis gab. Kurz danach schlief er, sie blieb still an seiner Seite sitzen und sah, daß er ruhiger atmete und daß sein Gesicht langsam wieder Farbe annahm.

Beim Erwachen setzte er sich zum ersten Mal seit Tagen auf.

»Ich habe Hunger. Suppe. Und wo ist der Zaubertrank?«

Maria dachte an die Worte der alten Priesterin: Heilt nicht, lindert nur. Aber sie schwieg. Dann dachte sie an den prachtvoll blühenden Fingerhut in ihrem Garten, der längst verwelkt war. Sie hatte gar nicht gewußt, daß ihm solche Kräfte innewohnten.

Sie ließ ihr Bett zu Leonidas ins Schlafzimmer stellen, schlummerte immer nur kurz, wachte auf und horchte auf seinen Atem. Sie dachte viel nach, erinnerte sich, empfand in all ihrer Verzweiflung Dankbarkeit ihm gegenüber.

Nie habe ich dir gesagt, wie sehr ich dich liebe.

Jedesmal bei Tagesanbruch verschlechterte sich sein Zustand, er krächzte: »Medizin, Maria.«

Sie half ihm durch den Vormittag. Dann ließen seine Kräfte wieder nach, und es bedurfte erneut einer Dosis, damit er wenigstens ein klein wenig Nahrung zu sich nahm.

Nachmittags konnten sie manchmal ein Weilchen miteinander reden. Maria sprach von ihrer Liebe und darüber, wieviel Leonidas ihr bedeutete.

»Eine der seltsamsten Liebesgeschichten der Welt«, sagte er und zwinkerte ihr übermütig zu.

Livia kam, ging auf Zehenspitzen zu ihrem Bruder hin und blieb schweigend eine Weile bei ihm sitzen. Rabbi Amasja kam, kniete betend neben dem Bett nieder. Leonidas schlief fast die ganze Zeit. Nachts konnte es vorkommen, daß Maria im Schlaf weinte und ihn dadurch weckte.

»Mich schmerzt, daß du traurig bist«, sagte er.

Um Atem ringend fuhr er fort: »In meinem Testament ist gut für dich gesorgt.«

»Leonidas!« Es war wie ein Aufschrei, und es war das einzige Mal während der langen Dauer der Krankheit, daß sie die Stimme gegen ihn erhob. Er lächelte verlegen, flüsterte: »Versuche Euphrosyne herzuholen.«

Maria schüttelte den Kopf.

Doch als Livia zum Nachmittagsbesuch kam, schüttelte er den Schlaf ab und sagte fest: »Sieh zu, daß Euphrosyne herkommt. Ich will nicht, daß Maria allein ist, wenn ich sie verlasse.«

»Ich verspreche es«, sagte Livia.

Tage und Nächte gingen ineinander über, die ersten ersehnten Regengüsse kamen, doch Maria merkte es nicht. Die einzige Zeit, die sie für sich hatte, war, wenn Terentius die Krankenpflege bei Leonidas übernahm, ihm beim Entleeren des Darmes beistand, ihm den Körper wusch und das Leinen wechselte. Währenddessen ging Maria ins Badezimmer, und es gelang ihr bisweilen, ein Bad zu nehmen. Aber meistens saß sie nur dort herum.

Weinen konnte sie nicht mehr.

»Maria«, sagte Leonidas eines Nachts. »Ich will, daß du mir eines versprichst.«

»Ja.«

»Du mußt es mir schwören.«

»Ja.«

»Du darfst den Weg in die Leere nicht wieder betreten.«

»Ich gelobe und schwöre.«

In einer anderen Nacht sagte er: »Ich träume oft von Jesus und davon, daß er mit seinem Licht hier bei mir ist.«

»So ist es«, flüsterte Maria.

Als sie wach dalag, dachte sie, daß sie Seine Gegenwart nicht spüren konnte.

Und auch Sein Licht sah sie nicht. Die Dunkelheit stand undurchdringlich vor den Fenstern, und eine Lampe wollte Leonidas nicht im Zimmer haben. Ein Schälchen mit Öl stand auf Marias Nachttisch, und der Docht leuchtete matt wie altes Silber.

In der Morgendämmerung dieses Tages wurde Maria jedoch von dem Licht geweckt, über das Leonidas gesprochen hatte, das ganze Zimmer war strahlend hell. Sie beugte sich über ihn und wußte, daß er seinen Weg angetreten hatte.

An die folgenden Tage hatte sie keine Erinnerungen, und es gab nur einen Gedanken. Jeden Abend erinnerte sie sich an das Versprechen, das sie Leonidas gegeben hatte: »Ich darf der Leere nicht erliegen.«

Da weder Leonidas noch Maria viele Worte über Marias Stiefmutter verloren hatten, hatte Livia sich ihr eigenes Bild von Euphrosyne gemacht. Eine einfache Frau, ein griechisches Bauernmädchen, das aus unerfindlichen Gründen einen Juden geheiratet hatte und in dem barbarischen Palästina bald Witwe geworden war.

Eine solche Heirat ließ den Schluß zu, daß diese Person jeglicher Vernunft entbehrte.

Dann hatte sie sich in einem Haus in Tiberias, dieser trostlosen neu erbauten Stadt in Galiläa, niedergelassen und hatte sich dort des Kindes angenommen. Sie konnte bestimmt gut wirtschaften und kam irgendwie mit dem Geld des toten Juden aus.

Marias Ausbildung durch griechische Lehrer mit reichem Wissen hatte Leonidas bezahlt. Das war ihrem Bruder eines Abends entschlüpft, als er zuviel Wein getrunken und Livia etwas Versöhnliches darüber gesagt hatte, wie gebildet Maria sei.

Erwiesen ist, dachte Livia, daß die Mütter ihre Töchter prägen. Und was Maria in diesem Haus in Tiberias gelernt hatte, war offensichtlich das Kochen, die Gartenarbeit, das dreimal Umdrehen jeder noch so kleinen Münze und demütig und dankbar zu sein.

Livia konnte Euphrosyne folglich schon lange vor dem Kennenlernen nicht leiden.

Außerdem hatte sie, auch ohne eine unbekannte Verwandte am Hals zu haben, Kummer genug. Die Unternehmungen standen wirtschaftlich auf schwachen Beinen, und dann war da noch der verschwundene Nikomakos und Leonidas' Testament. Und hatte sie etwa nicht die ganze Arbeit mit dem Begräbnis gehabt?

Doch Livia hatte ihrem Bruder versprochen, die Stiefmutter holen zu lassen.

Maria war alles andere als nützlich, sie bewegte sich wie ein Gespenst, antwortete nicht, wenn sie angesprochen wurde, und hatte weder eine eigene Meinung noch Wünsche.

Eines Morgens fiel Livia mit Schrecken ein, daß diese kleinkarierte Euphrosyne aus Korinth die Einladung bestimmt dankend angenommen hatte, weil sie bei der Erbteilung die Interessen Marias und ihre eigenen wahren wollte.

Klar. So war das.

Doch als sie am Hafen standen und das Schiff einlaufen sahen, schämte sich Livia, als sie Marias strahlende Freude sah, die zu den Passagieren hinaufwinkte und rief: »Mutter! Ach Mutter! Mutter ...«

Gleich darauf erblickte Livia eine stattliche Dame an der Reling und griff energisch nach Meras Arm: Halt mich fest. Aber sie war immer noch bestürzt, als die elegante Erscheinung über den Landgang herunterkam und Maria in die Arme schloß.

»Wir werden auch diesmal überleben«, sagte Euphrosyne zu ihrer Stieftochter.

Und Maria richtete sich auf, und es gab wieder Hoffnung in den blauen Augen.

Doch Livia fragte sich, was hinter den Worten der Stiefmutter stecken mochte.

Euphrosyne begrüßte Livia freundlich, aber eine Spur zu höflich. Sie sprach ein klassisches Griechisch ohne den geringsten Anflug von Dialekt.

Sie ist eine Dame von Welt, dachte Livia. Warum hat mir das niemand gesagt!

Etwas später dankte Euphrosyne dem römischen Kapitän für die gute Fahrt.

Ihre Taschen sollten zu Marias Haus gebracht werden, aber fürs erste lud Livia zu einem Willkommensessen ein. Sie hatte sich viel

Mühe gemacht, es gab mehrere Gänge und dazu edle Weine. Ein amüsiertes Lächeln überflog Euphrosynes Gesicht, und Livia verabscheute sie.

Als die Gäste das Kaufmannshaus verlassen hatten, ging Livia gleich zu Bett. Sie fühlte sich nach all dem Vorgefallenen todmüde. Aber sie hatte das stattgefundene Begräbnis ganz in Übereinstimmung mit dem griechischen Ritual durchgestanden. Und auch die Trauerfeier danach mit allen tröstlichen Worten für die Angestellten, die sich um ihre Zukunft sorgten. Geld?

Alles hing von dem Testament ab, das morgen eröffnet werden sollte. Nun war aber Maria der Mittelpunkt im Leben Leonidas' gewesen, und das Risiko war groß, daß ihre Erbschaft das Unternehmen ruinieren könnte.

Livia vermißte ihren Bruder, bei den Göttern, wie sehr vermißte sie ihn, sein Lachen und seine Entschlossenheit!

»Sie ist mir sympathisch«, sagte Euphrosyne, als sie im Wagen zu Marias Haus fuhren. »Wovor fürchtet sie sich eigentlich?«

»Vor dem Testament, durch das mir seine ganze Hinterlassenschaft zufällt. Du mußt wissen, der ganze Familienbetrieb ist ihr Lebenswerk.«

Bei Maria war das Gästehaus, das für Mera und ihr Kind eingerichtet worden war, vorbereitet. Euphrosyne sollte es bequem haben, fast so, wie sie es von zu Hause her gewöhnt war. Sie begrüßte Kipa mit Neugier und Terentius voller Respekt. Alles sei zu ihrer Zufriedenheit, sagte sie und dankte den beiden für ihre Bemühungen. Und Terentius dachte wie Livia: eine Dame, eine wirkliche Dame.

Sie sprachen nicht viel, als sie durch den Garten gingen, und Maria schämte sich, weil die Hitze hier so sichtbare Spuren hinterlassen hatte. Als sie ins Haus zurückkamen, bat Maria Terentius um etwas Glühwein.

»Man schläft gut danach«, sagte sie.

»Hast du Schwierigkeiten mit dem Schlaf?«

»Nein, ich schlafe bei jeder sich bietenden Gelegenheit sofort ein.«

»Aber du hast wenig Appetit, das habe ich gesehen. Und ich denke mit Schaudern daran zurück, wie ... Leonidas das erste Mal gestorben ist. Diesmal steht uns kein Octavianus zur Seite.«

»Ich werde mich bessern.«

»Gut.«

Und Maria aß von dem gebratenen Hühnchen und dem frisch gebackenen Brot so viel, daß es schwer im Magen lag.

Dann wünschten die beiden Frauen einander eine gute Nacht.

Ein langer Tag war vorüber, und Maria schlief wie ein Kind ein. Wie das Kind, das ich bin, dachte sie noch. Vater ist tot, aber Mutter kümmert sich um mich.

Euphrosyne erwies sich wie immer als Frühaufsteherin. Mit einem Papyrusbogen und einem Stift setzte sie sich an den Küchentisch und sagte zu Kipa: »Mir macht Frau Marias schlechter Appetit Sorgen. Wir müssen erreichen, daß sie mehr ißt.«

Kipa ließ sich reichlich Zeit, ehe sie den Stift nahm und ganz kurz schrieb: »Verlaß dich auf mich.«

Euphrosyne war sehr beruhigt.

Als Maria auftauchte, war sie ein wenig aufgedunsen vom Schlaf.

»Du kannst dir gar nicht vorstellen, wie gut ich geschlafen habe.«

»Wir müssen einiges besprechen. Aber iß erst einmal dein Frühstück.« Maria blieb am Küchentisch sitzen, wo Kipa ihr eine eigentümliche Mahlzeit vorsetzte: fetten Käse und gesalzene Oliven, eine große Birne, Brot und kühles Bier.

»Ich weiß, wer mit dir gesprochen hat«, sagte Maria zu Kipa und aß wie ein hungriges Kind.

Etwas später erzählte Euphrosyne von ihrem Besuch in Ephesos, sprach von Salome, Lydia und Susanna, die in zwei winzigen Zimmern in der Etage über ihrem kleinen Lädchen ein karges Leben führten.

»Sie hatten etwas an sich, Ruhe und eine große Selbstverständlichkeit«, sagte sie, nachdem sie lange nach den richtigen Worten gesucht hatte.

Dann fragte sie: »Was wirst du mit dem Erbe anfangen?«

»Es in die Firma stecken.«

Sie zwinkerten einander zu und lächelten beide. Kipa, die sie beobachtete, war äußerst zufrieden.

Dann war der Mann mit dem Testament und riesigen Stapeln anderer Dokumente gekommen. Er hatte viele Jahre im Dienst der Familie gestanden und war gründlich und unnahbar, wie es einem Juristen ansteht.

Er begann damit, die Aktiva des Unternehmens nachzuweisen, die Schiffe, die Seidenweberei, ausstehende Forderungen, Häuser.

Es gebe auch beträchtliche Schulden, sagte er. Einige der Schwierigkeiten waren auf den verschwundenen Schwiegersohn zurückzuführen, der ja jederzeit wieder auftauchen und das ganze Unternehmen durch eine Einwilligung in die Scheidung zahlungsunfähig machen konnte.

Der Anwalt sah Mera nicht an, als er es sagte, aber alle am Tisch spürten die Kälte in seiner Stimme.

Als er das Siegel brach, mit dem das Testament verschlossen war, wurde es feierlich still.

Und natürlich war es, wie Livia befürchtet hatte: das gesamte Vermögen von Leonidas sollte Maria ungeteilt zufallen.

Maria ergriff das Wort, ruhig und überlegt wandte sie sich an Livia: »Ich habe beschlossen, mein Geld in dem Unternehmen zu belassen. Du und ich werden Teilhaber sein. Dir übertrage ich ungerechterweise die ganze Verantwortung und alle Arbeit. Du weißt ja, daß ich keinen Geschäftssinn habe. Ich habe vor, zu meiner Mutter zu ziehen, sobald ich mein Haus verkauft habe.«

Als Livia ihre Stimme wiederfand, sagte sie: »Was hätte Leonidas zu deinem Entschluß gesagt?«

»Er hätte laut gelacht«, sagte Euphrosyne.

Livia machte ein erstauntes Gesicht, und Euphrosyne fuhr fort: »Ich bin überzeugt, daß der kluge Junge genau das erreicht hat, was er wollte. Er hat Marias Unterhalt gesichert, ohne die Firma zu gefährden.«

Jetzt wagte auch Livia ein Lächeln. Dann aber wurden Gesicht und Stimme ernst: »Ich verlange, daß Maria einen Treuhänder einsetzt, der ihre Interessen im Unternehmen vertritt.«

»Wo, in Gottes Namen, soll ich den finden?«

»Vielleicht kann ich behilflich sein«, sagte der Anwalt.

»Nein«, sagten Livia und Euphrosyne fast gleichzeitig.

Der Anwalt hatte es eilig, zurück in seine Kanzlei zu kommen. Viele neue Dokumente müßten erstellt werden, sagte er. Euphrosyne dachte, er befürchtete vielleicht einen Sinneswandel bei Maria.

An diesem Nachmittag konnten die drei Frauen endlich über Leonidas sprechen. Livia begann mit einer Frage: »Du hast meinen Bruder gekannt?«

»Sehr gut sogar. Und ich hatte ihn gern. Wir standen einander nahe, weil wir die Verantwortung für das Kind teilten.«

»Es gibt so vieles, was ich nicht von ihm weiß.«

»Ja, er sprach nur wenig von sich selbst.«

Euphrosyne dachte eine Weile nach und erzählte dann, wie es ihnen nach seinem, wie sie es nannte, ersten Tod gegangen war.

»Maria war ja nur ein kleines Mädchen, aber sie hat sich fast zu Tode getrauert. Sie hat jegliche Nahrung verweigert. Es war schlimm, ich dachte, ich werde vor Sorge irr.«

»Wir bekamen auch eine Todesnachricht von der römischen Armee«, sagte Livia. »Und einen knappen Monat später trat ein dreckiger Beduine mit Lösegeldforderungen an uns heran. Mein Mann lehnte als Hauptverantwortlicher in der Firma entschieden ab. Es waren schlimme Jahre.«

Die beiden anderen nickten, sie konnten es begreifen.

Schließlich sagte Livia: »Die Frauen unserer Familie neigen dazu, die falschen Männer zu heiraten. Mutter hat es getan, ich habe es getan und auch Mera, die Ärmste.«

»Das kommt mir irgendwie bekannt vor«, sagte Euphrosyne.

Über weißen Marmor ging Maria langsam die prächtige Säulenstraße von Ephesos entlang. Alle Häuser waren schön, aber der riesige Tempel raubte ihr fast den Atem. Lange stand sie voller Bewunderung vor der Göttin mit den vielen Brüsten. Ihre Gestalt war von Tieren aus Wald und Feld umgeben, von Stieren, Antilopen, geflügelten Sphinxen mit Frauenbrüsten und den riesenhaften Bienen, die das Symbol der Artemis waren.

Groß, groß ist die Diana der Epheser.

Und groß sind die griechischen Künstler, dachte Maria und erinnerte sich daran, was Setonius von den Götterstatuen gesagt hatte, die standen, wo sie hingehörten: auf der Insel seiner Kindheit.

Es gab auch eine kleinere Göttin, und Maria erkannte verwundert, daß ihr Gesicht dem der Isis im Tempel zu Antiochia glich.

Die Große Mutter, die jetzt ihre Herrschaft über die Welt verliert, dachte sie, und ihr fielen die Worte der alten Priesterin ein.

Danach machte sie sich auf den Weg in die Außenbezirke der Stadt. Es kostete Zeit, die Stadt war groß, fast ebenso groß wie Antiochia. Aber so völlig anders geartet. Um so vieles beschwingter, heller.

Sie war allein. Euphrosyne hatte es abgelehnt mitzukommen und gemeint, Terentius solle Maria als Schatten und Beschützer begleiten. Aber Maria wollte zu ihren Freunden aus den Wanderjahren nicht mit einem prächtigen Sklaven im Gefolge kommen. Sie hatte graue, verschlissene Kleider angezogen, die sie beim Packen zuunterst in der Kleidertruhe gefunden hatte. Sie hatte sie gewaschen und Kipa gebeten, Risse und Löcher auszubessern.

Es waren dieselben Kleider, die sie während der Wanderungen

mit Jesus getragen hatte. Und als sie sie anzog, bevor sie an Land ging, hatte sie zu ihrem größten Erstaunen gefühlt, daß die geflickten, aber unverwüstlichen Stücke ihr neue Kraft verliehen.

Das Schiff mit Euphrosyne und den Dienern setzte die Fahrt nach Korinth fort.

Maria mußte sich zu der ärmlichen Straße durchfragen, in der Susanna, Lydia und Salome wohnten. Sie lag weit entfernt von dem prächtigen Stadtzentrum, wo sich Griechen aus der halben Welt aufhielten, wo sie ihren Göttern opferten und deren Schönheit genossen.

Aus den Straßen wurden schmale Gassen, und als Maria schon glaubte, sich in dem Wirrwarr von kleinen Geschäften und Verkaufsbuden verlaufen zu haben, bemerkte sie das Lädchen. Ein leuchtend blaues Seidentuch war weithin sichtbar, Maria erkannte es wieder.

»Das hat Susanna von Euphrosyne bekommen«, dachte sie.

Sie öffnete die Tür, im Inneren befanden sich glücklicherweise keine Kunden, aber hinter dem Tresen stand Lydia aufrecht, groß und stattlich. Die beiden Frauen schauten einander schweigend, aber feierlich und voller Freude an.

Schließlich flüsterte Maria: »Darf ich mich setzen.«

Das genügte, um Lydia aus ihrer Versteinerung zu lösen, sie zog einen Stuhl herbei und holte ein Glas Wasser. »Warst du lange unterwegs?«

»Nur vom Hafen bis hierher. Aber es ist eine große Stadt.«

»Trink!«

»Danke.«

Dann klopfte Lydia mit einem langen Stock an die Decke. Maria hörte eine Tür aufgehen, und im nächsten Augenblick rief Lydia: »Schnell! Sie ist hier.«

Salome kam die Treppe heruntergerannt. Maria bekam keinen richtigen Eindruck von ihr, denn die Sicht war durch Tränen getrübt. Und Salome ging es nicht anders.

Keine sprach ein Wort.

Eigenartig, aber wir genieren uns wohl ein bißchen voreinander, dachte Maria.

»Ich möchte Susanna begrüßen«, sagte sie.

»Komm.«

Im oberen Stockwerk saß Susanna in der Küche und streckte Maria die Arme entgegen, die wie damals in Korinth auf die Knie fiel und das Gesicht in Susannas Mantel vergrub. Susanna lachte vor Glück und verlieh ihrer Freude für sich und die beiden anderen Frauen in einem langen Sermon Ausdruck. Und wie sie gewartet hatten!

Und gehofft.

Mit Leichtigkeit überwand sie die allgemeine Befangenheit, bald redeten alle vier fröhlich durcheinander.

Das ging so lange, bis Susanna dazwischenrief: »Kommt essen, wir feiern ein Fest!«

Lydia ging nach unten, um den Laden zu schließen, Maria holte ihren Beutel mit den Kleidern zum Wechseln.

Salome bereitete das Essen zu. Geräuchertes Lammfleisch in einer Sauce, bei der jedes einzelne Gewürz Erinnerungen in Maria weckte. So, genau so, hatte es abends an den Lagerfeuern geschmeckt.

Sie sprachen an diesem ersten Abend nicht viel, tauschten, als sie auf ihren Schlafmatten lagen, nur noch Kleinigkeiten aus. Ach ja, dieses belanglose Frauengeschwätz, wie gut erkannte Maria es wieder. Aber sie empfand die Schlafmatte als unbequem und mußte sich viele Male umdrehen, bis sie die richtige Stellung fand. Die Frau von Leonidas hatte lange nicht auf dem Fußboden geschlafen.

Am nächsten Morgen gab es die reinste Sturzflut an Worten, so unendlich viel hatten sie einander zu erzählen. Zunächst ging es um Persönliches, sie sprachen von den Heimatdörfern, wo sich nichts verändert hatte, von Kindern und Kindeskindern und von der Freude, nach Hause zu fahren, um zu hören, was es Neues gab.

Maria saß schweigend dabei, dachte, ich muß es aussprechen. »Mein Mann ist vor einem Monat gestorben.«

Sie nahmen sie in die Arme, sie weinten vor Mitleid. Dieses Mitgefühl war meilenweit entfernt von Euphrosynes Sachlichkeit und Livias Selbstbeherrschung.

Die Frauen hatten viele Erinnerungen an Leonidas, sie sprachen von dem Tag, an dem er nach Kafarnaum kam, sprachen über sein gutes Aussehen und darüber, wie freundlich und offen er sich gezeigt hatte.

»Sein Lachen war einfach umwerfend«, sagte Lydia. »Es hat alle mitgerissen, sogar Simon, der so auf seine Würde bedacht war, und auch diese Zeloten, die uns letztlich nur Unglück gebracht haben.«

Nun schwiegen sie.

»Ich habe nie begriffen, was eigentlich passiert ist«, sagte Maria.

»Warten wir bis morgen. Da ist Sabbat, und wir können den ganzen Tag … unseren Erinnerungen nachhängen.«

Es war Salome, die das Gespräch fortsetzte: »Wir haben die Kopien von dem gelesen, was du aufgeschrieben hast. Aber wir besitzen auch eigene Aufzeichnungen, die Lydia im Lauf der Jahre gemacht hat. Während wir unseren täglichen Pflichten nachgehen, kannst du sie lesen.«

»Danke.«

Und während die Frauen Haus und Laden saubermachten und in die Stadt gingen, um für den Sabbat einzukaufen, saß Maria lesend am Küchentisch. Die Erinnerungen der drei unterschieden sich in vielen Einzelheiten von ihren eigenen, aber das Großartige daran war die Übereinstimmung in der Wiedergabe von Jesu Worten und Taten.

Ich stehe längst nicht so alleine da, wie ich dachte.

Den ganzen nächsten Tag verflochten sie Marias Schilderungen und Lydias Aufzeichnungen miteinander. Das stärkte sie, bestätigten sie sich doch gegenseitig. Aber Lydia warf ein, daß das Gedächtnis im Grunde unberechenbar war: »Bei mir kann eine Erinnerung in einem Traum aufscheinen, etwa ein Licht über dem See zeigen oder vom Duft einer Blume angeregt sein. Nur ganz selten gibt es ein deutliches Bild oder jemanden, der Worte spricht. Alles erinnert an irgend etwas. Beim Aufwachen versuche ich mir das Bild zu vergegenwärtigen. Ich denke zurück. Aber ich werde unsicher, wo ergänze ich, wo füge ich hinzu, wo interpretiere ich?«

Maria nickte. Sie kannte das.

Aber die alte Susanna sagte lachend: »Ihr habt eine zu lebhafte Phantasie. Erinnerung ist für mich Erinnerung, und ich kann dorthin zurückkehren, wann immer ich will, kann die Treppe zum Haus in Kafarnaum hinaufgehen, die abgenutzte Türklinke anfassen, eine Weile stehenbleiben und der jungen Stimme auf dem See lauschen, wo Er vom Boot aus zu den Menschen sprach.«

»Das ist phantastisch«, sagte Maria. »Das kannst du, wann immer du willst?«

»Nein. Oft kommen die Erinnerungen in Verbindung mit Schmerzen. Ich kann jede Einzelheit auf Golgotha sehen, jeden Vorgang während der vielen Stunden.«

»Aber heißt das nicht, daß du an manches nur durch den eigenen Schmerz erinnert wirst?« fragte Salome. »All die Freude …!«

Susanna nickte, und Maria sagte: »Das ist seltsam. Du warst doch immer die Fröhlichste.«

Dieses Mal währte das Schweigen lange. Salome ging Aprikosensaft und Becher holen. Während des Einschenkens schaute Maria sie nachdenklich an und sagte schließlich: »Und was ist mit dir, Salome? Wie erinnerst du dich? Du hattest von uns allen doch den besten Verstand.«

»Nein, den hattest du.«

»Falsch! Du warst intelligent. Ich besaß nur Vernunft.«

Sie mußten lachen. Aber Salome sagte: »In den ersten Jahren nach der Kreuzigung glaubte ich, klare und deutliche Erinnerungen an alles zu haben, was Jesus gesagt und getan hatte. Aber dann begannen sich ungeheure Mythen in den christlichen Gemeinden zu bilden, die Auferstehung, die Engel am Grab, die Mutter, die eine Jungfrau war. Jetzt wollen sie einen Stern über Bethlehem gesehen haben ...«

Sie zögerte, sprach dann aber weiter: »Seine Apostel reden und reden, und wer bin ich, daß ich wagen könnte zu behaupten, daß sie sich irren und ich recht habe. Ich bin so unsicher geworden ...«

Alle nickten, jede spürte ihre eigene Unzulänglichkeit.

Aber Lydia stand in voller Länge auf, und ihre Worte hatten Gewicht: »Ich glaube gern an Märchen, an Geschichten von Göttern und Bestien, Zauberei und Wunder, Meeresungeheuer und Engel. Aber wenn jemand behaupten will, daß sie Wirklichkeit sind, daß sich all das in unserer Welt ereignet hat, dann verliere ich den Glauben.«

Alle machten erstaunte Gesichter, nur Maria verstand.

»Keine von uns ist doch im Besitz von Antworten auf die Frage, wer Er war und welche Sendung Er hatte«, sagte Susanna.

»Ich finde, Maria hat recht, wenn sie schreibt: ›Er war zu groß für uns‹. Es gibt doch genügend Leute, die auf alles eine Antwort wissen. Petrus, Barnabas und Paulus, um nur einige zu nennen.« Salomes Stimme klang sanft, aber ihre Augen sprühten vor Zorn.

Susanna kniff den Mund zusammen und murmelte etwas vor sich hin.

»Was hast du gesagt?«

»Daß keiner auf Frauen hört.«

Sie schwiegen, sie wußten, daß es stimmte.

»Vielleicht wird der eine oder andere es irgendwann tun. Und möglicherweise genügt das«, sagte Lydia.

Da berichtete Maria von den christlichen Gemeinden, die sich von der Lehre der Apostel abgespalten hatten. »Ich habe einem Gottesdienst der Gnostiker beigewohnt ...«

Sie schilderte die Auslosung vor dem Gottesdienst, malte lebhaft aus, wie eine Frau als Predigerin aufgetreten war und was sie gesagt hatte. »Ich war verschleiert und in schwarze Tücher gehüllt«, sagte sie. »Während all der Jahre in Antiochia hatte ich Angst, erkannt zu werden. Ihr werdet euch denken können, wie entsetzt ich war, als die Frau dort vorn meine Auseinandersetzung mit Petrus im Haus des Wasserträgers zu zitieren begann. Wort für Wort«, betonte Maria, und die Verblüffung war ihr immer noch anzuhören. »Zu diesem Zeitpunkt wurde mir klar, daß Worte ein Eigenleben haben. Und Macht.«

Die drei hatten gespannt und immer erstaunter zugehört.

Jetzt ließen sie sich alles durch den Kopf gehen.

Es war Salome, die schließlich sagte: »Es ist vielleicht wichtig, daß auch wir Zeugnis geben.«

»Ja«, erwiderte Maria und unterrichtete sie von ihrem Plan.

Sie habe auf der Reise von Antiochia hierher viel mit ihrer Stiefmutter gesprochen, erzählte sie. Und Euphrosyne brannte darauf, Maria zu unterstützen. Sie wollten auf dem großen Grundstück in der Bucht von Korinth zwischen zwei grünen Hügeln gemeinsam ein Haus mit Bibliothek, einem Schlafraum für jede von ihnen und einer großen Küche bauen. »Es ist schön dort«, sagte sie.

»Geld?«

»Wir sind seine Jüngerinnen und handeln, wie er uns gelehrt hat. Wir legen unser Vermögen in einen gemeinsamen Topf und teilen alles.«

»Aber wir haben nur wenig.«

»Der Zufall will, daß Euphrosyne und ich viel haben. Irgendeinen Sinn muß das Vermögen doch haben, das Leonidas mir hinterließ.«

Maria konnte die Gedanken der drei während des langen Schweigens regelrecht hören.

Lydia dachte, es werde ihr schwerfallen, Ephesos zu verlassen, wo sie sich seit fast zwanzig Jahren heimisch fühlte.

Susanna hielt sich für zu alt.

Salome war eher praktisch veranlagt und brach daher das Schweigen: »Aber was sollen wir denn den lieben langen Tag tun? Wir können doch nicht ununterbrochen reden und schreiben.«

Maria lächelte: »Ich habe mir gedacht, wir könnten Gemüse ziehen und damit etwas Geld verdienen. Und mit der Zeit könnten wir Schülerinnen aufnehmen, Frauen, die sich für das interessieren, was wir weiterzugeben haben.«

Worte fielen wie schwere Regentropfen:

»Wäre zu überlegen.«

»Ja.«

»Wann wirst du abreisen?«

»In einer Woche holt mich das Schiff.«

»Was für eine Stadt ist Korinth?«

»Kleiner als eure hier.«

»Viele Römer?«

»Ja, und viele Juden.«

»Was werden die Leute von uns denken?«

»Hast du dir darüber je den Kopf zerbrochen, als du Jesus folgtest?«

»Meinst du, Jesus würde deine Idee gutheißen?«

»Ja.«

»Wir geben dir Bescheid.«

»Es ist schwer, sein Leben zu ändern.«

»Es ist auch schwer, weiter hier zu leben. Wir werden älter.«

Mehr wurde an diesem Abend nicht gesprochen. Sie deckten den Tisch für das Sabbatmahl, zündeten ihre Kerzen an und beteten die alten Gebete. Aber mit den Gedanken waren sie alle weit weg.

Maria mußte ohne Zusage aus Ephesos abreisen. Sie wollte die Unentschlossenen nicht unter Druck setzen und dachte, daß es auch nicht nötig sei. Manchmal hatte sie das sichere Gefühl, daß der Entschluß schon gefaßt war.

Im Himmelreich, dachte sie, das in diesen Frauen so lebendig war.

Als Maria am vereinbarten Tag an Bord des Schiffes ging, waren alle drei dabei und hielten ihre Hände, als wollten sie sie nicht fortlassen.

»Wenn wir nicht …«, sagte Susanna mit zittriger Stimme. »Wirst du uns aber trotzdem einmal besuchen kommen?«

»Ja, das verspreche ich.«

»Du bist also nicht allzu enttäuscht.«

»Doch. Aber das wird wohl wie bei jedem anderen Fehlschlag vorübergehen.«

»Merkwürdig, wie wankelmütig wir geworden sind«, sagte Lydia. »Wenn wir bedenken, daß wir einmal alles aufgegeben haben, um dem Meister zu folgen.«

Maria nickte, sie hatte oft daran gedacht, welch unbegreifliche Kraft in diesen Frauen steckte, die Jesus folgten. Sie verließen nicht nur ihre Familien, sie brachen mit allen Traditionen, mit der ganzen jüdischen Gemeinschaft. Wieviel Spott, wieviel Schmach hatten sie erdulden müssen.

»Aber es schien uns doch gar keine andere Wahl zu bleiben«, sagte Salome.

Maria überlegte gut, bevor sie sagte: »Ich glaube, die haben wir auch jetzt nicht. Wir haben einen Auftrag.«

Die Frauen lächelten Maria unsicher an.

Der Kapitän rief, das Schiff sei zum Ablegen bereit. Die Begleiterinnen mußten an Land gehen, und sie trennten sich mit den Worten:

»Wir sehen uns wieder.«

»Ja, wir sehen uns wieder.«

Marianne Fredriksson

INGE UND MIRA
Roman
Aus dem Schwedischen von Senta Kapoun
288 Seiten. Geb. Wolfgang Krüger Verlag

MARIA MAGDALENA
Roman
Aus dem Schwedischen von Senta Kapoun
Fischer Taschenbuch Band 14958

SIMON
Roman
Aus dem Schwedischen von Senta Kapoun
Fischer Taschenbuch Band 14865

HANNAS TÖCHTER
Roman
Aus dem Schwedischen von Senta Kapoun
Fischer Taschenbuch Band 14486

MARCUS UND ENEIDES
Roman
Aus dem Schwedischen von Walburg Wohlleben
Fischer Taschenbuch Band 14045

Fischer Taschenbuch Verlag

fi 2024 / 10

Marianne Fredrikssons ergreifender Roman über die erste Frau der Schöpfungsgeschichte.

Marianne Fredriksson

Eva

Roman

Aus dem Schwedischen von Walburg Wohlleben

Band 14041

Eva ist erfüllt von Sorge: Ihr ältester Sohn hat den jüngeren getötet. Um begreifen zu können, was eigentlich geschehen ist, muss sie die Spuren ihres eigenen Lebens zurückverfolgen. Eva macht sich auf den Weg zurück in das Land ihrer Kindheit – ins Paradies.

In ihrem ersten Roman, der sie in Schweden auf Anhieb bekannt machte, erzählt Marianne Fredriksson nachdenklich und voller Phantasie von Evas Suche nach den eigenen Wurzeln und eröffnet zugleich ganz unpathetisch ein neues Verständnis von Schöpfungsgeschichte und ›Sündenfall‹ aus weiblicher Sicht.

Mit diesem Roman gibt Marianne Fredriksson jeder Frau ein Stück ihrer Identität zurück.

Fischer Taschenbuch Verlag

fi 1114 / 5